UN BEL ESPRIT DE FAMILLE

DAVID JAMES POISSANT

UN BEL ESPRIT DE FAMILLE

roman

Traduit de l'américain
par Stéphane Roques

TERRES D'AMÉRIQUE

ALBIN MICHEL

« Terres d'Amérique »

Collection dirigée par Francis Geffard

Retrouvez toute l'actualité de Terres d'Amérique et de ses auteurs sur Facebook (Terres.Amerique) et Instagram (terres_amerique).

Édition originale américaine parue sous le titre :
LAKE LIFE

Publiée par Simon & Schuster, New York, États-Unis.
En accord avec l'auteur.

Pour mes parents, qui m'ont offert l'eau,
et pour Marla, qui m'a appris à nager.

I.

VENDREDI

1

Le gamin à l'arrière du bateau, riant.

Le ciel, piqué d'étain et chargé de pluie.

Michael Starling, trente-trois ans, a chaud sur le bateau de son père et regarde l'autre embarcation, le gamin, la baie – cette eau qui ne sera jamais à lui parce que ses parents vont se séparer de la maison.

Ils sont tous arrivés hier – Michael et Diane, Jake et Thad – et ont appris la nouvelle : Richard et Lisa Starling ne passeront finalement pas leur retraite au bord du lac. Dans une semaine, leur maison de vacances sera vendue pour permettre aux parents de Michael et Thad de partir s'installer dans un petit coin de Floride où foisonnent margaritas, sable fin et toutes choses clairement anti-Starling.

Cette décision ne leur ressemble pas. Ils ne sont vraiment pas faits pour la Floride. Ce sont d'anciens hippies, des universitaires. Amoureux des lacs de montagne, de l'onde fraîche et cristalline des ruisseaux, des feuilles qui changent de couleur en automne. L'été, ils le passent toujours ici en Caroline du Nord, sous les cieux étoilés, dans leur grand mobil-home amélioré que la famille surnomme affectueusement sa *cabane au fond des bois.*

Qu'est-il arrivé aux parents de Michael ? Qui sont ces courageux nigauds qui battent des pieds et des mains sous ses yeux, barbotant sur leur bouée dans les eaux calmes de Lake Christopher un jour d'été ? Sur la rive, un héron pique du bec dans les roseaux à la recherche de poissons. Là-haut, les nuages tour à tour voilent et dévoilent le soleil.

Une matinée au lac – pique-nique, baignade –, voilà ce qu'avaient prévu les Starling avant que n'arrive le bateau indésirable, labourant les flots dans son sillage sans se soucier des baigneurs ni des limites de vitesse imposées dans la baie. Celui-ci jette l'ancre trop près, puis l'homme à la barre se découvre et agite sa casquette – une casquette de capitaine ! – depuis le pont. Il pousse un cri de joie, crache un filet de chique par-dessus bord, et monte ostensiblement le volume de sa musique.

Cela contrevient à l'étiquette de la navigation sur un lac. Clairement, cela ne se fait pas. Lake Christopher n'est pas pour les fêtards, et la baie est un lieu paisible. Les résidents de longue date s'efforcent de préserver cela, ayant survécu à des décennies de développement et à deux tentatives – l'une publique, l'autre privée – d'expropriation.

Le bateau intrus, sur la coque duquel est peint au pochoir le nom *Fiesta*, passe du Jimmy Buffett à fond. Ses pontons jettent des reflets gris sous le ciel tout aussi gris. Ça n'a pas l'air de gêner le père de Michael. « Rejoignez-nous ! » crie-t-il au type à casquette. Et tous les passagers du *Fiesta* se retrouvent à l'eau, tous sauf le gamin (*L'otite du baigneur,* explique sa mère, *quel dommage*) et sa grande sœur, chargée de le surveiller. Mais bientôt, la sœur se retire sous l'auvent, allongée sur le dos à l'arrière du bateau, les yeux fermés, écouteurs dans les oreilles.

Michael observe le gamin et a soudain envie d'un verre. Le petit doit avoir quatre ou cinq ans et porte des brassards couleur citrouille. Michael le voit s'approcher du moteur hors-bord, recouvert d'une housse, puis l'enfourcher tel un jockey en maillot de bain argenté. Sa monture porte le tatouage *Evinrude*, et l'étendue d'eau derrière le bateau, pommelée de taches de soleil, fait figure de turf. « Hue coco ! » crie-t-il.

Certains pourraient trouver ça mignon. Pas Michael.

Les bouées bombent aux bras du petit garçon comme le brassard d'un tensiomètre. Celui-ci lâche d'une main ses rênes imaginaires et pioche dans le paquet de chips calé entre ses jambes. Il tourne la tête pour observer sa sœur qui se prélasse, puis ses parents qui se baignent à cinquante mètres de là. Michael suit le regard du petit. Quand il reporte son attention sur lui, il voit un doigt. Le majeur, de la couleur fluo caractéristique des Cheetos, dressé dans sa direction.

Michael ferme les yeux. Pourquoi observe-t-il cet enfant ? Il n'aime pas ça, les enfants. Il rouvre les yeux. Le petit lui tire la langue. *Eh*, voudrait crier Michael aux parents négligents, *y a votre couillon de mioche qui me fait un doigt d'honneur, et votre couillonne de fille qui s'est endormie.*

Il ferait mieux d'aller se baigner, mais il a des chauves-souris plein la tête. La sobriété lui donne l'impression de sentir leurs ailes battre sous son crâne. Un vrai sonar derrière les tempes. C'est de la vodka qu'il lui faudrait, tout de suite, mais quand il s'est levé ce matin, le pack de jus d'orange était vide – pas moyen d'introduire de l'alcool en douce sur le bateau. Sa famille tolère beaucoup de choses, mais pas la vodka avant midi.

Le gamin porte le paquet de chips à sa bouche pour finir les miettes, saupoudrant d'orange son menton et sa poitrine. Puis il le jette dans le lac, soutenant le regard de Michael comme pour le mettre au défi de dire quelque chose. C'est une sensation nouvelle, se faire rudoyer par un gamin, et Michael ne peut pas franchement dire que ça lui plaît.

Il pose la tête au creux de sa main. Son armoire à liqueurs lui manque, mais pas sa maison. Il préfère être ici que chez lui au Texas. Il a passé tous ses étés au bord de ce lac depuis l'âge de deux ans, et s'il y a bien un endroit où il se sent apaisé, c'est ici.

Le petit se met à quatre pattes et jette un œil par-dessus le moteur. Sa famille, de toute évidence, n'est pas du coin. Michael les avait d'abord catalogués comme des touristes, mais les touristes pilotent des bateaux de location, or le leur n'en est pas un. C'est un Avalon Ambassador, quatre-vingt-dix mille dollars au bas mot, du genre à faire passer le bateau de pêche six places des Starling pour l'équivalent maritime du radeau de Tom Hanks dans *Seul au monde.* (Le père de Michael avait baptisé le leur *La Vache des mers*, nom tracé à la main sur le plat-bord avec de la peinture bleue ordinaire qui, trente ans plus tard, s'est effacée pour ne plus laisser voir qu'un *La Vache* estompé.) Non, ces gens-là – la mère et ses lunettes de soleil Dolce & Gabbana, le père et sa pseudo-casquette de capitaine – ne sont ni des gens du coin ni des vacanciers. Ce sont les nouveaux propriétaires pleins aux as d'une maison donnant sur le lac, qui effectuent leur première sortie à bord du bateau que le capitaine s'est offert en pleine crise de la quarantaine. Au moment où l'Ambassador faisait son entrée dans la baie, la mère était sans doute encore en train de retirer les étiquettes du tas de serviettes toutes neuves posées à côté d'elle.

Ce sont des gens bruyants qui font bruyamment étalage de leur richesse. Pour Michael, ils sont à l'image de tout ce qui ne tourne pas rond en Amérique. Les basses des enceintes. Les raclements des guitares. Et pour l'amour de Dieu, quelqu'un pourrait-il donner une bonne fois pour toutes à Jimmy Buffett un foutu cheeseburger ? Cette chanson lui tape sur les nerfs.

Sur la rive, le héron plonge la tête dans l'eau mais n'en ressort que de la vase.

À bord de l'Ambassador, la fille qui est censée surveiller son petit frère s'est bel et bien endormie. Elle est jeune, moins de vingt ans, porte un bikini, a la peau ferme et un bronzage cuivré. Diane avait à peu près le même âge quand elle et Michael ont fait connaissance un été, dans cette même baie, quinze ans plus tôt.

Le gamin redresse le dos. Il est accroupi sur le moteur, désormais. Sa sœur remue dans son sommeil, et Michael se dit que ces deux-là ont une telle différence d'âge que le garçon était peut-être non désiré. Peut-être bien que celui qui risque l'accident à tout moment a été un accident toute sa vie. Le premier, on le couve. Les autres, paraît-il, grandissent tout seuls.

Michael ne veut pas d'enfant, et n'en a jamais voulu. C'était ça, leur arrangement. Ça l'était depuis toujours. Diane flotte dans l'eau bleue sur un canot pneumatique, ventre en évidence. Ça ne se verra pas avant plusieurs semaines, même si Michael pourrait jurer distinguer l'esquisse de quelque chose, un arrondi, un renflement. Sa femme est toujours séduisante, mais elle ne ressemble plus à la fille du bateau. Il le regrette, et ce regret, il le sait, fait de lui un *hashtag machin-chose*. Il ne veut pas être un de ces types attirés par les femmes jeunes et minces. Mais ne pas le vouloir n'enlève rien à son désir. La jeunesse lui manque, la sienne comme celle de son épouse. Cela fait-il de lui un macho ? Sa mère répondrait oui. Son père répondrait non. Thad, son frère, s'en ficherait, et Jake ne comprendrait pas de quoi il parle. Jake, le compagnon riche, mince et séduisant de Thad, est jeune. Et naïf. Il vit à New York et peint des tableaux destinés à d'autres personnes elles-mêmes riches, minces et séduisantes. Pour ce qu'en sait Michael, l'intérêt qu'il porte à autrui se limite au symbole du dollar accolé à ses œuvres.

Dans l'eau, le couple se lance un ballon de football américain. Un peu plus loin, le père de Michael et l'homme à la casquette rigolent, une frite en mousse émergeant de leur entrejambe, rouge, obscène. Leurs épouses font du surplace, discutent, Diane entre elles sur son canot pneumatique.

La fille sur le ponton du bateau se redresse. Elle dit à son frère quelque chose que Michael n'entend pas à cause du vacarme de Jimmy Buffett. Elle tapote une minute sur son téléphone puis le pose, se rallonge et ferme à nouveau les yeux.

Sur son canot pneumatique, Diane ne regarde pas Michael.

Pendant quinze ans, ils ont été très heureux. Ou disons assez heureux. Satisfaits de leur vie, du moins, avant que Diane vienne tout chambouler. Les gens changent, lui a-t-elle dit, mais Michael n'en est pas si sûr. Sa femme a-t-elle changé, ou bien l'a-t-elle piégé ? Avait-elle ça en tête depuis le début ? Michael va s'asseoir à la barre dans le fauteuil de son père et allume l'échosondeur. Il établit la profondeur à dix-huit mètres. À la marque des quinze mètres, une grosse forme grise traverse l'écran, un poisson-chat peut-être, ou une branche d'arbre qui s'enfonce dans la vase.

Sa mère ajuste son chapeau à large bord – *mon chapeau de cancéreuse*, comme elle l'appelle, dans une tentative de frivolité qui le fait systématiquement grimacer. Sans doute parle-t-elle à l'autre femme de ce cancer de la peau qu'elle a vaincu. Et une fois de plus, Michael se dit : *La Floride ? Sans déconner ?* Les chauves-souris s'ébattent sous son crâne. Bientôt, il aura les mains qui tremblent. Il a vraiment, *vraiment* besoin d'un verre.

Le gamin, toujours perché sur le moteur, lui refait un doigt d'honneur. Les écouteurs de sa sœur sont tombés de ses oreilles, et les coins de sa bouche s'affaissent sous l'effet du sommeil.

Le héron sur la rive abandonne et s'envole, sans proie. Le gamin le voit, et Michael regarde le petit regarder l'oiseau.

Le gamin sourit. Il se lève. Puis passe par-dessus bord.

Le poids de son corps l'attire vers le fond, et les brassards sautent de ses bras comme des bouchons de champagne. Une main apparaît à la surface, elle frappe l'eau, mais les bouées, amphibies, lui échappent. La main ne refait plus surface. Et Michael est le seul à l'avoir vu – à avoir vu l'enfant se mettre debout puis chuter et retomber fort sur le capot du moteur ; à l'avoir vu glisser sur le côté ; à avoir vu dans les yeux du petit, l'eau sous lui et le ciel au-dessus, une transmission, trois mots télégraphiés à l'homme par l'enfant, et ces trois mots étaient : *S'il vous plaît.*

Michael se lève, d'un coup de pied il se débarrasse de

ses sandales et il retire sa chemise. Il crie pour alerter les autres sans trop savoir s'ils peuvent l'entendre à cause de la musique qui hurle toujours sur le bateau. Il plonge. Sort la tête de l'eau pour reprendre son souffle, appelle de nouveau à l'aide, mais ne peut pas s'arrêter. Il ne peut pas casser le rythme.

Pas de remous à la surface, pas de mains.

Trois battements de bras supplémentaires, et Michael est suffisamment près. Il prend une grande inspiration et plonge une nouvelle fois sous la surface. Il cherche des yeux un maillot de bain argenté, des dents, tout ce qui serait susceptible de refléter la lumière dans le ventre d'un lac. Mais à trois mètres de profondeur la lumière décroît, l'eau devient trouble. Il se pince le nez, expulse l'air dans ses oreilles pour équilibrer la pression.

Quatre mètres cinquante. Six mètres. À l'aveugle, il empoigne de l'eau mais pas d'enfant.

Allez.

Il tend les bras, il bat des mains. À quelle profondeur se trouve-t-il ? À quelle vitesse un corps coule-t-il ?

La lumière a désormais totalement disparu, et plus il descend, plus l'eau est froide. Quoi qu'il arrive, il ne faut pas qu'il oublie où est le fond et où est la surface. Au lycée, il pouvait rester en apnée pendant une minute, mais cette époque remonte à loin. Ses tympans pulsent. Ses poumons sont des charbons ardents. S'il tarde trop, il prendra une inspiration par réflexe. Il ne faut pas qu'il soit sous l'eau quand cela se produira.

Il faut qu'il remonte à la surface. Sauf que… *Sauf que…*

Un murmure. Quelque chose danse tout près de lui, à portée de main. Un maillot de bain qui ondule. Des ongles roses. Soit c'est le petit qui est sous lui, soit Michael est mort et il rêve.

Puis soudain il tient la main.

Il ne la voit pas, ne distingue pas la main de l'enfant dans la sienne, mais il la tient. La main est là, et c'est une bonne chose. Il va remonter, tenir fermement cette main et ne pas la lâcher.

Plus tard, à l'hôpital, Michael se posera la question. Imaginons qu'il ait bu un verre le matin même, pour se détendre. Imaginons que le choc de la révélation faite par ses parents, la vente de la maison, ne l'ait pas conduit à boire autant la veille au soir. Il aurait pu serrer plus fort, faire en sorte que tout se termine bien.

Mais ce n'est pas ce qui se passe.

Ce qui se passe, c'est que Michael donne un coup de pied à l'enfant. Il ne le fait pas volontairement, mais un corps sous l'eau n'est pas sans poids, et nager avec un seul bras est difficile. Le corps du gamin est à la traîne. Il lui donne un coup de pied et, brusquement, la main n'est plus là.

Michael exhale, mais il n'y a plus d'air dans ses poumons.

Il nage dans la mauvaise direction. L'enfant est en bas. Alors pourquoi Michael remonte-t-il ? Il ne peut pas remonter sans le petit. Il faut qu'il y retourne, mais son corps l'en empêche. Une chose en lui a pris le relais, et cette chose en lui veut vivre.

Il s'agite, il se débat, mais il n'y a pas de lumière. Impossible de se repérer sans la boussole du soleil. Puis, une vague illumination. Une forme passe au-dessus de sa tête. Il a entendu des histoires. Celle d'un poisson-chat de la taille d'un dirigeable. Et d'un esturgeon à carapace de crocodile, long de trois mètres. À moins que ce qu'il voit ne soit son âme en train de s'élever, de l'abandonner.

Non.

Il est vivant. Il est en vie, et il nage. Le poisson, ou bien l'âme, grossit, et Michael nage dans sa direction. Il a perdu toute notion de distance, d'espace et de temps. Toutes les dimensions ne sont plus qu'eau. Des feux d'artifice explosent derrière ses yeux, et une sirène lui hurle de respirer.

Eh bien respire, alors, se dit-il. *Va rejoindre le gamin. Qu'on en finisse.*

Sauf que la vie de Michael ne lui appartient pas. Il va être papa. Son existence est désormais marquée par cette chose sur le point d'eclore. Cette vérité le frappe avec une force telle qu'il remarque à peine que sa tête heurte la coque du bateau.

Tout est eau. Puis lumière. Puis air.

Il tousse, halète, et vomit. Il respire.

Au-dessus de lui, la fille hurle. Son petit frère est au fond du lac. Il est sans doute immobile, à présent. Il a sans doute cessé de se débattre, d'appeler sa sœur sous l'eau.

Michael a un goût de sel dans la bouche. Ce sel est du sang, et ce sang est le sien. Il ne peut pas y retourner. S'il replonge, il mourra.

Il va être papa. Sa vie ne lui appartient pas.

Autour du bateau, d'autres plongent de leur pneumatique et nagent dans sa direction. Au loin, les brassards orange, séparés du corps qu'ils étaient censés protéger, tournoient, emportés par le courant. Ils gravitent l'un autour de l'autre, comme s'ils avaient compris. Ils tressautent, tels des yeux révulsés derrière l'horrible clin d'œil du lac.

2

Des bateaux sillonnent la baie, à la recherche de l'enfant, et Lisa Starling observe la scène à l'aide de jumelles. Elle aurait pu se changer. Après avoir rejoint la rive à la nage, après avoir appelé les secours et aidé Michael à monter dans l'ambulance, elle aurait pu prendre le temps d'enfiler quelque chose. C'est seulement maintenant qu'elle s'aperçoit qu'elle est toujours en maillot de bain. Peu importe, l'air est chaud et elle sera bientôt entièrement sèche.

Ce matin, à son réveil, le ciel était tout bleu. À présent il est gris, chargé de nuages. La couleur de la charogne, se dit-elle, même si elle n'est pas sûre de bien comprendre la logique de cette idée. Mais il y a un petit garçon au fond d'un lac, alors le monde n'a rien de logique. Si Lisa croit en Dieu, elle n'a pas du tout envie de faire sa connaissance aujourd'hui.

Tout autour de la baie, les voisins attendent, debout ou assis, sur leur embarcadère. Ils forment de petits groupes sur la rive. Face à elle, Lisa voit un homme sortir de chez lui en combinaison de plongée puis entrer dans l'eau, bouteille d'oxygène sur le dos, palmes aux pieds, détendeur à la bouche. Deux vedettes de police empêchent toute embarcation de pénétrer dans la zone. Elles sont blanc et bleu, et leurs gyrophares clignotent sous le ciel de plomb. Au-dessus d'elles, un hélicoptère troue les nuages.

Lisa abaisse ses jumelles. Ce sont des Swarovski Swarovisions – des 8×, parce qu'elle aime que ses oiseaux soient bien lumineux. Petites et légères, elles comptent parmi les meilleures du marché. Lisa le sait, elle a contribué à leur banc d'essai dans la *Cornell Lab Review* l'an passé.

Elle les replace devant ses yeux. Leur bateau est toujours là-bas, ancré à côté du ponton de l'autre famille. Une troisième vedette de police oscille au milieu. C'est de celle-ci qu'ont sauté, quelques minutes plus tôt, deux plongeurs équipés de torches grosses comme des mégaphones pour se mettre à l'eau.

Son mari, Richard, a rejoint l'Ambassador de l'autre famille. Il a l'air fatigué, son visage tire sur le jaune, comme figé dans de la résine. Il est debout, une main sur l'épaule de l'homme dont ils ont fait la connaissance à peine deux heures plus tôt. Ce dernier a retiré ses lunettes de soleil, sa casquette de capitaine. Il tient la main de son épouse. Leur fille a enfoui son visage dans le giron de sa mère et toutes deux sont en larmes. Cela fait une heure qu'elles pleurent tandis que les hommes contemplent l'eau, en silence.

Lisa abaisse ses jumelles. Leur sangle est froide sur la peau de son cou. Elle aurait dû aller à l'hôpital avec Michael et Diane, mais elle sent qu'on a besoin d'elle ici. Elle a déjà entendu des histoires d'enfants noyés repêchés au bout de vingt, trente minutes et réanimés. Pas par miracle, simplement grâce à la biologie. Si toutes les conditions sont réunies. Si l'eau est froide. Si on reste sur la berge et qu'on surveille assez longtemps. Mais si elle est honnête avec elle-même, elle sait que tout ce qu'on recherche désormais, c'est un corps sans vie.

Elle commence à grimper la colline qui mène à la maison. Celle-ci est petite et vieille. *Distinguée*, dirait Richard. *Pas vieille, et moi non plus je ne suis pas vieux.* Oh, mais ça vient. Lisa a soixante ans et son mari en aura bientôt soixante-dix. La maison du lac est plus vieille que ses enfants, c'est un grand mobil-home datant des années 1970 qui a été transformé en habitation dans les années 1980. Richard et elle ont acheté le terrain sur un coup de tête peu après la naissance de Michael, alors que leur couple battait de l'aile. Ils s'étaient séparés deux fois, puis avaient trouvé un arrangement : *Fini les peut-être.* Ils resteraient ensemble, pour le meilleur et pour le pire. La maison du lac avait scellé l'accord.

Et quelle maison extraordinaire elle avait été, toutes ces années durant. Longue et basse, elle trônait au sommet de la colline comme un camion de pompiers égaré, avec ses volets blancs et son bardage de cèdre peint en rouge. Une véranda à balustrade basse, dans le style des vieux bungalows en kit de Sears Roebuck, en faisait tout le tour, fermée à l'arrière par des moustiquaires. Un hamac matelassé était accroché entre deux arbres dans le jardin. Un système d'arrosage automatique entretenait la verdeur de la pelouse en leur absence, et un garage indépendant était devenu un lieu de stockage pour leurs archives lorsqu'ils avaient commencé à manquer de place dans leur bureau d'Ithaca.

Puis il y avait eu les grosses tempêtes de 1986 et 1990, le blizzard de 1993, la tornade de 2011 qui avait bien failli tout emporter. Et ne la lancez pas sur la grande invasion de fourmis en 2017. Ils avaient tenté de suivre le rythme, mais l'entretien d'une maison secondaire représente beaucoup de travail, or ils en avaient déjà un, de travail : Richard était professeur à Cornell, Lisa directrice de recherche au sein du laboratoire de l'université, et tous deux étaient auteurs de nombreuses publications. On était censé se reposer en été, pas faire des travaux. Alors ils avaient un peu négligé la maison. Et pas qu'un peu, en fait.

Ces derniers temps, la véranda s'affaisse. Le bardage est gris de crasse et taché de moisissures. Il manque des bardeaux sur le toit, quant à ceux qui restent, ils sont rongés par la mousse. Et Lisa se fait des idées, ou c'est toute la maison qui penche un peu ? Le hamac du jardin a pourri depuis longtemps, et la pelouse est un patchwork de vert et de pelade, de fourmilières et de mauvaises herbes.

Un mois plus tôt, lors des négociations, Lisa et Richard ont fait tellement de concessions sur le rapport d'inspection qu'ils sont aujourd'hui prêts à perdre des dizaines de milliers de dollars. « Attendez, leur a conseillé l'agent immobilier. Faites quelques travaux. Le marché commence tout juste à repartir à la hausse. Dans un an, vous pourriez en tirer vingt mille dollars de plus. » Mais à quoi bon ? Les concessions sont un moyen de faire baisser le prix de vente, rien de plus. Même en parfait état, la maison, une fois vendue, attirerait les boulets de démolition. La région est en train de changer, les investisseurs ont pris la main. En fin de compte, ce n'est pas la maison qu'ils vendent. C'est le terrain.

À moins que Lisa change d'avis et renonce au projet. La signature est prévue dans une semaine. Il n'est légalement pas trop tard pour se rétracter sans risquer la moindre poursuite. Quelle que soit sa décision finale, Richard ira dans son sens. Parce qu'ils avaient passé un accord et que Richard l'a rompu, oubliant à quoi s'engage un couple marié. L'accord – la maison – doit donc disparaître. Ce n'est pas une punition. Disons plutôt qu'il s'agit de rééquilibrer l'équation. Pour rester ensemble, il faut qu'ils prennent un nouveau départ. Et pour prendre un nouveau départ, il faut qu'ils vendent la maison. Cela, aux yeux de Lisa, semble clair. Et ce n'est pas parce que Richard ignore qu'elle est au courant qu'il faudrait faire comme s'il ne s'était rien passé, n'est-ce pas ?

Elle n'en est plus si sûre. Mais elle est sûre de ceci : le choix lui revient. Richard a déjà fait le sien. Il a renoncé au droit d'avoir son mot à dire.

En haut de la colline. En haut des marches de la véranda. Les pieds font soupirer l'escalier. Dessous, où leurs enfants allaient souvent se réfugier pour jouer, le lierre recouvre tout, y compris les serpents qui en ont fait leur cachette. Lisa enjambe la cinquième marche, rongée par la pourriture. La rampe tremble. Le bois est aussi souple que du liège, comme celui d'une vieille bouteille qui s'émiette quand s'y enfonce le tire-bouchon.

Sur la dernière marche, elle se retourne et porte une fois de plus les jumelles à ses yeux. Elle accommode et aperçoit la mère de famille éplorée. Lisa devrait être à ses côtés sur le bateau. Mais si elle était sur ce bateau, elle prendrait la place de la mère, or elle a déjà connu ça et refuse d'effleurer à nouveau un tel malheur.

Pourquoi ce drame se produit-il maintenant, pour leur toute dernière semaine au bord du lac ? Pourquoi lui voler la beauté de ces moments auprès de sa famille ? ne peut-elle s'empêcher de se demander. Mais ce sont là des pensées mesquines et, l'espace d'un instant, elle ne se supporte plus.

La femme s'appelle Wendy. Quand elle s'était présentée, Lisa avait tout de suite pensé à *Peter Pan*, l'un des livres préférés de sa mère, décédée trois ans plus tôt. Mon Dieu, la tête de Wendy quand les brassards du petit avaient sauté en l'air. Qui le surveillait ? Qui était *censé* le surveiller ? Pas Michael, qui l'avait vu et avait aussitôt plongé. Pauvre Wendy. Wendy est anéantie et ne se le pardonnera jamais.

Où vont-ils ? se demande Lisa, et ce n'est pas la première fois, loin de là. Où sont-ils allés, le fils de Wendy et l'aînée de Lisa, comme l'âme de tous ces enfants partis trop tôt ?

Si le paradis existe, il les a accueillis. Ce sont des enfants, après tout. S'ils ne sont pas totalement innocents, ils le sont bien assez. Lisa imagine un Pays imaginaire rien que pour eux, un lieu où vont attendre les fantômes de ces petits jusqu'à ce que leurs parents viennent les chercher.

Elle l'espère. Elle prie.

Certains jours, la seule chose qui lui permet de tenir bon, c'est cette idée : Si Dieu est amour, elle reverra sa fille.

3

Thad, appuyé contre le lavabo, attend que Jake ait fini de se doucher. Il ne sait toujours pas très bien comment tout ça a pu arriver – le gamin, le bateau, le crâne ouvert de son frère. Il cherche des réponses dans le miroir de la salle de bains, mais tout ce qu'il y trouve c'est son visage pâle et mal rasé. Il faut vraiment qu'il s'épile les sourcils.

Après avoir compris ce qui se passait, ils ont rejoint la rive à la nage et grimpé la colline en courant. C'est sa mère qui a passé le coup de fil pendant que Thad tâchait de convaincre son frère qu'il devait laisser les secouristes l'emmener à l'hôpital, Michael répétant qu'il allait bien, qu'il pouvait conduire, tandis que Diane pleurait et pressait un gant de toilette maculé de sang contre la tête de son mari. À l'arrivée de l'ambulance, Michael est monté dedans à contrecœur, sa femme l'a suivi, et la mère de Thad s'est postée au bord du lac. Quand Thad a enfin songé à vérifier que son compagnon allait bien, il l'a trouvé dans la salle de bains.

« Tu es toujours là ? dit Jake au milieu des nuages de vapeur qui emplissent toute la pièce.

– Oui », répond-il.

Mais qui est vraiment ce garçon avec qui il sort depuis deux ans ? Jake a vingt-six ans, soit seulement quatre de moins que Thad, même si par moments l'écart semble plus grand, les jours où Jake se comporte comme un adolescent immature. Ils ont atteint le stade où les choses devraient devenir sérieuses entre eux, où ils sont censés s'engager ou se séparer, quand bien même Jake refuse de l'admettre.

« Tu veux bien me laisser seul ? » demande celui-ci.

Thad se dit d'abord qu'il a mal entendu et ouvre le rideau de douche. Son compagnon est sous le jet d'eau. Petit et leste, avec des boutons d'acné sur la poitrine. Il a les mains pleines de mousse, et aussi une érection.

« Tu te fous de ma gueule. »

Jake referme le rideau. « Fiche-moi la paix.

– Y a un enfant au fond du lac, dit Thad. Et mon frère est à l'hôpital.

– Je suis stressé, dit Jake. Voilà l'effet qu'a le stress sur moi. »

Thad sort de la salle de bains en claquant violemment la porte.

Stressé. Il y a une explication au comportement de Jake, mais ça n'a rien à voir avec le stress. Jake a juste envie de baiser. Il a *tout le temps* envie de baiser.

Thad aussi était comme ça. Avant l'herbe. Avant son régime à base de Xanax, Paxil et Seroquel. Sa queue fonctionne, c'est simplement le désir qui s'est émoussé. Il devrait désirer Jake, pourtant. Car Jake est incroyablement beau, il fait une belle carrière et il est attentionné, ou du moins assez attentionné. Et *assez attentionné*, vu le genre de relations qu'a eues Thad par le passé, ça devrait lui suffire. Sauf que ce n'est pas le cas. Si seulement Jake l'écoutait un peu plus, lui montrait des signes d'affection qui ne soient pas téléguidés par son ardeur sexuelle. Cela, pour Thad, ressemblerait à de l'amour.

Il se dirige vers la table de la cuisine.

Dans un mobil-home, même un grand modèle transformé en habitation, l'espace est entièrement ouvert : cuisine, salle à manger, salon. Deux pieds de table reposent sur de la moquette, les deux autres sur du linoléum couleur de pâte crue. Le sol est vieux, du genre qui colle aux pieds à chaque pas. Thad a faim, puis il a honte d'avoir faim. Combien de temps faut-il attendre, lorsque survient une tragédie, avant de pouvoir manger ?

Dehors, sa mère gravit la colline. L'herbe est haute et, si elle ne fait pas attention, elle risque de se cogner le tibia contre l'un des piquets avec lesquels ils jouent au fer à cheval. Toujours dans la salle de bains, Jake commence à siffloter un air. Il s'agit d'un cantique, « Come Thou Fount of Every Blessing » en mode mineur. En bon baptiste qui se soigne, il connaît chaque cantique par cœur, chaque parole de chaque couplet. Pour lui, l'enfance était synonyme d'église le mercredi, le samedi, et deux fois le dimanche. Thad, lui, allait à l'office une ou deux fois par mois, et seulement si sa mère insistait. (Elle n'est jamais arrivée à faire franchir à son mari le seuil d'un lieu de culte.) Il a donné une chance à la paroisse de sa mère, mais il a su très tôt qui il était, et même si les gens là-bas étaient plutôt ouverts d'esprit, ce n'était pas non plus le genre d'endroit où Thad, levant la tête après une prière, pouvait reconnaître des gens comme lui sur les bancs de l'église. Il n'y avait là que des hétérosexuels. La pasteure était mariée à un homme. Rien de tout cela n'était particulièrement accueillant. Rien de tout cela ne lui ressemblait.

Il n'est plus retourné une seule fois à l'église depuis l'âge de douze ans. Et il a beau porter un jugement sur l'infantilisme occasionnel de Jake, il y a des jours où Thad, lui aussi, a l'impression d'être un enfant. C'est comme si, en abandonnant prématurément l'université, il avait raté un cours que tous les autres avaient suivi. *Comment payer ses impôts. Comment tenir ses comptes. Comment garder son job.*

Comment ses parents ont-ils fait pour conserver leur emploi trente années durant, et rester mariés trente-sept ans ? Leur amour est authentique. Leur travail est important. Quand on tape leurs noms sur Google, on obtient un millier de résultats. Comment, dès lors, se sont-ils débrouillés pour élever des abrutis pareils ?

La mère de Thad est sur le point d'entrer, mais elle reste un instant sur la dernière marche de la véranda et regarde le lac avec ses jumelles. Elle va manquer à Thad, cette maison, la maison des vacances, des parties de cartes et de fer à cheval, du poisson frit, de la musique, des glaces et de l'amour. Mais, telle qu'elle est aujourd'hui, elle n'a plus rien à voir avec celle que Thad garde en mémoire. Les murs sont criblés de taches et de trous là où étaient accrochés les tableaux. Il y a des cartons dans tous les coins, entassés ou ouverts, à moitié pleins. La bibliothèque est vide. Les bibelots et les céramiques glanés par sa mère au marché aux puces ont tous été emballés dans du papier journal. Les portraits de famille encadrés, protégés par du papier kraft, sont posés par terre contre le mur.

La seule concession à la décoration de la pièce est le

tableau de Jake – cadeau fait l'an dernier lorsqu'il était venu ici pour la première fois. Sur ce tableau, une jeune fille tient la moitié d'une grenade au creux de la main, un chérubin planant au-dessus de son épaule. Une boussole à ses pieds indique le nord, et l'un des seins de la fille est visible. Tout cela prend la valeur d'une allégorie que Thad, même sous la menace d'une arme, serait bien en peine de saisir. Une partie de lui se demande d'ailleurs si Jake lui-même le sait. Jake est peut-être un génie, ou bien un escroc, et quiconque tenterait d'analyser son œuvre se couvrirait de ridicule. Thad se souvient simplement d'avoir été soulagé que sa mère n'ait pas protesté contre le nichon récalcitrant.

Cette dernière, par principe, est attentionnée et fait preuve d'une politesse infaillible. Il l'imagine préparant les cartons, se demandant avec angoisse s'il faut décrocher le tableau ou le laisser pour faire plaisir à Jake. Thad ne peut pas dire que son inquiétude n'est pas justifiée : son petit ami a une haute opinion de lui-même et la susceptibilité qui va avec. Mais il est fort possible qu'il n'ait même pas remarqué que son tableau est le seul à être encore accroché au mur, car il a parfois du mal à voir plus loin que le bout de son nez. À vingt-quatre ans, il avait déjà deux expositions à son actif. À vingt-cinq, son travail faisait l'objet d'articles dans *Artforum*, *New American Paintings* et le *Times.* Encore la semaine dernière, le *New Yorker* lui consacrait trois pages, le qualifiant de « nouveau grand artiste de Brooklyn » et faisant l'éloge de « l'ironie mordante » et de « l'outrance rafraîchissante » de son œuvre. Jake feignait l'indifférence, mais Thad l'avait surpris à relire l'article une demi-douzaine de fois. Il n'avait eu qu'une seule mauvaise critique : un papier dans *Art in America* qui avait vanté les mérites d'une exposition collective à laquelle il participait, avant de qualifier le travail de Jake de « maladroit et prêt à tout pour plaire », phrase qui avait amené le compagnon de Thad à garder le lit trois jours entiers.

Le sifflotement s'atténue, remplacé par une ligne de basse. Jake a allumé la radio Sharper Image à coque en plastique étanche qu'il a offerte aux parents de Thad pour Noël et que probablement personne en dehors de lui n'a jamais utilisée. Thad s'avance dans le couloir. Il colle l'oreille à la porte de la salle de bains, et c'est là qu'il l'entend. Par-dessus le bruit du jet d'eau et le bourdonnement de la VMC, le fredonnement de Bell Biv DeVoe qui chante « Poison », il distingue les claquements étouffés de son compagnon qui se masturbe.

Lisa traverse la véranda et Thad entre précipitamment dans la salle de bains. Il est tout de suite sous l'eau, dans une pièce chargée de vapeur plus que d'air. Comment son frère a-t-il fait ? se demande-t-il. Pour s'extraire de tant de vase et d'obscurité ?

« Arrête, dit-il. Ou alors ne fais pas de bruit. »

Les claquements deviennent frénétiques.

« Jake », insiste-t-il.

Le bruit s'atténue et cesse enfin. Jake a terminé. Il éteint la radio, puis ferme le robinet. Le rideau de douche s'ouvre et sa tête apparaît, ses yeux bleus, ses dents si blanches qu'on dirait l'acteur d'une publicité pour un produit recommandé par quatre dentistes sur cinq.

Ces yeux, quand même. Thad adore ce garçon. Cent fois, Jake lui a écrabouillé le cœur à coups de marteau, mais

Thad s'est laissé faire. On ne peut pas en vouloir au marteau si on ne cherche même pas à l'éviter.

Jake s'essuie le visage du plat de la main. Le programme pour demain est arrêté, et Thad ferait mieux d'annuler. Admettons qu'il le fasse, Jake irait-il quand même à Asheville sans lui, ou bien resterait-il ici ? Dans tous les cas, il y a un enfant au fond du lac. Et des questions plus urgentes à régler que ce déjeuner prévu avec l'ex de son petit ami.

« J'arrive pas à le croire, dit-il.

– N'essaie pas de me faire culpabiliser.

– Ça n'a rien à voir avec ça. Je trouve simplement que c'est un manque total de respect.

– Un manque total de respect ? Ce que je fais avec ma bite...

– Est-ce qu'au moins tu en as quoi que ce soit à foutre ? »

Être dans cette pièce, c'est un peu comme être dans une bouche. Tout est mouillé – le miroir, le robinet, les poignées lisses et brillantes. Jake ruisselle et Thad lui tend une serviette.

« Si j'en ai quoi que ce soit à foutre qu'un enfant soit mort ? demande Jake. Évidemment. Je ne suis pas un monstre. »

Thad baisse l'abattant des toilettes et s'assoit. Toujours dans la cabine de douche, Jake utilise la serviette pour se sécher les cheveux, qu'il a courts et noirs. Passer les mains dans ces cheveux-là – propres et doux – avant que Jake les enduise de gel est une des choses que Thad préfère au monde.

« J'essaie juste de te faire comprendre qu'il y a un moment et un endroit pour tout », rétorque-t-il.

Jake rit. « Ben voyons. Tu crois que c'est ce que tu

penses parce que c'est comme ça qu'on t'a appris à voir les choses. Pas de sexe pour toi. Pas dans un moment pareil. Tu es respectueux.

– Ma mère est…

– Ta mère ? »

Thad a le bras qui le démange. Il passe un doigt sur le relief de sa cicatrice, que la vapeur d'eau fait gonfler. « On pouvait t'entendre depuis l'autre bout de la maison. Vis-à-vis d'elle, ça ne te fait rien ?

– Ah, dit Jake. Ça, c'est différent. Ça s'appelle les bonnes manières. Les bonnes manières, je suis pour. »

Jake est très à cheval sur la question. À New York, il est connu pour son charme autant que pour ses œuvres. Frank DiFazio – propriétaire respecté, craint et adulé de la Gallery East à Chelsea, l'homme qui a fait la réputation du jeune peintre et lui a trouvé son nom d'artiste (avant de rencontrer Frank, il s'appelait Jacob) – a formé Jake. Un jour, Thad avait entendu le galeriste dire à un ami : « J'ai extirpé ce gosse de Memphis, et extirpé toute trace de Memphis en lui. »

« Je regrette d'avoir été impoli », reprend Jake en continuant à se sécher. Il est mince sans donner l'impression d'être un gringalet, musclé sans donner l'impression de faire de la gonflette. Thad était comme ça avant, mais ces dernières années il a pris du poids. Trop d'herbe. Trop de grignotage après le dîner.

Jake sourit. Difficile de rester longtemps en colère contre lui.

Thad se remet debout, et Jake lâche la serviette par terre. Il tend la main de l'autre côté du rideau de douche et la pose sur la joue de son compagnon.

« Je peux t'aider à te sentir mieux, lui dit-il en approchant ses doigts de la ceinture de Thad. Allez. Je te promets que je serai vraiment respectueux. » Puis il glisse la main dans son caleçon.

Thad le repousse, et Jake se cogne contre la paroi, fort.

« Putain », fait-il.

Thad se dirige vers la porte. Il faut qu'il sorte, sans quoi il va se mettre à pleurer. Il ne veut pas rencontrer l'ex de Jake. Il ne veut pas perdre Jake. Il ne veut pas qu'un enfant soit mort aujourd'hui.

« Tu crois qu'on va le retrouver ? » demande-t-il, mais Jake refuse de croiser son regard.

Quand ce dernier se retourne, la peau de son dos est sillonnée de lignes qui s'entrecroisent en formant des carrés, les marques laissées par le carrelage de la douche.

« Pardon », dit Thad.

Mais Jake ne fait plus attention à lui. Il est sorti de la douche et n'en a plus que pour le petit pot noir qu'il a pioché dans sa trousse de toilette. Il l'ouvre, trempe deux doigts dedans, puis s'enduit délicatement les cheveux de gel.

4

Diane Maddox expire. Diane Maddox qui a troqué le Tennessee contre le Texas. Diane Maddox dont les parents ont divorcé. Diane Maddox qui a épousé Michael il y a dix ans et refusé de prendre son nom. Diane Maddox qui porte un enfant en elle. Diane Maddox qui a subi un avortement quand elle était au lycée et ne regrette pas ce choix, mais qui ne souhaite pas faire le même une seconde fois. Diane Maddox qui a étudié aux Beaux-Arts pour devenir peintre, avant de se rendre à l'évidence qu'elle n'en avait pas le talent et de devenir prof d'arts plastiques comme tant d'autres. Diane Maddox qui se demande si trente-trois ans n'est pas un peu tôt pour faire sa crise de la quarantaine, à supposer qu'on prête ce genre de crise aux femmes et que cela implique autre chose que l'achat d'une moto rouge et la relation adultère qui va avec. Diane Maddox qui réévalue sa place infinitésimale dans ce monde cruel où elle se sent comme dans un étau. Diane Maddox qui a grandi devant *Dingue de toi* et rêvait d'être Helen Hunt. Diane Maddox qui, en quatrième, a pleuré – oui, pleuré – devant le dernier épisode de la série parce que Paul et Jamie n'étaient plus ensemble. Ils avaient retenté le coup comme l'avaient fait les parents de Diane, trop souvent pour se rappeler combien de fois, *retenter le coup* devenant synonyme de la douleur d'une jeune fille lorsque certains matins papa est à la maison et mange des Cheerios, et que d'autres matins maman dit : « J'espère que ce connard va faire une embardée et se crasher depuis un pont. » Diane Maddox qui est malheureuse mais pour qui le divorce n'est pas envisageable (pour prouver quelque chose à ses parents ou en souvenir de *Dingue de toi*, elle n'est pas sûre). Diane Maddox qui se demande si les choses auraient mieux tourné si elle avait pris le nom de son mari, sauf qu'un nom, bien sûr, n'a jamais sauvé personne. Un nom n'a jamais sauvé un couple, ni une maison à vendre, ni un petit garçon au fond d'un lac.

Diane dans l'ambulance. Diane qui ne pleure pas, gardant son calme. Diane qui suit les conseils des urgentistes tandis que l'ambulance fonce sur une route de campagne et qu'un secouriste prend la tension de Michael. Diane Maddox-pas-Starling – et il n'est jamais trop tard pour changer les choses, quoique parfois si – pressant le gant de toilette humide sur la tête de l'homme qu'elle aime. Ou aimait. Certains jours, soyons honnêtes, elle ne sait plus trop. Le sang afflue sous le linge, le front est une *zone terriblement vascularisée*, dit l'urgentiste, *pire que ça en a l'air*, et Diane croit comprendre *c'est moins pire que ça en a l'air*, sans en être sûre. Il faudra des points de suture, et elle espère qu'il n'a pas de commotion, de lésion cérébrale, rien d'irréversible parce que, pour être franche, la jeune fille qui a fait le vœu de soutenir son époux *dans la santé comme dans la maladie* peut-elle encore parler au nom de la Diane de trente-trois ans ? Et si Michael tombait dans le coma, ou passait le reste de sa vie à porter des couches, à boire avec une paille ? La Diane qui a dit *Oui* aime-t-elle assez cet homme pour le torcher pendant les cinquante prochaines années ? Et comment aimer un homme qui lui a clairement fait comprendre, non pas avec des mots mais avec des froncements de sourcils et des soupirs, qu'il préférerait qu'elle ne garde pas cet enfant ? Aime-t-elle suffisamment Michael pour rester ? S'aime-t-elle suffisamment pour le quitter ? Diane n'en sait rien, elle sait seulement que le sang de Michael est réel et chaud et ne cesse de couler de son crâne.

L'ambulance freine, les portes s'ouvrent, et Diane respire.

Elle ne s'attendait pas à un bâtiment de ce genre. Petit, beige et compact, il ressemble moins à un hôpital qu'à une banque qu'on aurait larguée au milieu d'un demi-hectare de forêt. Diane est doucement écartée sur le trottoir par une infirmière, on aide Michael à s'asseoir dans un fauteuil roulant et on lui demande de maintenir une compresse sur son crâne. De toutes les peurs que Diane a pu connaître – celle de l'avion, des serpents, de voir le signe négatif du test se changer en positif –, jamais elle n'a connu de peur aussi intense qu'en voyant la tête de son mari teindre l'eau en rouge. L'urgentiste pousse le fauteuil, l'infirmière tient la porte ouverte pour laisser entrer le blessé, et Diane les suit, impuissante.

À l'intérieur la salle d'attente est vide, le sol couvert d'un motif en damier. La femme de l'accueil est malpolie. Il fait chaud dans les couloirs et froid dans la salle de radiologie. Puis Michael se retrouve allongé sur une table d'examen et Diane reste à ses côtés. On applique de la Bétadine et Michael grimace, le front tout orangé. Après quoi on sort les aiguilles de suture et elle doit détourner le regard. Elle lui tient la main. Lorsqu'elle le regarde enfin, elle découvre sa tête recousue par huit gros points dignes de Frankenstein. Ils referment la béance entre le sourcil et la ligne des cheveux, comme si le sourcil gauche de son mari avait lui-même un sourcil.

Les radios finissent par arriver et tout va bien – *Suffisamment bien pour ce médecin de campagne, en tout cas* –, même si Michael jette à Diane un regard qui semble dire : *Dès qu'on sera rentrés chez nous, j'irai consulter un autre toubib.* Non qu'ils en aient les moyens, avec le prêt qu'ils peinent déjà à rembourser pour une maison valant désormais la moitié de ce qu'ils ont payé en 2007, quatre comptes au découvert maximal autorisé, plus les prêts étudiants de Diane qui, malgré tous ses efforts pour les oublier, sont loin de n'être plus qu'un souvenir. Il n'empêche, elle est ravie de voir Michael parler, sourire. Et surtout, elle est heureuse de savoir qu'elle n'aura pas à changer ses couches jusqu'à ce que la mort les sépare.

Cela dit, elle ne verrait aucun inconvénient à changer d'autres couches dans un peu moins de sept mois. Cet amour pour une créature qui n'est pas encore née, une créature qui n'en est même pas encore une – comment l'expliquer à son mari ? Elle lui avait promis qu'elle ne voudrait jamais d'enfant, et à l'époque elle le pensait vraiment. Son erreur n'a pas été de tomber enceinte. Son erreur a été de faire une promesse qu'il ne lui revenait pas de tenir.

Le médecin se lave les mains. Une infirmière va venir sous peu leur parler des soins et de la toilette, dit-il, puis il s'en va. Michael est toujours sur la table d'examen. Il pose les yeux sur le ventre de Diane comme s'il voyait à travers, dans ses entrailles.

On le garde, a-t-elle envie de dire, mais elle ne le fait pas, pas maintenant. Elle n'est pas croyante, en revanche elle est superstitieuse. Et elle a le sentiment que cela leur porterait malheur de se disputer aujourd'hui au sujet de sa grossesse, comme si en abordant le sujet elle risquait d'invoquer en elle l'esprit de l'enfant mort, de se condamner à mettre au monde un nouveau-né aux lèvres bleues, incapable de respirer.

Si le destin est guidé par les pensées et les mots, le moins que Diane puisse faire en cette journée est de se taire. Alors elle laisse son mari lui tenir la main. Elle sourit. Et il y a beaucoup, beaucoup, *beaucoup* de choses qu'elle ne dit pas.

5

Par trois fois, Richard Starling a livré son témoignage à la police. Par trois fois, il a expliqué qu'il n'a compris ce qui se passait qu'à la fin, quand Michael s'est retrouvé dans l'eau, le crâne ouvert, et que la fille sur le bateau s'est mise à pousser des hurlements comme il espère ne plus jamais en entendre.

Le flic a les joues recouvertes de duvet, et ses lèvres sont retroussées en une moue de perplexité. Il se tourne vers les autres, la famille Mallory. Le père s'appelle Glenn, la mère Wendy, la fille Trish. Richard ne connaît pas le prénom du garçon et n'ose pas demander. Le premier donne sa version des faits, puis Wendy. Trish, elle, n'arrête pas de pleurer. Le policier insiste pour qu'elle raconte dans le détail ce qui s'est passé. Glenn est debout, tout comme Richard.

Richard n'est pas un homme violent. C'est un ancien hippie qui est allé à Woodstock. Il a eu vingt et un ans en 1969. Être né en décembre le condamnait à être appelé sous les drapeaux, mais ses pieds plats lui ont sauvé la vie : au lieu de partir au Vietnam, il a pu finir ses études. Il n'a jamais frappé personne mais, avant d'être embauché à Cornell, il a enseigné quinze ans dans un lycée d'Atlanta et donc séparé son lot de bagarreurs. Il sait très bien quand quelqu'un est à deux doigts de se prendre un poing dans la figure.

Le policier est jeune, le genre qui boit comme un trou quand il n'est pas d'astreinte et demande à sa femme de repasser son uniforme tous les soirs. Il n'a jamais connu de deuil, ne perçoit pas la charge de chagrin qui l'entoure.

La main de Richard se pose sur l'épaule de Glenn.

« Et si je les ramenais chez eux ? » dit-il.

Le flic fronce les sourcils. Ils sont toujours sur le bateau des Mallory, qui tangue. Richard s'accroche au dossier d'un siège pour garder l'équilibre. Il scrute la rive, mais sa femme n'y est plus. Les vedettes tournent en rond et les plongeurs continuent de plonger.

Le jour où Richard a découvert sa fille morte dans son couffin, il a cru qu'on pourrait la réanimer. Malgré l'évidence des faits, il s'est dit, pendant des heures, que les médecins allaient trouver quelque chose pour la sauver. C'était il y a des années, et il ne se passe pas un seul jour où sa fille ne lui manque pas. Mais ces parents-là, Glenn et Wendy… ont-ils compris ? Ou espèrent-ils encore voir leur fils remonter à la surface, leur faire signe de la main et regagner la rive à la nage ?

« Messieurs, dit le policier, si vous voulez bien vous asseoir. Tous les deux. » Il ne regarde pas Glenn dans les yeux. C'est un début – si ce jeune homme n'a pas honte du ton de sa voix, au moins il sait qu'il devrait. Glenn reste debout, Richard aussi.

« Messieurs ! » répète le flic, mais une autre vedette les accoste.

L'homme derrière le volant doit avoir une cinquantaine

d'années, et les yeux sous la visière de sa casquette sont empreints de bonté. « Brockmeier, fait-il, j'ai un mot à te dire.

– Mais, chef… », répond le jeune policier qui, voyant l'expression de son supérieur, se ravise aussitôt. Il passe d'un plat-bord à l'autre et tend au lieutenant l'écritoire où sont consignées les dépositions du jour. Ce dernier regarde les Mallory dans les yeux et les salue individuellement. Puis, se tournant vers Richard, il lui lance : « Monsieur, je crois que nous pouvons prendre le relais maintenant. Si vous voulez bien quitter les lieux, je vais m'assurer que la famille regagne son domicile.

– On ne bouge pas d'ici », réplique Glenn. Mais sa femme se blottit contre lui, le visage appuyé contre son torse. « D'accord. Ramenez-nous à la maison. »

Le jeune policier leur tend une main que personne ne saisit, et ils montent sur la vedette, Trish la première, suivie de sa mère. Glenn se tourne vers Richard, et c'est seulement à ce moment-là que ce dernier s'aperçoit qu'il a toujours la main posée sur son épaule. Il la retire, et l'homme s'éloigne.

Richard regarde le bateau s'éloigner, puis monte à bord de *La Vache des mers* pour traverser la baie et rentrer au hangar à bateaux. Celui-ci, comme la maison qui le surplombe, se délabre. Des nids de guêpes tapissent les corniches, les insectes s'y engouffrant et en jaillissant tels des drones de cuivre. Les cannes à pêche de Richard sont posées dans un coin. Elles sont en piteux état, il faudrait changer les lignes et les moulinets. Il n'a jamais pêché dans l'océan et se demande si ça vaudra la peine de les emporter en Floride. Peut-être devra-t-il entièrement renouveler son équipement et cette simple pensée lui fait mal au cœur.

C'est très bien, la Floride. Ça lui va. Il y aura des oiseaux pour Lisa et des bibliothèques pour lui. Il aime bien les polars qui se passent dans cette région – les mystères de Miami, les meurtres sur la plage –, adore résoudre l'énigme dès les cinquante premières pages, aller directement à la fin et constater qu'il avait vu juste. Et puis ce ne sont pas les universités qui manquent, par là-bas. S'il s'ennuie, il pourra toujours reprendre l'enseignement.

Sauf que la Floride, ce n'est pas Lake Christopher, et ça n'a jamais fait partie de leurs projets. Le projet a toujours été de rester ici. Il ne veut pas abandonner la maison du lac, mais vu ce qu'il a fait, comment peut-il dire non ? D'ailleurs, pourquoi a-t-il fait ça ? Pourquoi, l'été dernier, a-t-il rejoint Katrina au Congrès mathématique des Amériques à Montréal, sans avoir rien prémédité, mais sans non plus avoir mis de barrière pour qu'il ne se passe rien hormis le fin mur qui séparait leurs chambres mitoyennes ? N'était-il pas allé jusqu'à laisser sa propre porte ouverte, juste pour voir ?

Qu'est-ce que tu fabriques ? s'était-il demandé toute la semaine, comme s'il observait, de loin, un homme faire ce que lui n'avait jamais osé faire.

Il n'aurait pas dû la rejoindre en boîte de nuit. Il lui avait offert un verre, mais Katrina voulait seulement danser et c'est ce qu'elle avait fait. Richard l'avait regardée. Quand elle était revenue au bar, elle avait la peau moite de sueur et était tout sourire. « Ces Canadiens sont des chics types, lui avait-elle dit. Un peu trop, même. » Cela faisait quarante ans qu'il n'avait pas touché une autre femme que Lisa, mais

Richard avait tout de suite su ce qui allait se passer, sans que Katrina ait besoin de dire quoi que ce soit.

Professeure de physique à Stanford, cette dernière était brillante. Et elle s'intéressait à Richard car elle souhaitait en apprendre plus sur la théorie des groupes de Lie et les groupes exceptionnels, plus particulièrement leur application en physique mathématique. C'était pour lui, disait-elle, qu'elle avait choisi de s'inscrire à Cornell pendant son congé sabbatique. Au tout début des années 2000, Richard s'était en effet joint à un autre mathématicien et à un physicien pour discréditer la théorie E8 de Lisi. Cela lui avait valu une brève notoriété (à l'échelle de sa discipline) et permis de décrocher des bourses, des propositions de chaires dans d'autres universités avec des publications à la clé, et un contrat d'édition pour un livre qu'il avait écrit et qui s'était bien vendu (là encore, à l'échelle de sa discipline). Au bout du compte, pourtant, qui sait ? L'histoire finirait peut-être par donner raison à Lisi. Une grande théorie unifiée pourrait se révéler juste, et peut-être y aura-t-il un jour une théorie convaincante du grand tout, même si Richard doute que cela arrive de son vivant.

Durant ses années à Cornell, il avait côtoyé plusieurs collègues de génie, mais jamais aussi jeunes que Katrina. Celle-ci avait la trentaine et déjà le statut de titulaire. Elle avait sauté plusieurs classes au collège, lui avait-elle raconté, bouclé son cursus universitaire en trois ans, et soutenu sa thèse de doctorat à seulement vingt-quatre ans. C'était plus ou moins du jamais-vu et Richard la vénérait pour cette raison.

« Détends-toi, lui avait-elle dit. C'est juste du sexe. »

Ils étaient passés de la boîte de nuit à la chambre de

Katrina. Richard avait d'abord eu du mal à bander, puis plus du tout. Il s'était allongé, elle l'avait chevauché, et la seule chose à laquelle il avait pensé, c'est que lui aussi avait été jeune, autrefois. Il n'était pas amoureux de Katrina, et elle lui avait clairement dit qu'elle non plus. Il aimait – aime toujours – sa femme, mais une seule vie n'y suffira jamais. S'il le pouvait, il referait tout de cent façons différentes. Il est sûr qu'il pourrait vivre cent vies sans jamais s'ennuyer.

Dans le hangar, une guêpe descend vers lui en piqué tandis qu'il raccroche les gilets de sauvetage aux crochets. Il récupère la lourde glacière encore pleine des sandwichs qu'ils n'ont pas mangés – la traîner jusqu'au sommet de la colline va lui bousiller le dos. À la porte, il se retourne et se dit que c'était peut-être la dernière fois qu'il sortait le bateau. Vu ce qui s'est passé, il se peut que sa famille ne veuille plus jamais aller pêcher ou se baigner dans le lac. Il se peut même qu'ils décident de partir avant la fin de la semaine.

Il entame la montée. Il faudrait tondre la pelouse. Au-dessus de sa tête, le ciel est sombre, la pluie menace. Il pose la glacière et s'arrête un instant pour reprendre son souffle. Avant, il faisait la course jusqu'en haut avec ses fils. Dans l'herbe, il y a un fer à cheval. Il se penche pour le ramasser, puis pense à son dos et se redresse.

Son aventure avec Katrina a duré trois mois. Ils ont fait attention. Il a toujours utilisé un préservatif, une sensation nouvelle qui lui a demandé un temps d'adaptation, et Katrina ne l'a pas appelé une seule fois chez lui. Au final, c'est Richard qui a mis un terme à tout ça, davantage par culpabilité que par peur d'être découvert. Katrina l'avait pris dans ses bras, avait redressé son nœud papillon et dit qu'elle comprenait. Elle ne se reprochait pas l'infidélité de Richard, pas plus qu'il ne lui en faisait le reproche. Si les prérogatives du mariage méritaient d'être protégées, c'était au marié que revenait le devoir de fidélité à ses propres vœux.

Cet automne-là, puis au printemps suivant, ils travaillèrent côte à côte comme si de rien n'était. Les vendredis après-midi, le nouveau petit ami de Katrina passait la prendre au labo. Il avait l'air sympathique, était beau garçon et beaucoup plus proche de son âge que lui. Ils semblaient heureux ensemble, et Richard leur souhaitait le meilleur. Cela aurait dû le soulager. Alors pourquoi s'était-il senti blessé ?

Que veut-il vraiment ?

Il veut retrouver son corps d'avant, pour commencer. Il veut la résistance et la tonicité d'un homme deux fois plus jeune que lui. Il veut être adoré, non en tant que mathématicien mais en tant qu'homme.

Ce qu'il ne veut pas, c'est que Lisa le quitte. Il craint qu'elle ait des soupçons, mais comment pourrait-elle être au courant ? Sur son mobile, Katrina apparaissait sous la lettre *K*. Que ne donnerait-il pas, certains jours, pour voir cette lettre s'afficher sur l'écran de son portable. Mais ils ne se sont pas parlé depuis la fin du semestre de printemps. Et elle n'est même pas venue à son pot de départ à la retraite au mois de mai, une modeste réception à Malott Hall. Il y a peu de chances qu'ils se recroisent un jour, à moins que Katrina ait besoin d'une lettre de recommandation pour l'obtention d'une bourse ou d'une résidence, lettre que Richard se fera un plaisir de rédiger.

Il entend claquer la porte-moustiquaire, et Lisa le rejoint

dans le jardin. Elle lui donne un coup de main pour porter la glacière jusqu'à la maison, et ils marquent une pause sur la première marche de l'escalier de la véranda.

« Ils l'ont retrouvé ? » demande-t-elle, et Richard secoue la tête. Elle a pleuré, ses yeux sont tout rougis. « Diane a téléphoné. Michael a des points de suture, mais rien de méchant. Il faut que quelqu'un aille les chercher.

– Je m'en occupe », dit-il.

L'hélicoptère s'en va, passant au-dessus de leurs têtes. Dans la baie, les plongeurs sortent de l'eau.

« Ils arrêtent déjà les recherches ? » demande Lisa.

Richard n'en sait rien. Il imagine que c'est à cause des conditions météo, lui prend la main.

« Ces pauvres gens, dit-elle. Ce pauvre petit.

– Et toi, ça va aller ?

– Non. Pas du tout. »

Ils se lèvent, portent ensemble la glacière en haut des marches, et Richard entre à la suite de sa femme.

6

En rêve, Jake court. Son père l'a dans son viseur.

En rêve, la Remington ne tremble pas, et la chevrotine, quand elle l'atteint, le frappe comme la foudre en bas du dos.

En rêve, il est à Phoenix, dans un « camp de masculinité ». Il prie, encore et encore, mais c'est un fait : il est gay. Des hommes lui hurlent dessus. Un animateur s'appuie contre le dos de Jake pour lui faire sentir son érection.

En rêve, son père le traite de *pédé, chochotte, tapette.*

En rêve, son père lui dit : *Tu n'es pas mon fils.*

Il se réveille d'un coup, et Thad le regarde depuis l'autre bout de la pièce.

« Combien de temps j'ai dormi ? demande Jake.

– Pas longtemps. Mon père est parti chercher Michael et Diane à l'hôpital. Maman prépare le dîner. Tu peux te rendormir si tu veux. »

Jake se redresse dans le lit. La serviette lui glisse de la taille et il se retrouve entièrement nu. Thad est assis au bureau que ses parents lui ont acheté à l'époque où il leur soutenait avec insistance qu'il était poète et avait besoin d'un endroit où écrire dans la maison au bord du lac. Il tourne le dos à son travail, qui consiste à gribouiller des notes dans l'un des petits carnets qu'il emporte partout, ce que Jake trouve insupportable. Ce dernier n'a pas de carnet à dessin avec lui, il n'en a jamais eu. Peut-être que les poèmes de Thad sont bons, lui en tout cas aurait bien du mal à se prononcer. Devant un tableau, un seul coup d'œil lui suffit pour savoir si c'est réussi, ce qu'a voulu faire l'artiste et combien de temps ça lui a pris – plus ou moins. Que l'œuvre lui plaise ou pas n'a aucune importance. Ce qui compte, c'est la force de conviction, et ça au moins, Thad en a. Pour le reste, Jake n'est pas sûr. L'univers de ses poèmes est le plus souvent trouble, comme une lune vue à travers la lentille d'un téléscope à l'envers. Mais encore une fois, la poésie n'a jamais vraiment été son truc, alors comment pourrait-il en juger ?

Il se lève. S'approche du bureau et pose les mains sur les épaules de Thad, qui lâche son stylo. Le carnet se referme tout seul.

« Arrête. Il faut que j'écrive.

– Alors écris, fait Jake. Personne ne t'en empêche. »

Il commence à le masser. La chemise de Thad est bleue et rêche, avec un crocodile Lacoste gueule ouverte à hauteur du téton. Il est temps qu'il s'en achète de nouvelles : l'an dernier, sa garde-robe a commencé à être juste, ce qu'il a d'abord mis sur le compte du sèche-linge avant d'admettre qu'il avait désormais ce que leur ami Wes appelle des *bourrelets d'amour.* « Bienvenue dans le monde des trentenaires », avait dit celui-ci en riant, et Thad avait lancé à Jake un regard qui signifiait que plus jamais ils ne feraient de plan à trois avec lui.

Jake lui caresse le dos jusqu'en bas, soulève le bord de la chemise, puis glisse les mains en dessous.

Thad se raidit. « J'ai dit non. S'il te plaît. »

Jake retire ses mains. « Je voulais juste être gentil.

– Tu parles. »

Jake laisse tomber. Il sort son ordinateur portable de son sac à dos et l'ouvre sur le lit. Il se met à l'aise, oreiller bien calé derrière la nuque, puis navigue dans Chat-N-Bate, clique sur « Couple homo », puis change d'avis et opte plutôt pour « Solo ». À l'écran, un homme est assis sur un lit long et étroit entouré de posters au mur : Metallica, Korn, Tool. Une lampe à lave est posée sur une table à côté d'une pile de bouquins. C'est l'idée que se fait un trentenaire d'une chambre d'étudiant, et ce type a trente ans bien tassés. Jake comprend : le look universitaire est à la mode, et plus on est dans le coup, plus on a de clients qui paient. Jake n'a jamais payé, mais il aime bien mater.

L'homme à l'écran est torse nu, jean baissé aux chevilles. Son sexe est rasé, long, non circoncis. Il se masturbe, regarde droit dans la caméra comme s'il pouvait voir Jake. Ce n'est pas le cas, évidemment, mais telle est l'illusion recherchée : faire croire à la personne de l'autre côté qu'on la voit.

Le pseudo du type est DannyK. À côté de l'image en direct, une fenêtre fait défiler les commentaires instantanés. Un *bip* retentit dès qu'il y en a un nouveau, et un *ding* signale chaque nouveau paiement.

Le mec s'astique, encore et encore, et Jake finit par bander. Pour lui, il est impensable de se lasser du sexe. Il lève les yeux. Thad le regarde.

« Tu déconnes ? » lâche celui-ci. Il se lève. Met son carnet de notes dans sa poche et sort de la chambre.

Jake ferme les yeux. Le portable est chaud sur son ventre. Il avait seize ans le jour où son père l'a surpris en flagrant délit. Le seul fait de se masturber, vu leur foi – baptistes du Sud – et leur paroisse – l'église du Glorieux Rédempteur, à West Memphis –, était déjà assez terrible comme ça, mais en plus Jake le faisait devant du porno. Et pas n'importe lequel, du porno gay, soit une triplette de péchés qui lui garantissait pratiquement la vie éternelle dans les flammes de l'Enfer.

Son père ne l'avait pas battu, pas cette fois-ci. À la place, il avait ouvert la bible de Jake – un cadeau qu'il avait reçu pour son anniversaire, avec son prénom gravé en lettres d'or sur la couverture de cuir. Le livre posé entre eux sur le lit, son père lui avait lu une dizaine d'extraits, sautant le Cantique des Cantiques pour se concentrer sur des passages condamnant le péché de luxure. Il était versé dans l'apologétique, et ils avaient analysé ensemble l'étymologie grecque et les multiples acceptions du mot *arsenokoites*. Ils avaient aussi parlé de David et Bethsabée. L'histoire d'Onan fut longuement abordée.

Son père admit qu'il était naturel qu'un garçon de l'âge de Jake éprouve certains besoins, mais insista sur le fait qu'il ne devait jamais y céder. Il ne lui proposa pas d'alternative, reconnaissant simplement que, de temps à autre, Jake pouvait déraper, auquel cas il faudrait demander pardon à Dieu et prier pour qu'Il le débarrasse de sa trique. Son père lui assura aussi qu'il n'était pas homosexuel, simplement perdu.

Mais Jake n'était pas perdu. Au collège, un de ses copains

lui avait montré les films X de son beau-père. Les femmes de ces vidéos ne lui faisaient aucun effet. Lui, c'étaient les mecs qu'il matait, et aussi son copain. « Arrête de me regarder, lui disait celui-ci. Regarde-les, elles. »

Au lycée, il était souvent tombé amoureux, sans oser jamais déclarer sa flamme jusqu'à ce camp des Jeunesses baptistes où il avait partagé sa tente avec Sam McIntosh. Ils n'avaient rien fait de plus que s'embrasser, mais le lendemain Sam était allé voir leur chef, Mr Doug. Et quand bien même les deux garçons avaient le même âge, le même statut au sein de la paroisse, cela n'y changea rien. Jake fut accusé de « l'avoir forcé ». L'autre, qui avait été le premier à se repentir, fut pardonné, lavé de ses péchés, et lui quasiment excommunié. Fini les Jeunesses baptistes. Fini les veillées du mercredi soir ou les missions de volontariat. Tout juste pouvait-il encore accompagner ses parents à l'office du dimanche. Sa mère en avait pleuré. Son père l'avait battu, et ne lui avait plus adressé la parole pendant des semaines.

Des mois plus tard, pour son dix-huitième anniversaire, on l'envoya en Arizona dans un camp plein de vieilles folles qui faisaient semblant de ne pas en être. Il écouta témoignage sur témoignage : Dieu pouvait intercéder. Grâce à Dieu, on pouvait devenir hétéro. Des écailles pouvaient tomber de nos yeux et presque aussitôt on se mettait vraiment à adorer les nichons.

Jake essaya sincèrement. Il participa à tous les offices, répondit à toutes les questions, entonna chaque vibrant cantique dans l'espoir de se voir affublé d'un halo de sainteté. Il voulait être un bon chrétien. Il voulait que son père soit fier de lui. Il voulait aimer Dieu et se faire aimer de Lui.

Jake rouvre les paupières. À l'écran, DannyK s'active encore. Les messages défilent dans la fenêtre de chat, truffée de photos et de GIF animés. Un festival de *bip* et de *ding. Continue, mon pote, t'arrête pas !*

Jake ne bande plus et referme l'ordinateur d'un coup sec. Dans la cuisine, il entend la mère de Thad parler au téléphone. La porte de la chambre s'ouvre, son compagnon passe la tête. « Ils arrivent, dit-il. Michael va bien. Quelques points de suture, rien de grave.

– Tant mieux », fait Jake. Il ne s'est jamais vraiment intéressé au frère de Thad car celui-ci ne s'est jamais vraiment intéressé à lui, mais il se faisait malgré tout du souci pour lui.

« Tu as peut-être envie de t'habiller pour le dîner », dit Thad.

Leurs regards se croisent. Jake ne compte pas s'excuser d'être excité. Ce qui n'empêche qu'il se sent mal. Thad a le don de susciter un sentiment de culpabilité chez les autres, et lui a le don de se sentir toujours coupable.

Thad sort de la chambre et ferme la porte. Un coup de tonnerre retentit, fort, mais Jake ne regarde pas dehors. Il ne veut pas voir les vedettes de police, le lac. Il baisse les yeux sur son téléphone et découvre un SMS. *Marco.* Le rendez-vous de demain est une erreur. Il ne devrait pas y aller, et c'est précisément pour ça qu'il ira.

Mettons ça sur le dos de la curiosité. Du destin. De Facebook. Quand son ex lui a envoyé un message pour lui dire qu'il était à Asheville, et qu'une semaine plus tard la mère de Thad a téléphoné, insistant pour qu'ils passent à

Lake Christopher avant la fin du mois, le timing semblait trop providentiel pour être ignoré. Asheville l'attend, à une heure de route. Il faut simplement qu'il persuade Thad de l'accompagner.

Toute relation libre a des limites, et les leurs sont les suivantes : toujours ensemble. Seulement s'ils sont tous les deux à l'aise. Et jamais avec un ex. C'est une sorte de mantra : *Toujours. Seulement. Jamais.*

Depuis deux ans, ces règles leur ont plutôt bien réussi. Thad ne raffolait pas de l'idée, au début, mais pour Jake ce n'était pas négociable. Il refuse de se voir imposer des interdits, que ce soit par l'Église ou par un homme. Mieux vaut être un fils de pute qu'un enfant de chœur. Mieux vaut passer une mauvaise nuit que regretter les tourments du *et si.* Mais avec Marco, c'est différent. Non seulement c'est un ex, mais c'est le premier amour de Jake. Avec Marco, *un simple déjeuner* signifie plus que cela, non ?

Demain ? lui a écrit Marco. *Toujours partant ?*

Toujours partant, répond Jake, qui n'a pas mentionné Thad une seule fois.

Il se lève et range le portable dans son sac à dos. Puis il enfile un caleçon et un pantalon. Dehors, le vent fait jouer des maracas aux arbres. Au-delà, le lac ondule, et les bateaux ont quitté la baie.

Il fait tomber le stylo de Thad, qu'il récupère sous le bureau. Ce n'est pas un objet de valeur mais un simple Bic – corps blanc, pointe noire, du genre qui se vend par paquets de dix. Thad écrit avec n'importe quoi, ce que Jake trouve mignon. Et un peu agaçant aussi. Il remet le bouchon puis replace le stylo sur le bureau.

Il reste un peu de temps avant le dîner, il devrait en

profiter pour faire quelque chose de productif. Il s'est donné la peine de faire passer ses huiles au portique de détection, s'est même procuré toutes les notices de sécurité allant avec, mais au final il n'en a pas eu besoin. C'est tout juste si la femme de l'aéroport a remarqué les tubes. « De la peinture », lui a-t-il expliqué, et elle l'a laissé entrer en salle d'embarquement. La térébenthine et le White Spirit ne seraient jamais passés, mais il pourra toujours siphonner l'essence de la tondeuse s'il a besoin d'un diluant. Il a pris deux toiles et des punaises pour le transport, au cas où la peinture serait encore fraîche au moment de partir. Ainsi que des pinceaux, une palette et un chevalet pliant. Bref, il a tout ce qu'il lui faut.

Mais il a aussi un secret.

Jake Russell, la sensation du tout-New-York, le plus jeune poulain de Frank DiFazio, l'homme qu'*Artforum* a qualifié de « nouveau symboliste du XXIe siècle » et de « Munch américain », n'a pas achevé un seul tableau depuis six mois.

7

Le crépuscule, ou presque. Cette heure blafarde qui précède le dîner telle une malédiction.

Lisa est assise à la table de la cuisine. Elle a faim, et l'odeur du poulet, du romarin et des oignons aiguise son appétit. Devant elle, une moitié de cantaloup est posée sur une assiette et baigne dans son jus, pareille à une géode. Il ne lui reste qu'à retirer les pépins au cœur du melon, mais sa cuillère lui semble trop petite, et la tâche trop grande.

Richard devrait déjà être rentré.

Les fenêtres sont sales, elle se lève pour les épousseter. Tire le loquet de l'une d'elles pour l'ouvrir. Le lac a viré au gris et les bateaux ont disparu. Le vent souffle sur la porte-moustiquaire, d'où il déloge un scarabée – carapace émeraude et pattes fines comme des brindilles. Lisa ne se souvient pas de la dernière fois qu'ils ont fait les vitres. Elle ne se souvient pas non plus de la dernière fois qu'elle ou Richard ont balayé et lessivé le sol de la cuisine. Ces négligences signifient peut-être qu'ils ne méritent pas cette maison. Mais peu importe. Bientôt, il n'y aura plus de maison à mal entretenir.

Sur le seuil, l'insecte est sur le dos, comme pour les

accuser. Le tonnerre fait vibrer les vitres dans leur cadre, ce qui lui donne au moins quelque chose d'utile à faire. Lisa rassemble les grands seaux et les installe pour récolter la pluie, leurs anses penchées comme autant de sourires. L'un d'eux reçoit l'eau qui goutte de l'arête du toit, un autre celle qui s'écoule d'une grande tache d'humidité en forme de tarentule.

Tout est pourri, avait dit l'inspecteur en redescendant l'échelle qui mène au toit. Lisa avait craint que la vente soit annulée, mais les acquéreurs n'avaient pas bronché. C'est à ce moment-là qu'elle avait compris que ce n'était pas la maison qui les intéressait. Dans une semaine, les plus belles décennies de sa vie seront réduites en poussière par des bulldozers. Plus jamais elle ne verra Thad galoper dans la maison les fesses à l'air (il avait eu une phase exhibitionniste). Ou Michael remonter la colline avec un poisson-chat dont la queue bat frénétiquement. Plus jamais elle n'observera depuis la véranda un martin-pêcheur avec sa crête de punk et son gros bec. Pas plus qu'ils ne reprendront la route en lacets, d'ici quelques années, pour tourner dans l'allée et sonner à la porte. Ils ne diront jamais : « Nous habitions ici, avant », dans l'espoir d'une visite guidée de la cuisine après travaux ou de la véranda équipée d'une nouvelle moustiquaire. Parce qu'il n'y aura ni cuisine, ni véranda. Enfin, il y en aura, mais ce ne seront plus les leurs. Leur maison aura disparu, remplacée par une construction d'une absurde sophistication.

Pourquoi, alors, tous ces seaux ? Pourquoi ne pas laisser l'eau imprégner le sol ? Parce que cette maison est la sienne. C'est la sienne pour encore quelques jours, et Lisa prend soin de ce qui est à elle. Il suffirait qu'elle annule la vente, qu'elle change d'avis et se rétracte. Mais c'est la seule chose qu'elle ne peut pas faire. La situation exige un sacrifice. Sauf que, qui sacrifie-t-elle ici ? Pour qui, et au nom... de quoi ? Ce ne sont toutefois pas les bonnes questions. C'est comme se demander à qui revient notre chagrin, ou qui a étouffé l'incandescence de nos jours alors que s'éteint le rougeoiement d'une allumette qu'on vient de craquer.

La première fois que Lisa a fait l'amour, c'était avec un dénommé Nick. En 1978. Elle était alors âgée de vingt ans, en deuxième année de fac, et ils l'avaient fait dans sa Chevrolet Vega 71 à elle. Deux ans plus tard, elle rencontrait Richard. Ils s'étaient mariés peu après, et elle avait insisté pour qu'ils vendent la voiture. Richard avait résisté – cette bagnole était très bien. Si Lisa détestait la Vega, elle pouvait toujours conduire sa Dart à lui. Mais elle s'était obstinée. Elle refusait de voir son mari conduire cette voiture ou même ne serait-ce que monter dedans. Le sexe, à ses yeux, collait une étiquette sur tout. La Vega fut donc vendue. Et si Richard n'avait pas transgressé l'interdit dans cette maison, c'est là qu'elle l'avait attendu, un an plus tôt, pendant qu'il le transgressait. C'est là qu'il était revenu après la convention, nœud pap' de traviole, et qu'elle avait compris qu'une autre femme avait posé les mains sur lui. Les vêtements de Richard, quand Lisa avait fait une machine, portaient l'odeur d'une autre.

Non, la maison doit disparaître, la page cornée doit être lissée, la reliure de leur ancienne vie aplanie.

Ils sépareront le bon grain de l'ivraie et puis déménageront : un nouvel État, une nouvelle maison, de nouveaux oiseaux, de nouveaux amis, une vie à rebâtir de zéro. Ce n'est pas la seule façon d'avancer, mais ça le devient maintenant qu'elle a pris sa décision.

Lisa ajuste les seaux. C'est une tâche qu'elle a accomplie cent fois, et elle trouve du réconfort dans ce genre de rituel, se sent comme protégée par la certitude que s'il pleut, en tout cas, la fuite sera circonscrite.

8

Thad traîne un maillet de croquet dans le jardin, sur les fourmilières, dans l'herbe qu'il faut tondre. À côté d'un arceau, il y a une balle rouge qui ressemble à une grosse verrue. Il se baisse pour l'arracher aux pissenlits.

La veille, son père est allé chercher le jeu dans le garage, il a sorti les maillets de leur boîte et planté les arceaux dans l'herbe, mais personne n'y a encore joué. Non qu'ils y aient jamais vraiment joué, pour être honnête. La version familiale du croquet consistait depuis toujours à taper comme un sourd dans la balle, pour un nombre de points variable chaque fois qu'elle passait sous un arceau. Les règles officielles étaient inscrites au dos de la boîte, mais Thad pour sa part ne les avait jamais lues. Ergoter sur les subtilités du croquet lui rappelait trop toutes ces conneries des *gens de la haute*. Ses parents ont peut-être une maison au bord d'un lac, mais celle-ci n'en reste pas moins un mobil-home, transformé pour faire illusion, acquis avant que les mots Lake Christopher, Caroline du Nord, ne deviennent tendance et que le propriétaire de la chaîne de magasins Home Depot ne s'offre la moitié de la baie.

Voir son père ressortir leur antique jeu de croquet ne

fait que confirmer une crainte grandissante : Richard et Lisa ont l'intention de faire revivre en une semaine tout cet univers, toutes les choses qu'ils aiment ici. Les sorties en bateau et les parties de pêche. Les pique-niques. Les activités de loisir – fer à cheval, fléchettes, cartes. Comme pour se souvenir à marche forcée du bon vieux temps. Jake adore les jeux auxquels s'adonne la famille Starling au bord du lac, car il adore la compétition. En fait, tout ce qui relance la machine chez le père de Thad la relance aussi chez lui. À ses yeux, la vie n'est qu'art, sexe et jeux. À moins que l'art et le sexe ne soient eux-mêmes des jeux. En tout cas pour Jake, les trois permettent de créer de l'émulation et de se dépasser.

Un roulement polyphonique monte de la pelouse. Les balles de croquet scintillent dans le crépuscule. Thad sort son Moleskine de sa poche, puis se rappelle qu'il n'a pas de stylo. Il pourrait rentrer, mais ne veut pas croiser Jake. *Scintillent dans le crépuscule.* Et ça se dit poète…

Il retire les arceaux et les fourre dans leur sac. Il a trouvé un maillet, un autre est déjà rangé dans la boîte. Il en manque donc encore deux. Il arpente le jardin, prie pour ne pas tomber sur un serpent, trouve un troisième maillet dans l'herbe. Il est tout abîmé, le bois de sa masse fissuré. Quand leur père ne regardait pas, le frère de Thad s'en servait pour écraser les limaces. Le Chasseur de limaces 3000, ainsi que Michael surnommait son maillet préféré. Il le soulevait, criait : « Achève-le ! » comme dans *Mortal Kombat* et frappait un grand coup. Le résultat était magique, une flaque bombée et brillante aux reflets aussi argentés que du mercure. Un jour, Michael avait ainsi écrasé un escargot qui n'était rien d'autre, se disait-il, qu'une limace à chapeau. Mais le craquement qui s'ensuivit avait été trop dur à supporter. Michael avait vomi, et Thad avait pleuré. À compter de ce jour, ils n'avaient plus jamais tué de limace ou d'escargot.

La tempête approche, l'ombre de Thad s'allonge sur la pelouse. Le bas des nuages brille au-dessus de sa tête. Il retrouve le dernier maillet et le rapporte au garage au moment même où il se met à pleuvoir. Ce garage, bâti à l'écart, n'a jamais été destiné aux voitures. Désormais, il regorge de tout ce qui remplissait autrefois la maison. Les cartons s'empilent et se bousculent, affichant tous tristement la même teinte uniforme de la société de déménagement U-Haul. Pas un ne porte la moindre étiquette, ses parents tout crachés. Les « profs tête en l'air ». Mais Thad n'est pas là pour ça. Les cartons qu'il cherche sont longs et blancs.

Au collège et au lycée, il collectionnait les *comics*. À l'université aussi, puis il avait arrêté. Sa collection comprenait surtout des *X-Men*, bien qu'il ait abandonné ses mutants bien-aimés à la fin de l'ère Matt Fraction, quand la série était devenue un grand n'importe quoi. Il lui arrive toutefois encore d'acheter un numéro de temps à autre. Dans le dernier, *Gambit & Rogue*, les Ross et Rachel de l'équipe de superhéros, dont on ne cesse de se demander s'ils vont sortir ensemble ou pas, finissent par se marier, une péripétie qui l'aurait ravi vingt ans plus tôt. Aujourd'hui, il échangerait volontiers ce couple contre quelques X-Men gays au cœur de n'importe quel rebondissement essentiel à l'intrigue.

Il avait transporté la plupart de ses *comics* depuis Ithaca jusqu'à l'appartement de Jake, mais comme Thad passait tous ses étés au bord du lac, le reste est ici. Il n'est pas obsédé à l'idée de compléter sa collection, mais vu qu'il lui manquait des numéros pour pratiquement chaque titre, il se dit que ce serait bien de tous les rassembler. Il pourrait prendre son temps, relire ceux écrits par ses auteurs préférés. Pourquoi pas les vendre sur eBay. Il ne sait pas trop combien ça vaut. Quelques milliers de dollars, probablement. Assez pour lui permettre de tenir plusieurs mois au cas où…

Mais Thad ne veut pas trop penser au *cas où*.

Il déplace des piles et en forme de nouvelles, mais les longues boîtes blanches ne sont pas là. À moins qu'on ne les ait mises dans d'autres boîtes, il semble bien qu'elles aient disparu. Ce qui est impossible. Ses parents n'ont pas pu jeter les *comics* de leur fils. Ils ne lui auraient jamais fait ça, pas à lui.

Il retrouve le vieux télescope de la famille, protégé par son étui en cuir verni et poussiéreux. En le soulevant, il arrache la poignée et l'étui retombe lourdement par terre. Il le ramasse et le porte à l'épaule comme un fusil, referme la porte coulissante du garage et rentre sous la pluie en courant.

Sa mère est à la cuisine. Un gros poulet rôti a été sorti du four et diffuse son parfum dans la chaleur de la maison.

« J'ai retrouvé le téléscope », dit-il, redevenant d'un coup un petit garçon. Malgré lui, il a envie qu'elle soit fière de lui.

« Très bien, mais ne touche à rien d'autre dans le garage. Les déménageurs ont tendance à facturer davantage de cartons s'ils sont éparpillés. »

Thad pose le téléscope sur la table, puis s'approche du plan de travail, où sa mère fouette du beurre fondu dans un bol. Le plan de travail est en forme de fer à cheval et il se trouve face à elle.

« Tu as rangé le jeu de croquet ? demande Lisa.

– Oui. »

Plus que deux jours, et ils reprendront les rôles qu'ils se sont respectivement assignés dans la famille : son père en retrait, sa mère étouffante, Michael maussade, et lui-même faisant de son mieux pour être aimé de tout le monde.

« Les maillets sont bien tous dans leur boîte, insiste-t-elle, et les arceaux dans le sac ?

– Les *anneaux*.

– En Angleterre, où ce sport est né, on dit *arceaux*. »

Thad sourit. « Tu as une interprétation plutôt audacieuse du mot *sport*. »

Sa mère entreprend de beurrer le poulet au pinceau. La peau est dorée, mais elle n'a pas encore cet aspect cuivré qui est sa marque de fabrique.

« Je n'ai pas vu Jake de tout l'après-midi, dit-elle.

– Il peint, ment Thad. Il travaille dur pour sa prochaine expo.

– C'est merveilleux », dit sa mère, qui n'écoute pas vraiment.

Elle glisse les mains dans des gants de cuisine jaunes pour enfourner le poulet. La maison est silencieuse. Le tonnerre a capitulé. On n'entend plus que la pluie et l'eau qui goutte dans les seaux.

« Maman », commence Thad, mais le moment est mal choisi. Sa mère a les yeux fermés, bras croisés sur la poitrine. Cette journée est suffisamment difficile, et il donnerait l'impression d'être un monstre s'il abordait le sujet des *comics* disparus.

Qu'ils passent d'abord à table. Qu'ils jouent à quelque chose. Peut-être que la semaine se passera bien malgré tout.

C'est ce que se dit Thad, puis il pense à l'autre famille, au petit garçon. Il se sent aussitôt égoïste, puis faible de se sentir égoïste et finalement gêné de se sentir faible. « Paralysie de l'analyse », dirait son psy, Steve. Une expression dont Thad est presque sûr qu'il l'a piquée aux Alcooliques Anonymes.

Demain, Thad se réveillera et ira à la fenêtre. Si les bateaux sont de retour, ça voudra dire qu'ils n'ont pas retrouvé le petit.

Sa mère éclate soudain en sanglots et il ferme les yeux. Il n'y a qu'une chose à faire face à tant de chagrin : Thad va se défoncer à mort.

9

Richard bat les cartes, puis Diane coupe. Ils ont modifié les règles de l'atout pique pour pouvoir jouer à six et forment deux équipes de trois, chacun jouant à tour de rôle. Richard tient la marque.

Ils sont installés à la table de la cuisine. Lisa a préparé du thé, qu'elle est la seule à boire, et rempli un bol de bretzels que personne ne mange. Personne n'en mange jamais mais ils sont jolis à regarder, tel un petit monticule de nœuds de trèfle bien nets. Dehors, il pleut sans discontinuer.

Richard distribue. Lui, Michael et Jake contre Lisa, Diane et Thad. C'est comme ça depuis que Jake est dans le paysage, et Richard s'en sort mieux quand il fait équipe avec lui plutôt qu'avec son fils. Jake comprend les subtilités du jeu. Et surtout, il joue pour gagner. L'ambition, ça compte. Évidemment, il s'agit d'un simple divertissement en famille, mais il n'y a rien d'amusant à ne jouer que pour s'amuser. Richard préfère jouer et perdre plutôt que de ne jamais voir personne gagner.

Jake est un bon garçon, charmant, à qui tout réussit. Un peu prétentieux, certes, mais comment ne pas l'être quand on est riche et talentueux comme il l'est, à seulement vingt-six ans ? Richard le regarde de l'autre côté de la table et aimerait bien, Dieu lui pardonne, que ses fils lui ressemblent davantage. Il aurait bien aimé lui-même ressembler davantage à Jake, avoir tout ça au même âge. Richard a tout fait tard : se marier, avoir des enfants, réussir professionnellement· Peut-être est-il encore temps pour ses fils. Michael est intelligent, et il a la sensibilité nécessaire. Thad, ça va quand il n'oublie pas de prendre ses médicaments. Il y a eu cette sale histoire à l'hiver 2005, et une seconde tentative il y a dix ans. Mais d'après son cadet c'est fini pour de bon, et Richard veut y croire.

Lisa touille son thé.

Question jeu de cartes, sa femme et lui forment une équipe lamentable. On pourrait croire, après trente-sept ans de vie commune, que chacun lit dans les pensées de l'autre, lui fait des clins d'œil entendus, mais Richard n'a aucune patience quand elle joue une carte trop faible et qu'elle oublie, comme à chaque fois, ce qui vient d'être joué. *Il n'y a que cinquante-deux cartes,* a-t-il envie de lui dire. *Sois un peu attentive !* Il aime sa femme. Il se jetterait sous les roues d'un bus pour elle. Mais il déteste sa façon de jouer à l'atout pique.

Elle retire le sachet de thé de sa tasse, le laisse en suspension le temps qu'il s'égoutte, puis le pose sur la table. C'est sa place habituelle, au point qu'il y a une constellation sur le revêtement de bois là où les sachets de thé ont laissé leur empreinte. Richard voit qu'elle n'a pas le cœur à jouer. Lui non plus, mais il fait mieux semblant. Simuler la joie jusqu'à l'éprouver pour de bon, quelque chose comme ça.

Ils ont dîné en silence, le poulet était sec et les légumes étaient caoutchouteux, contrairement à d'habitude. Mais tout le monde a mangé. Tout le monde a dit que c'était délicieux, tout le monde a menti en connaissance de cause, parce que ça se passe comme ça en famille. Lisa n'a quasiment pas ouvert la bouche, Jake et Thad se sont totalement ignorés, Michael, défoncé aux antalgiques, se touchait régulièrement la tête pour tâter le gros bandage qu'il a autour du crâne, et Diane lui a fait plusieurs fois les gros yeux en lui tapant sur les doigts. Le repas de la veille avait été tout aussi sinistre, mais pour d'autres raisons. « Votre père et moi », s'était lancée Lisa, et Richard avait vu ses enfants se décomposer à l'idée de perdre la maison de famille.

Il distribue la dernière carte. Qu'ils fassent rien qu'une partie. S'ils jouent, peut-être que...

« Est-ce qu'on ne ferait pas mieux de partir ? demande Diane à la tablée, et Richard se garde bien de réagir.

– Que veux-tu dire par là, ma chérie ? » s'étonne Lisa.

Lisa a toujours appelé Diane « ma chérie », mais elle n'a jamais donné de petit nom à Jake. Il aura droit à cette marque d'affection si Thad et lui se marient, pense Richard, pas avant. Avec Lisa, tout se mérite.

« Vu ce qui s'est passé..., dit Diane. Vous avez envie de rester, vous ? »

Assister à une noyade et continuer comme si de rien n'était, faire une partie de cartes comme si c'était un jour ordinaire. Est-ce déraisonnable ? Sont-ils tous sous le choc, et Diane est-elle la seule à avoir les idées claires ?

Lisa sourit du sourire de celle qui tente de ne pas pleurer tout en contenant sa colère.

« Et où voudrais-tu qu'on aille ? » demande-t-elle.

Laisse-les partir, aimerait dire Richard. *Libère-les si c'est ce qu'ils veulent.*

Il n'a pourtant aucune envie de blesser sa femme, et son instinct le pousserait d'ordinaire à prendre sa défense. Il apprécie beaucoup Diane. Elle fait du bien à Michael, est attentionnée avec chacun d'eux, et il trouve parfois que Lisa est trop dure avec elle.

« Vous pouvez partir, bien sûr, lâche-t-il. On serait ravis que vous restiez, mais… »

Lisa fronce les sourcils. Ses phalanges blanchissent autour de l'anse de sa tasse.

« On ne vous en voudra pas si vous ne passez pas la semaine ici », insiste-t-il.

Sa femme le dévisage. Elle cherche à croiser son regard, mais Richard esquive. Il la maintient à la périphérie de sa vision, regarde le bandage de Michael, le carré de coton taché d'orange par la Bétadine. Une fois les points de suture retirés, son fils gardera une cicatrice.

« Passez au moins la nuit ici avant de prendre une décision, dit Lisa. Et vous partirez demain si c'est vraiment ce que vous voulez. » Richard regarde Michael. Michael regarde ses genoux.

Jake tend le bras vers les bretzels, semble se raviser et fait tourner dans sa main le bol de céramique. C'est l'un de ceux qu'a fabriqués Diane. Elle est douée pour la céramique, mais moins pour la peinture – ce que personne n'oserait jamais avouer à voix haute.

Le roi de cœur que Richard tient entre ses doigts semble le dévisager, avec son épée dans la tête. La main est faible. Pas assez de figures pour annoncer un pli, et trop d'atouts pour parier zéro. À moins que Jake ne cache de monstrueux atouts, c'est mal parti.

« Je boirais bien un verre, dit-il en se levant.

– Moi aussi », fait Michael.

Son fils a une bonne descente. Plus qu'il ne devrait. Plus que les autres ne semblent le remarquer. Richard ne le voit qu'une semaine à Noël et une autre en été, alors il se dit que c'est peut-être juste pendant les vacances. Il espère que Diane leur en parlerait si Michael avait un problème de ce côté-là. Mais il est possible qu'elle ait peur, tout comme lui, d'aborder le sujet.

Il va chercher le dernier bocal de l'été au freezer et deux verres dans le placard au-dessus de l'évier. Verse deux doigts dans chacun. Cette eau-de-vie s'appelle Apple Pie, et il n'a jamais rencontré les gens du coin qui la distillent en secret. Il passe simplement un coup de fil, laisse un message, roule jusqu'au fin fond du comté, se gare et va se balader pendant une vingtaine de minutes. Quand il retourne à sa voiture, l'argent qu'il avait caché sous le siège conducteur n'est plus là, et l'eau-de-vie est dans le coffre. Ses collègues de Cornell trouveraient sûrement ce système déconcertant, voire risqué, mais ça se passe comme ça depuis des décennies. C'est un truc typique de la région, auquel Richard est habitué. Lui-même est un gars du Sud, et il le restera jusqu'à sa mort. Son doctorat ou son statut de professeur n'y changeront jamais rien.

Il pose un verre devant son aîné et se rassoit.

« Vas-y doucement », dit-il, et Michael hoche la tête, puis boit une longue gorgée. L'eau-de-vie, plus le vin du dîner, plus les antalgiques sont un mélange dangereux, mais Richard se garde bien de le lui faire remarquer. « C'est courageux, ce que tu as tenté de faire », a-t-il lâché en voiture lorsqu'ils sont rentrés de l'hôpital. *Ce que tu as fait*, voilà ce qu'il aurait dû dire à la place. *Fait*, pas *tenté de faire*, même si toute personne ayant vu quelqu'un perdre la vie connaît la froideur d'une parole de réconfort quand on est face à la mort.

Richard examine de nouveau ses cartes, même s'il les a mémorisées au second coup d'œil. Cette fois, Jake et lui jouent ensemble contre Thad et Diane.

Il sirote son verre, et son visage affiche une expression de joie vive et sans filtre. Les effets de l'eau-de-vie, qu'il a bue tout l'été, ne se font pas attendre. Sa langue lui remplit la bouche, il ne sent plus le poids de sa colonne vertébrale.

Une fois le tour de table terminé et toutes les mises annoncées, Michael se lève pour aller boire un shot au comptoir de la cuisine, puis il retourne s'asseoir après s'être resservi un verre. De toute sa vie, Richard n'a jamais bu trois verres de gnôle le même soir. Il observe ses deux fils. « Chez Michael, la minceur est dans les gènes, alors que chez Thad, c'est plutôt dans les jeans », avait dit Jake un jour pour plaisanter. Les deux frères ressemblent à leur père – pommettes saillantes, yeux enfoncés, nez aquilin –, mais c'est Michael qui tient le plus de lui question taille et carrure.

Quand les garçons étaient petits, Lisa parlait parfois d'un exercice mental qu'elle appelait *Intelligence, bonheur, bonté.* Pour elle, il est possible de conjuguer les trois, alors que pour Richard on ne peut espérer en avoir plus de deux, et encore. Lui est intelligent (la modestie est hypocrite – pire, c'est une perte de temps), il lui arrive d'être heureux, mais il est rare qu'il fasse preuve de bonté. Non qu'il soit méchant. La bonté, selon la définition de sa femme, consiste à faire don de soi, à se mettre au service d'autrui en prodiguant un amour sacrificiel. Voilà, au fond, l'énigme à résoudre : la vie est-elle une quête de connaissance, de bonheur, ou de bonnes actions ? Il ne faut pas qu'ils s'excluent mutuellement, or c'est trop souvent le cas. Il a vu des collègues se laisser griser par leur propre méchanceté, et certains de ses amis étaient, à l'inverse, des idiots au grand cœur. Cela donne donc sept combinaisons possibles. Sept types de personnes dans le monde, huit en comptant ceux qui sont totalement dépourvus de vertu. Et beaucoup plus de permutations si l'on tient compte de la valeur de chacune d'elles, mais Richard n'est jamais allé aussi loin dans ses calculs. Thad est intelligent et plein de bonté ; c'est le bonheur qui lui échappe. Et Michael est intelligent, même s'il a tendance à faire les mauvais choix, à dire des âneries. Quant à Lisa, eh bien il est possible qu'elle ait en effet les trois.

« Ce que j'aimerais comprendre, lance Michael, c'est à quoi pouvaient bien penser ses parents, putain. » Il a la voix pâteuse à cause de l'alcool et des antalgiques. Il siffle son troisième verre et le repose un peu trop fort.

« Michael », le coupe Lisa. Sa voix est ferme, mais on y décèle aussi de la crainte. *Arrête*, semble-t-elle vouloir dire. *Ne gâche pas tout.* Comme si la semaine n'était pas déjà foutue.

« Ces gens, là, continue-t-il.

– Wendy et Glenn, dit Richard en posant ses cartes face contre table.

– Qui ? demande Michael.

– Les gens dont tu t'apprêtes à dire du mal. Ils ont un nom, ils s'appellent Wendy et Glenn.

– Wendy et Glenn, dit Michael. Eh bien j'ai quelques noms d'oiseaux pour Wendy et Glenn, putain.

– Pas de gros mots ! » lâche Lisa.

Cette dernière n'est pas une puritaine. Elle a la foi, mais elle est du genre progressiste, « Dieu est amour », pas du tout « hérétiques, au bûcher » ou « gros mots interdits ». Sauf que la maison du lac, c'est sacré et, sur cette question, elle a un vrai côté ecclésiastique. Il y a des moments où l'on peut jurer, et d'autres où il faut savoir prendre sur soi. Un lieu pour la colère, un autre pour la paix. Pour elle, cette maison est toujours rentrée dans la deuxième catégorie. Richard comprend ça, même si à ses yeux la paix est illusoire. Il y a de la beauté dans le monde, bien sûr, mais à y regarder de plus près... Le monde veut notre mort et revient à la charge jusqu'au jour où il obtient enfin satisfaction.

Jake joue la reine de carreau, un coup pour rien. Thad joue le deux de carreau. Richard se défausse d'un trèfle, et Diane ramasse le pli.

« Non mais sérieux, qui fait monter sur un bateau un gamin qui ne sait pas nager ? reprend Michael.

– Chéri », tente Diane, et Michael tape du plat de la main sur la table. Les bretzels tremblent dans leur bol. Il s'est arrêté de pleuvoir.

« Ces gens sont l'incarnation de tout ce qui ne tourne pas rond aux États-Unis, poursuit-il. Mal élevés, blancs et bourgeois.

– Nous aussi, on est blancs et bourgeois, fait remarquer sa mère.

– Parle pour toi. » Michael secoue la tête. « On devrait les foutre en taule. »

Lisa se lève. Se rassoit. Il est si rare qu'elle se mette en colère, Richard avait oublié à quoi ça ressemble. Mais là, elle est carrément furieuse.

« Il y a des choses qui arrivent sans que ce soit la faute de personne, dit-elle. Elles arrivent, voilà tout. »

Elle regarde le plafond. Elle est mère. Elle a eu trois enfants. Elle n'en a plus que deux.

« Par pitié, conclut-elle. Laisse donc ces pauvres gens en paix. »

Tous les yeux sont tournés vers Michael. La suite ne dépend que de lui. De terribles disputes ont déjà éclaté autour de cette table, le plus souvent à cause de ses déclarations. Il y a deux ans, il a même fait pleurer sa mère. « Il est hors de question qu'un de mes fils vote pour Donald Trump », avait dit Lisa, sortant de la pièce en trombe. Mais ce soir, elle préfère la diplomatie.

Michael lève son verre vide, et Richard ne sait pas trop s'il s'agit d'une capitulation ou d'un toast. Ce n'est en tout cas pas une façon de s'excuser. Puis Michael rote. Un rot long et sonore, qui contient plus d'une octave. L'idée était de faire retomber la tension, mais ce soir personne ne rit.

Il ferme les yeux. Quand il les rouvre, il voit clair. Un vieux truc de son fils, a remarqué Richard, cligner des yeux pour retrouver ses esprits.

« Et si on allait manger une glace ? » lance Michael pour faire diversion.

Lisa s'approche de lui.

« Bonne idée », dit-elle.

Debout derrière sa chaise, elle lui masse les épaules et

l'embrasse au sommet du crâne. Elle ne parle pas de son début de calvitie. Elle ne lui secoue pas les épaules comme pour lui signifier : *Je suis encore ta mère, et tu me dois le respect.* Elle lui a déjà pardonné, sans même qu'il le lui demande.

Peut-on en vouloir à Richard de se demander si elle pourrait garder pour lui un peu de sa mansuétude ? Mais Richard n'est pas le fils. Le fils qu'on aime quoi qu'il arrive.

Il se lève, et toute la famille l'imite. On rince les verres et on range les cartes.

Ils iront à Highlands, il n'est pas trop tard. La glace les sauvera. Tout ira bien. C'est ce qu'il se dit, et cette idée est si simple que, pendant une minute, il y croit presque lui-même.

10

Dans le souvenir de Thad, le Nico's est une merveille à tourelles au sommet d'une colline, une citadelle qui se dresse au bord de la route avec ses pignons, son architecture rococo et ses jonquilles. Dans son souvenir, le glacier règne fièrement, tel un phare dans l'obscurité. Le Nico's et la rivière en contrebas, qui regorge de truites – arc-en-ciel, brun foncé, mouchetées – aussi charnues que des biceps de bodybuilder. Sur la balustrade de la véranda, il y a même des distributeurs de granulés pour alevins qui n'attendent que votre pièce de vingt-cinq *cents*. Les poissons guettent, impatients, votre lancer, et c'est précisément pour ça que l'on vient ici, davantage que pour la glace.

Mais le Nico's, à l'image de la maison du lac, n'est plus que l'ombre de ce qu'il était. Le bâtiment tacheté de moisissures, à la peinture estompée, semble désormais avachi au sommet de la colline. Les distributeurs ont disparu de la balustrade, elle-même remplacée par un assemblage hétéroclite de tasseaux. Une erreur, que Nico ait légué son empire à Teddy, son fils unique. Celui-ci est constamment défoncé et, depuis la mort de son père il y a deux ans, il se sert du magasin pour mettre en avant des produits qui n'ont rien à voir avec la crème glacée.

Oui, quand on veut se défoncer à Highlands, c'est au Nico's qu'il faut aller. Il suffit de demander à voir le rondouillard, celui qui transpire rien qu'en ouvrant un paquet de biscuits au chocolat et qui a un cobra tatoué sur chaque avant-bras. C'est lui, Teddy. Et Teddy ne se contente pas de vendre de l'herbe : il en vend sous toutes les formes possibles et imaginables. Chanvre indien, sativa, hybride, en vrac, pré-roulée, comestible. Tout ce qui se vend à New York, Thad peut le trouver pour moins cher et de meilleure qualité dans le coffre en acajou de Teddy.

Le soir, en général, la boutique est bondée. Mais il est tard, et les clients en quête d'une douceur après le dîner sont déjà venus et repartis. La pluie en a aussi sans doute dissuadé quelques-uns. Tout est détrempé : l'escalier, la véranda rendue glissante par la mousse, le logo *Nico's* peint en rose au pochoir à côté de la porte d'entrée et dont la peinture s'écaille.

À l'intérieur, la vitrine des glaces est vide et le commerçant n'est pas là, ce qui fait passablement flipper Thad. Et si Teddy s'était fait arrêter ? S'il était mort ? Thad n'est pas sûr d'arriver à trouver le sommeil ce soir sans un joint. Puis une odeur descend sur la salle. Thad la connaît bien, cette odeur – un mélange de transpiration, d'herbe et de bouillon de poule. Elle s'accompagne du claquement, derrière le comptoir, d'une porte blanche à double battant type saloon. Un ventre apparaît, bientôt suivi par le reste du corps de Teddy.

« Thaddeus ! » s'exclame-t-il. Teddy est le fournisseur attitré de Thad depuis qu'ils sont adolescents, quand il refourguait des sachets qu'il planquait dans le coffre couvert d'autocollants de sa Corolla déglinguée. C'est son ami, pour autant qu'on puisse être ami avec un dealer qu'on voit deux fois par an.

Teddy s'approche du comptoir. Ce qui laisse Thad perplexe, c'est l'état général de son débraillement. Disparues, la chemise à rayures roses et blanches et la coiffe en papier estampillée Nico's. Ce soir, Teddy porte une casquette des Boston Bruins à l'envers et un T-shirt de sport beigeasse que Thad se rappelle avoir connu blanc, autrefois. Le T-shirt est aussi moulant qu'un tricot de peau, les tétons de Teddy saillant comme des boutons-pression. De son col dépasse une touffe qui ressemble à des poils pubiens au point que ça en est presque obscène. Saddam Hussein après sa capture, voilà le nouveau look que le jeune homme semble s'être choisi. Saddam Hussein avec une casquette de hockey.

Teddy tend sa grosse paluche et Thad la lui serre. Seuls Michael et Jake savent que cet homme est son dealer. Les autres peuvent bien s'imaginer ce qu'ils veulent. Puis il s'approche de l'évier derrière le comptoir, se lave les mains et enfile des gants en plastique. Jake se lance le premier et passe une commande alambiquée qui ne figure pas sur la carte. En l'écoutant, on ne se douterait jamais qu'il a grandi dans une ferme en se nourrissant de poulet dont il arrachait lui-même la tête et les plumes. C'est du moins l'idée que se fait Thad de l'enfance de son petit ami, fondée sur le peu que celui-ci lui en a dit. « Raconte-moi une histoire », pourrait-il lui demander, et Jake répondrait : « Il était une fois un petit garçon dont les parents aimaient Dieu plus qu'ils ne l'aimaient, lui. »

Si seulement il avait pu faire la connaissance du petit

Jacob, mais quand Thad l'a rencontré, Frank l'avait déjà transformé en personnage de fable new-yorkaise dans laquelle les plus riches sont prêts à débourser une somme à cinq chiffres pour acquérir l'un de ses tableaux. Si le succès de Jake perdure, ce n'est plus qu'une question de temps avant qu'un journaliste entreprenant parte en pèlerinage à Memphis et aille frapper aux portes pour recueillir les confessions de ses voisins, de sa famille et de ses amis. Mais même dans ce cas, Frank trouvera toujours le moyen de tourner ça à son avantage, le présentant comme « le rat des champs qui a réussi à la ville ! ».

Teddy fronce les sourcils, comme dépassé par la commande de Jake, puis s'exécute finalement avec une telle agilité et une telle précision que pour Thad cela ne fait guère de doute : il le fait marcher depuis le début. Puis Teddy sert les autres et prépare la note de Richard, qui n'autorise jamais personne à payer.

Une fois tout le monde dehors, assis sur une chaise de jardin ou le regard tourné vers la rivière, à l'affût des poissons, Thad passe derrière le comptoir et suit le commerçant de l'autre côté des portes battantes. Dans l'arrière-salle, deux seaux posés à l'envers – ces gros seaux blancs de crème glacée d'une contenance de vingt litres. Entre eux, une plaque d'aggloméré fait office de table de fortune, avec des parpaings en guise de pieds. Le coffre en acajou se trouve dessus. Thad pose sa glace à côté.

« Il est un peu couillon, ton copain, dit Teddy, comme seul un vieil ami qui est aussi votre dealer peut le dire.

– Faut l'excuser. La journée a été rude. On a vu un truc. » Mais Thad ne veut pas en parler, ou en tout cas il ne trouve pas les mots pour le faire. Mieux vaut récupérer ce qu'il est venu chercher et partir sans traîner.

« Vu quoi ? demande Teddy.

– Euh... un cerf. On a vu une voiture renverser un cerf. »

Le mensonge lui vient aussi facilement qu'une respiration. Teddy retire sa casquette. Dessous, tonsure blanche et cheveux bruns : le parfait frère Tuck, comme dans *Robin des bois*.

« Merde, lâche Teddy. Ça craint.

– Comme tu dis.

– Bambi, "*ta maman ne peut plus être avec toi...*" »

Voyant Teddy ouvrir sa boîte, Thad se détend peu à peu. Il cherche actuellement du boulot et se dit soudain qu'il pourrait faire ça : vendre de l'herbe. Plus d'une fois, son psy lui a suggéré de se trouver un emploi. Moins pour l'argent – Jake n'en manque pas – que parce qu'on est en Amérique. Parce qu'ici avoir un travail est synonyme d'estime de soi et d'amour-propre. Et si Thad est honnête avec lui-même, être un poète vaguement publié ici et là ne remplit pas ses journées. Mais la meilleure raison reste celle-ci : il ne pourra pas toujours compter sur Jake, et que deviendra-t-il lorsque ce jour viendra ?

Ce qui est sûr, c'est que Thad a besoin d'une routine. Quelque chose de répétitif, comme une chaîne de montage. La satisfaction de visser des bouchons sur des kilomètres et des kilomètres de bouteilles de shampoing, ou une activité rassurante comme de vérifier les coutures d'une poche avant de glisser une étiquette à l'intérieur : *Contrôleur n° 5*. Sauf qu'on ne fait pas la conversation avec une poche ou une bouteille de shampoing. Or Thad a besoin des gens.

Quand il n'est pas avec Jake, soit il est défoncé, soit il dort. Il n'a jamais été doué pour la solitude.

Il pourrait s'investir vraiment dans l'écriture. Mais il se sent incapable de faire comme Jake, qui reste debout pendant des heures et reprend le même tableau jour après jour. Enfermé seul dans une pièce, encore et encore, Thad deviendrait dingue. D'ailleurs, après avoir écrit les dix premiers vers d'un poème, il perd sa concentration. Jake dit que c'est à cause de l'herbe, et peut-être a-t-il raison. Lui ne fume jamais.

Thad devrait purger son système, passer une semaine sans se défoncer, mais s'il n'est pas défoncé, il ne sait pas très bien comment lutter contre le monde. Il n'est pas comme les autres. Il n'a pas l'intelligence de son père, le talent de son petit ami, la grâce de sa belle-sœur. Il n'a pas le cynisme de son frère pour lui tenir chaud le soir, ni la foi de sa mère pour s'en draper en cas de coup dur. Il voudrait vraiment être heureux mais craint de ne pas pouvoir y arriver sans un joint à la main.

Le seau sur lequel il est assis est inconfortable, et il fait chaud dans l'arrière-salle, mais ce qu'il y a dans la boîte de Teddy est magnifique. Chaque compartiment contient une petite boîte, chaque petite boîte une sorte de cannabis, chaque sorte de cannabis une promesse : *Tu manquerais au monde si tu n'étais plus là.* Voilà ce à quoi Thad a besoin de croire.

« Le Blueberry, c'est tout nouveau », dit Teddy. Il tient une petite boîte à hauteur des yeux, qu'il secoue doucement. À travers le couvercle en verre, Thad aperçoit une plante aux reflets bleu, vert et violet.

« C'est de l'indica, bienvenue à bord du relaxi-taxi. J'ai

aussi de l'Aurore boréale – un classique –, mais tu connais déjà. Côté sativa, j'ai de la K2 et de la très bonne Vert Kiwi. Et puis y a les mélanges : des Kush, des OG, des Kandy. D'autres hybrides, là. »

Teddy touche chaque boîte en parlant. Il a de longs doigts. Des mains énormes.

« Et ça, poursuit-il, c'est de la Blue Cross. Ça contient assez de sativa pour que ton esprit reste bien aiguisé, mais pas assez pour flipper toute la journée en pensant qu'il y a un fantôme derrière toi.

– Allons-y pour celle-là, dit Thad.

– Très bon choix. Si tu veux, je te fais goûter tout de suite.

– Merci, mais... tu sais. » Thad pointe le pouce en direction des portes battantes. Les autres doivent déjà se demander ce qu'il fabrique. Mais c'est peut-être justement d'un bon gros joint que sa famille a besoin. Il voit le tableau d'ici, sa mère hilare, son père dansant la rumba avec Diane sur la terrasse. Michael tirait souvent quelques taffes avec Thad au lycée, alors qui sait ? Il ne serait peut-être pas contre un truc pour se détendre.

Thad sort deux billets de cent du portefeuille de Jake – il le lui a confié –, et Teddy dépose deux sachets dans sa main, accompagnés de papier à rouler et d'un briquet.

« Si jamais t'es à court, tu sais où me trouver. » Teddy sourit, dévoilant ses dents jaunes. Puis il referme le coffre en acajou, auquel il fixe un cadenas à combinaison.

Thad examine les sachets. Il y a là plus d'herbe qu'il ne pourra en fumer d'ici à son départ. Autrement dit, il n'aura pas besoin de revenir. Autrement dit, il ne reverra peut-être plus jamais Teddy. Il devrait lui dire quelque chose, mais il n'est pas doué pour les adieux. C'est plus facile de lui laisser croire qu'il reviendra l'été prochain. Plus facile, et aussi plus lâche.

Alors qu'il lui serre la main, Thad se dit que cette semaine sera longue et pleine de dernières fois : la dernière baignade au lac. La dernière partie de fer à cheval dans le jardin. La dernière soirée sur le ponton, à regarder la lune grimper dans le ciel. Il fourre dans sa poche le briquet, le papier à rouler et les sachets d'herbe, avant d'attraper son petit pot de glace. Puis il franchit les portes battantes, repasse devant le comptoir et sort sur la terrasse.

Michael et son père sont debout devant le garde-fou, leur cornet à la main. Diane est assise sur une chaise de jardin à dossier haut, genoux ramenés sous le menton, et Lisa se tient debout derrière elle. Jake, en revanche, est introuvable.

« Je veux simplement comprendre ce qui se passe, dit Michael. J'ai le droit de savoir. On a tous le droit de savoir. » Il lance à Thad un regard qui signifie : *Soutiens-moi, frérot*, mais quel que soit le sujet de la conversation, Thad refuse d'y prendre part. D'ailleurs, chaque fois qu'il y a un désaccord, celui-ci est rarement du côté de Michael. Pendant des années, il s'est même demandé s'il connaissait vraiment son frère. Il ignore pourquoi celui-ci a renoncé à sa bourse à Cornell pour suivre Diane en Georgie, pourquoi il est devenu républicain et a fini par s'installer au Texas.

« Ça fait combien de temps que vous avez décidé ça ? » poursuit Michael.

Leur père laisse échapper un petit rire. « Ce n'est pas un complot, mon garçon. Ta mère et moi n'avons jamais promis à personne de prendre notre retraite ici. »

C'est donc de cela qu'il s'agit. Michael, qui a tout juste les moyens de rembourser son emprunt immobilier, veut la maison. Ça, ou bien il est vexé de ne pas avoir été consulté en amont. Thad comprend, il partage la déception de son frère. Mais comment pourraient-ils demander à leurs parents de continuer à assumer les frais d'entretien d'une baraque où leurs fils ne vont que deux fois par an, dans le meilleur des cas ? Pourquoi n'auraient-ils pas le droit de repartir de zéro et de se la couler douce pour une fois dans leur vie ?

« Ce n'est peut-être pas un complot, rétorque Michael, mais on dirait vraiment que vous nous faites un gros doigt d'honneur, là. » Son visage devient tout rouge, comme enflé, et son bandage paraît soudain énorme.

Thad voudrait être chez lui, au chaud sous les draps en coton égyptien de Jake. Du pop-corn, un bong, un nanar à la télé. Que quelqu'un le ramène à New York. Le libère du Sud au plus vite.

« Promettez-moi simplement qu'aucun de vous deux n'est malade », lâche Diane. Pieds sur la chaise, menton soudé aux genoux, on dirait qu'elle est au bord des larmes.

« Malade ? fait Lisa. Oh, ma chérie, non. Richard et moi allons parfaitement bien.

– C'est juste que ça paraît si soudain… »

Lisa a désormais le regard braqué sur ses fils et sa belle-fille. Son front est strié de rides, et elle a sur le visage des taches de vieillesse que Thad n'avait encore jamais remarquées. Qu'il est étrange de regarder ses parents et de s'apercevoir que, durant le court laps de temps où on ne les a pas vus, ils ont pris un coup de vieux.

« De toute évidence, on s'y est mal pris, dit-elle. Cette

décision, cela fait des années qu'on y pense. On aurait pu vous en parler plus tôt. Et d'ailleurs on aurait dû. C'est gentil de vous faire du souci, mais on ne vous cache rien. On est simplement prêts à changer de vie. » Elle fronce les sourcils, comme si elle n'avait pas mis les bons mots sur ce qu'elle voulait dire, puis reprend.

« Nous vendons la maison la semaine prochaine, je ferai ma dernière année au labo, et ensuite nous trouverons un endroit où nous installer.

– Que va devenir la maison d'Ithaca ? demande Michael.

– Ce ne sont pas les nouveaux profs qui manquent, et ils seront ravis de nous en débarrasser. »

Michael détourne les yeux.

Son père termine sa glace et croise les bras. « Si vous vous inquiétez pour l'héritage…

– Papa, dit Thad, pitié ! On s'en fiche, de l'héritage.

– Pas moi », fait Michael.

Une brise fouette les branches des arbres sur la rive. Au milieu de leur discorde, le chant nocturne des criquets est apparu. Michael s'appuie contre le garde-fou et Thad s'attend à ce qu'il continue sur sa lancée, qu'il accuse leurs parents de mauvaise gestion ou leur demande la preuve qu'il reste leur exécuteur testamentaire, mais son frère se tait. Peut-être que le problème n'a rien à voir avec l'argent. Peut-être Michael est-il simplement triste. À cette pensée, Thad sent son cœur se serrer, mais pas au point d'aller réconforter son frère.

Diane se lève de sa chaise et prend Richard et Lisa dans ses bras. Où est passé Jake ? se demande Thad. Il descend l'escalier en direction de la terrasse, mais son petit ami n'est pas là. Un sentier pierreux mène à la rivière et il le suit. Il est prêt à se démonter la tête, prêt à régler son antenne intérieure, à se débarrasser des parasites qu'il a dans le cerveau et à baisser d'une dizaine de décibels le volume des rires enregistrés. C'est quand il est défoncé qu'il pense le mieux, mais peut-être est-ce une impression qu'il a simplement parce qu'il est tout le temps stone. Il sent déjà le goût du papier à rouler sur sa langue, la douceur et la chaleur de l'inhalation dans ses poumons.

Le courant de la rivière est rapide. Thad marche le long du sentier en direction de l'endroit où le cours d'eau s'élargit et où les truites se rassemblent trop en profondeur pour qu'on les aperçoive. Devant lui, une lumière brille entre les arbres. Il s'avance jusqu'à une clairière et distingue Jake sur la rive, reconnaît ses cheveux pleins de gel, son pantalon moulant, ses dents auxquelles l'écran lumineux de son téléphone donne un côté artificiel.

« J'ai pas de réseau », dit-il.

Qui cherche-t-il à joindre, Marco ? Thad n'aime pas Marco. Il ne l'a jamais rencontré, mais par principe il ne l'aime pas. Parce qu'un premier amour, ça reste en nous pour toujours, chargé de sentiments et de souvenirs, et il est persuadé que Marco a marqué Jake de cette façon-là. *C'est rien qu'un déjeuner*, lui a juré son petit ami, mais depuis quand un déjeuner, pour Jake, n'est-il rien de plus qu'un déjeuner ?

« À propos de demain…, lance Thad.

– Tu n'es pas obligé de venir, répond Jake, regard braqué sur son portable.

– Et donc, si je ne viens pas ?

– Aucun problème. Ça ne me dérange pas.

– Et si ça me dérange, moi ? »

Jake lève la tête.

« Ce plan ne me plaît pas, continue Thad. Je n'en veux pas, de ce déjeuner. »

Il prend l'herbe dans sa poche, se roule un joint, l'allume et tire une taffe. Son cerveau sort peu à peu du brouillard. Les parasites disparaissent, il n'y a plus de friture sur la ligne. Jake traverse la clairière et Thad lui tend le joint, sachant qu'il ne le prendra pas. Son compagnon a été élevé selon les préceptes de la religion, et celle-ci l'a marqué de son empreinte. Pour un artiste en couple avec un homme, c'est étonnant, le nombre de choses qui, à ses yeux, relèvent du péché.

Jake l'attire contre lui. « Je t'aime. Tu me crois ? »

Thad hoche la tête. Il aimerait pouvoir répondre oui.

« Marco est un ami. Il a été davantage que cela, mais plus maintenant. Ce n'est qu'un déjeuner. Rien d'autre. »

Jake pose une main sur la joue de Thad, qui recule et prend une autre taffe. « Michael ne veut pas que mes parents vendent la maison. »

Jake jette un nouveau coup d'œil à son téléphone. « C'est idiot, comme réaction. Tes parents peuvent trouver nettement mieux. Ils vont toucher une belle retraite, non ?

– Tu ne comprends pas.

– Si, je comprends, dit Jake. Je comprends l'attachement. Mais tes parents doivent penser à plus long terme. Parfois, il faut se séparer de ce qu'on aime pour aimer ce qu'on a. »

Thad jurerait avoir entendu Frank prononcer les mêmes mots. Ou bien peut-être les a-t-il entendus dans un film, une scène où la musique va crescendo et où le personnage principal profère ce genre de vérité qui semble profonde uniquement quand elle est accompagnée par des violons.

« Je comprends que cette maison ait une valeur sentimentale, poursuit Jake. Mais à part ça, sérieusement ? Si je trouvais un pigeon pour me débarrasser de ce mobil-home, je prendrais l'argent et je me tirerais dare-dare. Ton père l'a compris, et je ne vois pas pourquoi Michael conteste sa décision. Qui conteste un génie ? »

Thad secoue la tête. « Papa n'est pas un génie.

– Il a gagné cette bourse, là.

– La MacArthur, dit Thad. La "Bourse des génies" n'est qu'un surnom. Ça ne veut pas dire que…

– À t'entendre, on dirait que tu te sens menacé.

– Pas du tout. »

Thad prend une nouvelle taffe. L'herbe de Teddy est plus forte qu'avant, et l'espace d'un instant le monde chancelle. Il a envie de s'asseoir, mais il craint de ne pas être capable de se relever ensuite. Et puis la nature l'angoisse. Les feuilles pourries et les vers, les fourmis et les brins d'herbe… L'herbe, ça se fume et c'est tout. Au-dessus de leurs têtes, dix mille étoiles s'allument. Oh, et puis merde. Il s'assoit.

« Bref, dit-il. Toujours est-il que ça ne vient pas de papa. Vu leur façon d'en parler, je suis sûr que c'est une idée de maman. »

Il tire une dernière taffe et écrase le joint.

« Peu importe, dit Jake. Ils ont pris la bonne décision et c'est tout ce qui compte. Tes parents vont s'installer dans un endroit plus agréable, où il fait chaud toute l'année et où il n'y a pas d'impôts sur le revenu. Alors oui, la Floride c'est ringard, mais ce n'est pas un hasard si tout le monde finit par aller vivre là-bas. C'est une espèce de paradis pour les vieux. »

Thad a soudain envie de pleurer. Peut-être à cause de l'herbe. Peut-être à cause du gamin qui s'est noyé et de cette longue journée. Peut-être à cause de la peur que lui inspirent Marco et le déjeuner du lendemain. Mais plutôt que de pleurer, il voudrait que Jake comprenne. Il aurait tellement aimé que son petit ami puisse voir la maison trente ans plus tôt. Sa luminosité. Sa propreté étincelante. On retirait ses chaussures en entrant et la moquette était comme une caresse pour les pieds. La cuisine embaumait le poisson et les pommes de terre au four, cuits ensemble dans la même marmite en fonte. Chaque été, l'émotion vous serrait la gorge lorsque vous passiez la porte.

Il voudrait que Jake comprenne : des souvenirs pareils n'ont pas de prix, le temps est une chose bien inconstante et tout moyen d'en ralentir le cours, de retenir le passé, vaut bien cent appartements sur le front de mer de Miami. Mais surtout, il aimerait rappeler à Jake que tout cela n'a absolument aucun rapport avec lui.

« Rien qu'un déjeuner ? » dit-il. Sous ses pieds, la terre tourne. À côté de lui, la rivière trace un couloir en direction de la mer.

Jake soupire. Il glisse son téléphone dans sa poche, puis se tourne et remonte le long de la rivière, et Thad se retrouve seul.

Sur la rive il y a une pierre, de grosse taille, et il se lève pour la ramasser. Elle est mouillée, érodée, sa surface rugueuse à cause du lichen. Il se rassoit. Respire un bon coup. Et enfin s'autorise à pleurer.

11

L'histoire de Lisa est triste, mais elle n'a rien d'unique. Aux États-Unis, plus de trois mille familles perdent chaque année leur bébé en le mettant simplement au lit. Le syndrome de la mort subite du nourrisson : une mort mal nommée. Il n'y a en effet rien de *subit* dans l'étouffement, la suffocation pouvant durer jusqu'à sept minutes. Aujourd'hui, on fait des distinctions : MSN, suffocation, cause du décès indéterminée. Mais à l'époque, tout était une mort subite, terme fourre-tout quand on n'arrivait pas à dire aux parents : *Eh, on avait dit pas de tour de lit, pas de couverture, pas de canard en peluche dans le berceau. On vous l'avait dit, de faire dormir votre enfant sur le dos.* De nos jours, les gens sont mieux renseignés, et le taux de mortalité a baissé d'un tiers comparé à l'année où June est morte. Cette diminution devrait réconforter Lisa, car elle n'y est pas pour rien. Collectes de fonds et recherches approfondies, sensibilisation, téléthon… Elle en a fait, des marches. Elle a même des T-shirts qui le prouvent. Mais lorsqu'on a perdu un enfant, on ne peut pas espérer trouver un jour de vraie consolation.

Ce que vit l'autre famille, il n'y a pas de mots pour

le décrire, pas de mots pour rendre compte du degré de chagrin mêlé de rage ni exprimer ce que Lisa elle-même a éprouvé le matin où sa fille a cessé de respirer sans que personne sache pourquoi.

Elle se brosse les dents. Se peigne, puis applique une crème censée atténuer les pattes-d'oie qu'elle a autour des yeux. Cette crème n'a jamais produit le moindre effet, et en plus elle coûte cher, mais Lisa continue de l'appliquer, comme le faisait sa mère, moitié par habitude, moitié par vanité.

Quand elle a rencontré Richard, elle avait vingt-deux ans. Un âge magnifique et une peau qui l'était tout autant. C'était en 1980, une année merveilleuse où l'essence coûtait vingt-cinq *cents* le litre et où Lisa payait seulement trois cents dollars de loyer. Le locataire de la Maison-Blanche était démocrate, la radio passait du Bowie, et à peine était-elle sortie de l'université qu'elle décrochait un boulot. Lors de son premier jour, un type qui travaillait là depuis neuf ans lui avait montré comment utiliser la photocopieuse. Il était séduisant et pas moustachu. À l'époque, les professeurs de lycée étaient surtout des femmes. Et les rares hommes qu'on y croisait portaient la moustache – c'est peut-être d'ailleurs encore le cas, songe Lisa. Elle-même était une très mauvaise enseignante, ça elle le sait. Contrairement au type de la photocopieuse. Elle l'avait remarqué, ce matin-là, tandis qu'il se garait sur la place de parking réservée au « Prof de l'année ».

« Comme ça », lui avait-il montré, debout à côté de la machine. Il avait tapoté toute une panoplie de boutons, et la photocopieuse s'était mise à vrombir et à débiter des feuilles. Très vite, le papier avait débordé sur le côté.

« Je m'appelle Richard », avait dit le type, et à la grande consternation de Lisa, elle s'était sentie rougir.

Elle avait eu plusieurs histoires à l'université, mais toujours avec des garçons de son âge. Cet homme-là, en revanche… Elle se voyait déjà se mettre sur la pointe des pieds pour l'embrasser devant l'autel, s'imaginait leurs lunettes s'entrechoquer quand leurs lèvres se toucheraient.

Richard avait attendu une semaine pour l'inviter à dîner, puis six mois pour la demander en mariage. La cérémonie s'était déroulée en toute discrétion cet été-là, et à leur retour au lycée fin août, ils étaient devenus Mr et Mrs Starling. Elle avait vingt-trois ans.

« Pourquoi une telle précipitation ? se demandaient-ils parfois. Pourquoi étions-nous si pressés ? » Aujourd'hui, ils ne s'en souviennent pas. Ronald Reagan fut victime d'une tentative d'assassinat à l'époque. Et le pape Jean-Paul II aussi. La vie, en ces sombres premiers jours de 1981, semblait soudain courte et risquée. La balle d'un tireur isolé pouvait nous éliminer à tout moment, alors pourquoi ne pas aimer la personne avec qui l'on partage sa vie ? Pourquoi ne pas épouser celui ou celle qu'on aime ?

Lisa referme le tube de crème et le range dans le tiroir de la salle de bains. Puis elle se lave les mains et se coupe les ongles.

En octobre 82, elle tombait enceinte. En juillet 83, leur fille âgée d'un mois était morte. Les deux années suivantes, Richard et elle se séparèrent, puis se remirent ensemble, quittèrent l'enseignement pour terminer leur doctorat et se séparèrent une fois de plus. Mais comme le risque, quand on se sépare, c'est de se rabibocher au lit avec nostalgie et tristesse, Lisa finit par se trouver de nouveau enceinte.

Ce n'est cependant pas cet enfant qui relança leur vie de couple. Après la naissance de Michael, Lisa envisagea en effet de quitter Richard pour de bon. Trop d'angoisse partagée. June était trop présente dans les lèvres, les yeux et le S délicat des oreilles de son mari. Non, ce qui sauva leur union, ce fut la maison. Savez-vous ce que ça fait de tomber amoureux, non pas de quelqu'un mais d'un lieu ? De l'inclinaison d'une colline et des craquements d'un embarcadère. De la lumière du soleil et de la brise. Du reflet en V que crée à la surface de l'eau un vol d'oies sauvages.

Lisa, elle, le sait.

À l'été 86, Michael était âgé d'un an et ils louèrent pour les vacances une maison au bord d'un lac. Ils avaient espéré aller dans la région des Finger Lakes ou de Cape Cod, mais ils étaient un peu justes financièrement et passèrent finalement une semaine dans les deux États de Caroline pour le prix d'un week-end en Nouvelle-Angleterre ou dans l'État de New York. C'est ainsi qu'ils étaient tombés sur Lake Christopher, encore largement préservé au cœur du massif des Blue Ridge Mountains et où Richard avait séjourné dans son enfance.

Ils s'aperçurent tous deux qu'ils étaient différents là-bas. Plus heureux. Meilleurs. Au bord du lac, ils n'étaient plus les parents angoissés d'un petit garçon braillard mais ceux, aimants, d'un fils parfois un peu agité. Ils n'étaient plus ce couple blasé qui se disputait à propos de sa vie sexuelle, mais des amants attentionnés, généreux et doux. Avec le peu d'argent qui leur restait, ils louèrent la maison une deuxième semaine. Et la troisième, ils proposèrent carrément au propriétaire de la lui racheter.

L'achat se révéla presque impossible, la maison étant un très mauvais investissement qui les obligea à emprunter à leurs parents (lesquels n'avaient pas les moyens de leur prêter grand-chose) à une époque où les taux d'intérêt tournaient autour de dix pour cent. Sans parler du fait que la maison n'était pas à vendre. Le propriétaire était un investisseur qui gérait l'entretien de plusieurs biens locatifs et ne voyait pas de raison de se séparer de l'un d'eux. Finalement, et contre l'avis de l'agent immobilier, Lisa et Richard payèrent plus que le prix du marché. Ils auraient pu choisir une autre maison au bord du même lac, mais non. Il fallait que ce soit celle-là. Cette maison, cette baie : c'était là qu'ils avaient redécouvert l'amour. La suite leur prouverait que c'était à la fois une mauvaise idée et la meilleure décision qu'ils aient jamais prise.

Le lac ne sauva pas seulement leur couple. Cet été-là, s'esquissèrent aussi les contours de leur avenir professionnel. Au cours des deux années suivantes, ils terminèrent leurs études, soutinrent leur thèse de doctorat, et Richard décrocha un poste d'enseignant à Cornell, où Lisa fut à son tour engagée pour travailler au laboratoire d'ornithologie – un coup double de rêve pour un jeune couple, qui ne serait plus possible de nos jours. La famille Starling s'est agrandie avec la naissance de Thad, s'installant sans faire de bruit dans ce qui deviendrait *leur vie* pour les trois décennies à venir.

« Tu viens te coucher ? » crie Richard depuis la chambre.

Lisa sort de la salle de bains. Elle devrait se mettre des gouttes d'eau oxygénée dans les oreilles, car ils se sont baignés dans le lac aujourd'hui, mais elle est tellement fatiguée. Elle voudrait se terrer au fond de son lit et ne plus jamais en sortir. Le dîner était mauvais, la glace encore pire. Est-elle la seule à vouloir passer la semaine ici ? Devrait-elle les laisser partir ? Mais comment vendre la maison sans donner à chacun la possibilité de lui faire ses adieux ?

« Je vais me préparer une tisane, dit-elle depuis le seuil de la chambre. Tu en veux ? »

Déjà couché, Richard lit – l'un de ces romans noirs dont l'action se passe en Floride, couverture criarde et histoire de jeune fille assassinée. Il le pose. Fait un petit sourire forcé. « Infusion Nuit calme ? » demande-t-il. Elle acquiesce, lui aussi.

Dans la cuisine, elle remplit la bouilloire. Sa vaisselle et ses ustensiles sont déjà dans des cartons, elle en a gardé juste assez pour passer la semaine. Elle qui aime les serviettes en coton a exceptionnellement consenti au carton et au plastique – recyclable, bien sûr. « Prends du polystyrène et puis c'est tout », lui avait dit Richard, mais elle l'avait regardé l'air de dire : *Tu ne me connais donc toujours pas ?*

Elle pose la bouilloire sur le feu, guette le frémissement de l'eau et allume la hotte. Sous les spots de la cuisine, le lierre du papier peint grimpe le long des murs, la forme de ses feuilles pareille à celle d'une truelle. Lisa est comme ça : une fois qu'elle voit les choses d'une certaine façon, impossible de les concevoir autrement. Depuis des années, les feuilles de lierre sont pour elle des truelles.

Elle ferme à clé la porte d'entrée. Rince une assiette mal lavée. Va dans la buanderie mettre un torchon mouillé dans le panier de linge sale et en prend un propre. Demain matin, l'un de ses fils coupera un pamplemousse sans nettoyer le jus collant sur le plan de travail, et son frère laissera traîner son bol sur la table, des Rice Krispies collés sur le rebord. Elle nettoiera tout ça sans se plaindre. Parce que c'est une bonne hôtesse, mais pas seulement. Le sentiment d'être mère lui manque. Ses fils n'ont plus besoin d'elle comme quand ils étaient petits. C'est bien normal, ils sont trentenaires, ce qui n'empêche que ça lui fait mal. Alors elle récure leurs bols. Passe derrière eux. C'est sa façon de leur dire qu'elle les aime, même s'ils ne le remarquent pas.

Elle regrette le temps où ses enfants avaient huit et onze ans, quand elle leur préparait des sandwichs découpés avec l'emporte-pièce et glissait un Oreo surprise dans leur boîte à déjeuner. Elle regrette de ne plus voir Michael sur l'embarcadère avec sa canne à pêche, un poisson toujours accroché à sa ligne. Tout comme elle regrette que Thad, son fils radieux, prenant les devants à l'heure du coucher, ne récite plus « Jabberwocky » par cœur avant d'autoriser sa mère à le border.

Mais ces garçons-là n'existent plus. Ils ont été remplacés par des hommes qui sont aujourd'hui en colère, perdus et effrayés. Toute sa vie, Lisa a été entourée d'hommes – d'hommes et de voix d'hommes, pressantes, exigeantes, et tellement pleines d'assurance. La maison est à vendre. Qu'est-ce que ça peut bien faire si c'est beaucoup leur demander ? Ces hommes de leur côté n'ont-ils pas passé leur vie à lui demander toujours plus ?

Sur le feu, l'eau bout.

Elle s'attendait à une résistance de la part de Michael, mais pas à une scène aussi violente. Il lui avait même soutiré un *pardon*, mais de quoi, au juste ? De vendre sa propre maison sans lui demander la permission ? Il n'a aucun droit. Encore que, c'est une maison de famille, et c'est à Lake Christopher qu'il a rencontré sa femme. Si Michael est en colère, elle espère que c'est à cause de ça et non de l'argent. Fini de demander pardon. Si Richard a deviné les véritables raisons de leur déménagement, très bien. Un jour, il lui confessera son adultère, ou pas. Ce n'est de toute façon pas d'une confession qu'elle a besoin mais d'un changement.

Quand June est morte, un psychologue spécialiste du deuil les avait encouragés à ne pas prendre de décision précipitée. « Ne chamboulez pas tout, leur avait-il dit. Il ne suffit pas de franchir les frontières d'un État pour échapper au chagrin. » Et pourtant, n'était-ce pas aussi simple que ça ? N'avait-il pas suffi qu'ils le fassent ? Pourquoi cela ne marcherait-il pas une seconde fois ? Des tas de gens vivent ainsi, arpentant à jamais le vaste territoire de leur désespérance pour entretenir l'espoir.

Un sifflement, et Lisa soulève la bouilloire et l'incline, fumante de vapeur, au-dessus d'une tasse, puis d'une autre. Le sachet de tisane virevolte. Elle tourne un bouton, et le brûleur redevient noir. Elle repose la bouilloire sur la cuisinière et laisse tranquillement infuser.

Si l'on en croit les Saintes Écritures, Dieu ne nous fait jamais porter plus que nous ne pouvons endurer. Ha ! Allez dire ça à des parents qui ont perdu un enfant. Cela fait bien longtemps que Lisa n'a plus cherché conseil dans la Bible, longtemps que, les yeux fermés, au lit ou assise sur un banc d'église, elle n'a plus senti la main ni entendu la voix de Dieu. Et pourtant, matin et soir, elle prie. Elle prie pour trouver du réconfort. Pour en apporter et aussi pour être entendue.

Dans la chambre, son mari s'est endormi. Elle retire le

livre posé sur sa poitrine et tire sur la chaîne de sa lampe de chevet pour éteindre. À la cuisine, elle vide la tasse de Richard dans l'évier.

Lisa s'installe sur la véranda, dans sa chaise préférée. Combien d'oiseaux a-t-elle observés depuis cet endroit ? Combien de livres y a-t-elle lus ? Et à quoi pourra bien ressembler le reste de sa vie avec Richard ?

Arrêtez, est-il écrit dans les Psaumes. *Arrêtez, et sachez que je suis Dieu.* S'*arrêter*, elle peut faire. C'est *savoir* qui lui donne du fil à retordre.

Lisa glisse ses pieds sous ses cuisses et sirote sa tisane, adossée au mur de la maison d'où s'échappe l'air frais de la climatisation. Elle distingue sur le ponton ses deux fils qui discutent et attend de voir si l'un d'eux va se lever. Elle attend, elle observe, et bientôt la tisane a rempli son office. Il faut qu'elle aille se coucher avant de s'endormir sur la chaise et de se réveiller toute courbaturée.

Elle ne sera pas là quand ses garçons remonteront de l'embarcadère, ne sera pas là pour les embrasser sur le front et les envoyer se coucher. Mais elle les visualise endormis et s'imagine entrouvrir leur porte pour les observer, ignorant les bras qui enveloppent leur existence, ignorant le corps des hommes qu'ils sont devenus. Elle resterait debout dans l'entrebâillement, à tendre l'oreille pour percevoir leur respiration, et se souviendrait du temps pas si lointain où elle regardait ses enfants dormir : ça lui était alors presque insoutenable, tout cet amour.

12

Les nuits étaient plus belles, autrefois. Avant l'hôtel et le parcours de golf, avant que les promoteurs n'achètent des terrains au bord du lac, on voyait mieux les étoiles. Elles sont toujours là mais comme délavées, des têtes d'épingle dans le ciel alors que jadis la nuit fourmillait de trouées de lumière.

Michael est assis sur le ponton à côté de son frère. Ils ont les pieds dans l'eau et Thad lance la ligne de sa canne à pêche, un joint posé près de lui. Dans le chant vespéral des grenouilles et des insectes de nuit, Michael boit, le verre suant dans son poing, la douce extase de l'eau-de-vie décapitant silencieusement les chauves-souris dans sa tête. Il boit trop, et l'a si bien caché aux autres que certains jours il arrive à se le cacher aussi à lui-même.

Une fois, quand il était petit, il avait eu la grippe et quarante de fièvre. Le pire, ce n'étaient pas les frissons ou les courbatures, mais de ne plus avoir les idées claires. Son cerveau, à quarante de fièvre, était pareil à de la graisse dans une poêle à frire : il grésillait, ses pensées comme sautées à la poêle. Le Michael adulte éprouve un peu la même chose quand il est sobre. Il faut qu'il boive, sans quoi il redevient ce petit garçon, et son cerveau une poêle dans laquelle ses pensées sont frites. Le pire c'est le matin, au réveil. Il n'en est pas encore à boire avant dix heures, et s'il devait n'être fier que d'un truc, ce serait de ça. Évidemment, il attendait midi, avant. Puis onze heures. Mais quelque chose lui dit que se mettre à boire avant dix heures du matin ne lui vaudrait rien de bon. Ce qui ne l'empêche pas de commencer à se préparer un verre dès neuf heures et demie.

« Je n'ai pas envie de parler de la maison, dit Thad.

– Et moi, je n'ai pas envie de parler du gamin », répond Michael.

La baie face à eux est large comme trois terrains de football, et à mi-chemin de l'autre rive se dresse une pointe rocheuse, avec un mât à drapeau. Quelqu'un a oublié de rentrer les couleurs, et le drapeau continue de flotter au vent. Quand ils étaient petits, par une soirée pareille, ils auraient nagé jusqu'à la pointe, escaladé les rochers, touché le mât et fait la course jusqu'au rivage.

« Qu'est-ce que tu as mis comme appât ? »

Thad mouline. Un plomb gris acier pend au bout de sa ligne – sans crochet, sans appât, un simple poids.

« Je me fais juste la main », explique Thad. Puis il prend l'accent du Sud : « Je m'entraîne à lancer. Ça fait un an que j'ai pas pêché. »

Michael sourit. Ses parents sont des gens du Sud et ont toujours gardé leur accent, même s'il était plus prononcé quand Michael était petit et que les Starling venaient de débarquer d'Atlanta. Lui ne l'a jamais pris, leur accent. Son frère non plus. Mais le fait de passer tous leurs étés au bord du lac leur a permis de s'habituer aux intonations.

« Ça te dit de mouiller une ligne ? lui propose Thad.

– Je dis pas non », répond Michael, et son frère lui tend la canne.

C'est un modèle bon marché, équipé d'un moulinet Zebco avec un bouton en plastique et un cône en métal. Quand il était enfant, c'était le seul type de ligne dont Michael arrivait à se servir. Il pose son verre et soupèse la canne des deux mains.

Son frère ne s'entraîne pas au lancer. Ils savent tous les deux ce qu'il y a au fond du lac, ce que Thad espère ne pas attraper.

Michael lance la ligne comme on fait claquer un fouet, le plomb s'envole puis vient heurter l'eau et coule ; la lune est assez brillante ce soir pour qu'on voie le point d'impact au loin, des cercles se formant à la surface, se multipliant, s'élargissant, s'approchant de l'embarcadère. Cela fait un an qu'il n'a pas pêché, mais il veut bien être pendu s'il n'était pas parfait, ce lancer.

Il mouline pour récupérer son plomb, pose la canne et lève son verre pour le finir cul sec. L'eau-de-vie, en plus des antalgiques, fait son effet. Il ne sent plus les points de suture. Ne sent plus son visage.

« Tu fumes toujours ? demande Thad.

– Peux pas. Les tests de dépistage détectent l'herbe.

– Tu dois passer des tests de dépistage ?

– Ça peut arriver à tout moment. C'est stipulé dans mon contrat. »

Michael connaît une blague sur le prix à payer pour garder son job, mais il s'abstient de la raconter. Thad est susceptible quand on sous-entend qu'il vit aux crochets de Jake – quoique pas susceptible au point d'avoir passé les deux dernières années à chercher du boulot.

« Tu ferais mieux de retenir ta respiration », dit Thad. Il rallume le joint et prend une taffe, puis détourne la tête pour souffler la fumée loin de Michael, mais le vent la lui renvoie en pleine figure.

Oh, et puis merde. Depuis le temps qu'il bosse là-bas, son employeur n'a pas mis une seule fois à exécution sa menace de test inopiné. Trop onéreux, trop chronophage. La véritable dissuasion, c'est la menace elle-même.

Il tend la main.

« T'es sûr ? » fait Thad en lui passant le joint.

Michael tire dessus. Il a la gorge qui le brûle, mais les chauves-souris dans sa tête ont disparu. Encore mieux, les chauves-souris, la grotte, tout a explosé, et son crâne fracturé s'ouvre à la nuit. Il se sent bien.

Il rend le joint à son frère et s'allonge sur le ponton. Ses membres se relâchent, il a l'impression d'être dans un hamac, comme si les planches de bois sec et gauchi le berçaient pour l'endormir.

« C'est vraiment autre chose que ce qu'on fumait au bahut, lâche-t-il.

– Tu m'étonnes. Ce truc-là est à des années-lumière de l'herbe qu'on achetait à l'époque. Ça, c'est de la culture hydroponique, sous lampe de croissance, par des techniciens spécialisés.

– Ils ont trouvé un moyen scientifique de faire pousser ce truc-là en pot ?

– Eh ouais, frangin. Les progrès de la science sont sans limites.

Michael a envie d'une autre taffe. « Cette herbe, on dirait du beurre », dit-il.

Les étoiles scintillent. La brise est comme une caresse

le long de ses bras. Thad se marre, et les bruits autour d'eux, le coassement des grenouilles et la stridulation des criquets, s'accordent à leurs rires. Non seulement s'accordent, mais semblent marquer la cadence. L'espace d'un instant, Michael distingue les premières notes de « Sweet Caroline ».

« Écoute ça, dit-il. Les criquets jouent du Neil Diamond, ce soir. »

Mais Thad ne peut pas répondre tant il rit fort. Se moque-t-il de son frère ? On dirait bien que oui.

« Je vais être papa », lâche alors Michael. Il rit, mais son frère, lui, a repris son sérieux.

« Qu'est-ce que t'as dit ?

– *Hands*, chante Michael. *Touching hands. Reaching out. Touching me, touching you.* »

Le ponton est un ruban de soie. Les étoiles ne tiennent pas en place.

« *Sweet Caroline !* entonne-t-il. *Good times never seemed so good !* »

Thad le prend par les épaules et le secoue. « Trop fort. Beaucoup trop fort. »

Mais Michael ne peut s'en empêcher. Son corps veut chanter et l'écho de sa voix résonne dans la baie.

« *I'd be inclined to believe they never would !* »

Les étoiles font la roue, à présent. La lune fond. Michael se lève, se déshabille, et l'eau, quand il plonge, est froide et le réveille. Le pansement glisse sur son œil, il le retire et le pose sur l'embarcadère.

« À mon avis, tu ne devrais pas mouiller tes points de suture », lui conseille son frère.

Il tente de se rappeler ce que lui a dit le chirurgien. Ce

qui est sûr, c'est que l'eau du lac est sale, pleine d'amibes. Il veut un autre verre. Il ne veut pas d'enfant. Enfin, un enfant, ça pourrait être chouette. Mais ça revient cher. C'est ce que tout le monde dit.

Il fait du surplace dans l'eau pour tenter de se réchauffer. Le bruit autour de lui est redevenu gargouillis et gazouillis. Fini Neil Diamond, fini « Sweet Caroline ».

La musique lui manque. Son frère *d'avant* lui manque, et les choses comme elles étaient autrefois, la façon qu'ils avaient de se soutenir mutuellement quand ils étaient enfants, la certitude qu'ils se jetteraient dans les flammes l'un pour l'autre. À quel âge perd-on ce degré d'amour ?

Michael rejoint l'échelle à la nage et remonte sur l'embarcadère.

« Ne bouge pas », lui dit Thad en prenant la direction de la maison. Quelques minutes plus tard, il revient avec une serviette de bain, des pansements et du désinfectant.

Michael se sèche et se rhabille. Ça ne le gêne pas que son frère le voie nu. Ça ne le gêne pas d'être ivre et défoncé devant lui. Ce qui le dérange, c'est d'avoir révélé la nouvelle de la grossesse de Diane, même si Thad a peut-être déjà oublié à cause de la chanson et du plongeon dans le lac.

Ce qu'il lui faut maintenant, c'est une diversion. Ce qu'il lui faut, c'est un autre secret. Il s'assoit au bord du ponton, les pieds dans l'eau, et Thad prend place à côté de lui.

« Diane et moi, on n'a plus un rond », dit-il. Il porte sur lui l'odeur du lac qui, malgré toute la vase et la merde d'oie, est une odeur qu'il adore. « On bosse comme des fous, mais on n'arrive pas à payer les factures.

– Je suis désolé... Mais comment c'est possible ?

– La maison, explique Michael. Notre prêt a été approuvé, mais il n'aurait pas dû. Pas pour une somme pareille, et pas à taux variable. On aurait dû faire le calcul. Notre salaire, ses prêts étudiants qu'elle n'a toujours pas remboursés, deux voitures, la dette de nos cartes de crédit… On a acheté en 2007, juste avant l'explosion de la bulle immobilière, puis l'académie de Diane a annoncé une baisse généralisée des salaires. Notre maison ne vaudra plus jamais le prix auquel on l'a achetée. Les promoteurs n'ont même pas achevé le programme immobilier du quartier. »

Thad verse du désinfectant sur un morceau de coton, ce qui donne soif à Michael. Ces temps-ci, même l'odeur du Mercurochrome lui donne envie d'un verre.

« À ton tour, dit-il.

– Comment ça ?

– À ton tour de me confier un secret. »

Thad presse le coton sur les points de suture, et Michael grimace. Même s'il est grisé par le cannabis, la gnôle et les antalgiques, la douleur lui enserre le crâne dès que son frère le touche.

« Je ne savais pas qu'on jouait à ce jeu, dit Thad. Et merde…

– Quoi ?

– Le coton. Il est coincé dans les points. » Thad tire dessus, mais le coton s'étire comme un chewing-gum et forme des filaments humides et moutonneux. « On dirait du Velcro, ces points de suture.

– Mets un pansement et puis c'est tout.

– Je sais pas trop si…

– Ça ira, le coupe Michael. Mets un pansement et dis-moi un secret, putain. »

Un chien aboie au loin, puis un autre qui lui répond.

« T'es méchant quand t'es bourré », dit son frère.

Un troisième clébard rejoint la mêlée et, pendant une minute, le monde disparaît sous leurs bruyants jappements. De l'autre côté de la baie, des lumières s'allument.

« J'ai l'impression que maman et papa ont balancé mes *comics*, dit Thad.

– C'est un secret de merde. Trouve-moi mieux que ça. »

Sur l'autre rive, les lumières s'éteignent – une, deux, trois.

« OK, mais surtout n'en parle pas aux parents. On baise des mecs, Jake et moi. »

Michael éclate de rire. « Tu parles d'un secret !

– Non, dit Thad. D'autres mecs. Genre ménage à trois. Genre couple d'échangistes et amour libre. »

Michael ne sait pas trop quoi répondre à ça. Et sans un verre, il ne sait pas quoi faire de ses mains. Il prend la canne à pêche, mais ses bras sont trop lourds. Il tient le bout de la canne au-dessus de l'eau, mouline un moment, et le plomb touche la surface du lac. D'autres cercles concentriques. Le silence le rend fou.

« C'est un truc qui se fait ? » demande-t-il finalement.

Thad referme le flacon d'alcool, prend un pansement dans la boîte, en retire le film protecteur.

« Bah, dit-il, je ne peux pas parler pour...

– Pour toute la communauté gay. Je vois. Mais quelles sont les statistiques ?

– Comment ça, les statistiques ?

– La plupart des homos y sont favorables, ou quoi ? Je veux dire, dans le milieu des hétéros, ce serait plutôt considéré comme une extravagance.

– C'est pas les échangistes hétéros qui manquent, si tu veux mon avis. Attends, bouge pas. »

Le pansement qui s'approche du visage de Michael est énorme. Si son frère s'y prend bien, il couvrira un rectangle de peau entre le sourcil et les cheveux sans toucher ces derniers. S'il s'y prend mal, le prochain changement de pansement risque de faire mal.

« Et donc Jake fréquente d'autres hommes, dit Michael. Ça ne te pose pas de problème ?

– Je sais que Jake m'aime. »

Cela fait tiquer Michael, parce que ces mots ne ressemblent pas à son frère. Comme si Jake l'avait conditionné.

Le pansement continue de s'approcher et Michael sent que son sourcil est collé.

« Merde, lâche Thad.

– Pas grave. Donc tu es en train de me dire que tu n'es pas jaloux ?

– Bien sûr que non. Je participe à chaque fois. Au minimum, je suis dans la même pièce. »

Michael remonte la ligne et pose la canne, puis tend la main vers son verre avant de se rendre compte qu'il est vide.

« Mouais, dit-il. Moi, je ne pourrais pas. »

Il imagine Diane, allongée nue sous un homme. Ça le met tout de suite en pétard – une vraie rage contre un inconnu qui n'existe même pas.

« Tu n'as pas peur qu'il tombe amoureux d'un autre ? insiste-t-il.

– Et toi, tu n'as pas peur que Diane tombe amoureuse d'un autre ?

– Non, mais nous, on ne couche avec personne d'autre. »

Thad secoue la tête. « Crois-moi, l'amour n'a rien à voir avec nos petits rendez-vous. »

Il ne peut cependant rien dissimuler à son frère, et

l'expression de son visage le trahit. Cela cache quelque chose. Pas forcément de la peur, mais de l'inquiétude. Une forme de grande perplexité. Comme si, par ses questions, Michael avait modifié ses dispositions mentales. À moins que Jake ne s'en soit chargé il y a déjà longtemps et que Thad s'aperçoive seulement aujourd'hui que quelque chose cloche.

Celui-ci allume un nouveau joint.

« Imaginons qu'un jour Diane vienne te voir et qu'elle te dise : “Michael, je t'aime. Je suis heureuse avec toi. Mais tu sais ce qui me rendrait encore plus heureuse ? Qu'on couche de temps en temps avec d'autres personnes.” Qu'est-ce que tu lui dirais ?

– Je dirais non, putain.

– Même pas pour la rendre heureuse ? »

Michael se lève. Il a froid et veut son lit. « Elle peut penser que ça la rendrait plus heureuse, mais comment en être sûr ? Comment savoir si coucher avec d'autres personnes ne soulèverait pas plutôt chez elle toutes sortes de questions ?

– Et si c'était le cas ? Ces questions ne mériteraient-elles pas d'être soulevées ?

– Bien sûr, dit Michael. Avant le jour du mariage. Avant de s'engager. »

Thad ramasse la serviette de bain, les pansements, l'alcool. « Ça peut se comprendre, vous vous êtes juré fidélité. Mais les gens changent. Vous n'êtes plus les mêmes qu'à vingt-trois ans.

– Je ne veux pas regarder ma femme coucher avec un autre homme.

– Avec une femme, alors. C'est pas le fantasme de tous les hétéros ? Quelles sont les statistiques dans ce domaine ? »

Michael regarde l'eau. Il se sent chanceler.

Diane et lui avaient dix-huit ans quand ils se sont rencontrés. C'est la seule femme qu'il ait connue et certains jours, il en est fier. D'autres fois, ça le gêne. Ce qui est sûr, c'est qu'il s'inquiète rarement d'avoir raté quelque chose. Avec Diane, ça se passe bien au lit. Enfin, ça se *passait* bien. Ils n'ont pas couché ensemble depuis leur dispute, il y a plusieurs semaines maintenant, quand Diane a ouvert la porte de la salle de bains et que Michael a vu le test de grossesse qu'elle tenait à la main.

« Tu crois que le bonheur consiste à obtenir ce qu'on veut, lâche Michael. Quoi qu'on veuille, aussi souvent qu'on le veut, dès qu'on le veut. » Sa voix tremble. « Mais si ce n'était pas ça, le bonheur ? Si le bonheur ne consistait pas plutôt à dire merde à ce qu'on veut et à se serrer les coudes même quand ça devient difficile, même quand on n'est plus celui qu'on était autrefois ? »

Quelque chose bouillonne dans son ventre. Il a beau être ivre, il est conscient d'avoir utilisé l'argument de sa femme pour garder cet enfant dont il ne veut pas. Comme nous les défendons férocement, ceux que nous aimons, parfois au point de nous annihiler nous-mêmes.

Michael rit. Il rit et, tout en riant, il vomit. Il vide ses entrailles en un jet irrépressible et coloré avant de s'effondrer sur le ponton, et ses genoux font trembler les planches.

« Pardon », dit-il, mais quand il se retourne, le monde a cessé de tournoyer et son frère a déjà grimpé la moitié de la colline.

II.

SAMEDI

13

« Ça fait longtemps que je ne suis pas allé voir les cascades, dit Richard depuis la banquette arrière. Des années, même. »

Poli à l'excès, il a insisté pour que Diane s'assoie à l'avant, bien que la voiture – qu'il partage avec sa femme – soit une petite hybride. Son genou cogne contre le dos du siège de sa belle-fille. Personne n'est assis confortablement.

Michael quitte la station-service et s'engage sur une route de campagne en direction de l'ouest. Ses pouces battent en rythme sur le volant. Il a calé un thermos de café entre ses jambes. Ce matin, quand Diane a proposé de conduire, il a simplement froncé les sourcils et lui a lancé « son regard ». Diane le déteste, ce regard – quand Michael plisse les yeux comme si elle était complètement idiote. « Tu as vraiment de la chance d'avoir un mari qui n'élève jamais la voix », lui disent souvent ses amis. Comment expliquer, pourtant, qu'une bonne dispute vaut parfois mieux que tous ces efforts pour éviter de se disputer, cette lente évolution vers des existences parallèles où chacun finira par vivre de son côté ?

Michael monte le son de l'autoradio et Buddy Holly

s'interpose, chantant avec légèreté une histoire de montagnes russes et d'amour éternel. On pourrait croire que son mari est détendu, mais Diane reconnaît le grincement caractéristique de ses mâchoires. La nuit, il porte un protège-dents pour éviter de se mordre la langue dans son sommeil.

« Impossible qu'on ait encore cinq kilomètres à faire, continue Richard.

– Je ne fais que répéter ce que m'a dit le pompiste », répond Michael tandis qu'ils passent devant une ferme, une pommeraie, une vache errante.

Diane a constaté à son réveil qu'il y avait davantage de bateaux dans la baie que la veille. Elle a préparé des œufs brouillés, fait griller des toasts, mais n'a rien pu avaler. Sa belle-mère est restée au lit. Thad et Jake étaient partis voir un ami. « Il faut qu'on s'aère », a-t-elle dit, et c'est là que Michael a proposé d'aller faire un tour aux cascades. Ils ont donc enfilé leurs maillots de bain, Richard a décidé de se joindre à eux, et sur l'insistance de Diane, ils se sont arrêtés dans une pharmacie pour acheter des pansements étanches ; après quoi Michael et son père ont commencé à se chamailler au sujet de leur destination et du temps de trajet.

« Remets le compteur à zéro », dit Richard en regardant par la vitre les arbres défiler.

À quoi songe-t-il ? se demande Diane. Son beau-père n'est jamais sur la même longueur d'onde qu'eux. *C'est le professeur tête en l'air*, comme le surnomment ses fils, et il y a quelque chose de beau dans sa façon d'être toujours perdu dans ses pensées.

« Le compteur, fiston, insiste Richard. Je voudrais savoir si c'est vraiment à cinq kilomètres d'ici ou non. »

Michael obéit. Bien sûr, ils ont déjà roulé un bon kilomètre depuis la station-service ; ils recommenceront à se chamailler à l'arrivée, et il leur faudra donc à nouveau calculer le kilométrage lors du trajet retour. Mais ainsi en va-t-il en famille : l'anodin est élevé au rang d'impératif. Quand on réunit trois couples sous un même toit pendant une semaine, tout prend une signification cachée.

Michael boit une gorgée à son thermos et s'essuie la bouche du dos de la main. Son regard dans le rétro signifie : *Mon père n'est pas croyable, hein ?* Diane, fatiguée par leur prise de bec, ferme les yeux. Les quatre prochains kilomètres, elle fera semblant de dormir. Ces hommes, avec leurs émotions tapageuses et leurs coups de force silencieux… Certains jours, elle imagine une vie sans eux, elle et sa fille seules sur une couverture, dans un champ de coquelicots et de lobélies cardinales, sous un ciel bleu éclatant. Même les fleurs, dans son rêve, n'ont plus d'étamines. Diane et sa fille. Mais qui sait si leur enfant ne sera pas un garçon ?

La voiture ralentit, et elle rouvre les yeux. Des véhicules sont garés tout le long de la route. Pas d'écriteau ni de parking, rien que de l'herbe écrasée par des pneus depuis un demi-siècle chaque fois qu'il fait beau. Michael se range sur le côté et retire la clé du contact.

Dehors il fait chaud, l'air est encore chargé d'humidité après l'orage de la veille, et le ciel est comme blanchi par le soleil. Par-delà les arbres, un écho affaibli, celui de l'eau qui cascade dans l'eau. Deux garçons échevelés émergent de la forêt. L'un d'eux lève la main vers son copain, genre tope là. « On s'est fait la cascade, mon pote ! » dit-il. Et l'autre lui tape si fort dans la paume qu'il chancelle. De leur côté, Michael et Richard sont adossés à la voiture et continuent à se chicaner à propos de l'itinéraire. De loin, le front de Michael ressemble à du corail : renflé et violet, comme sorti d'un monde sous-marin et chimérique.

« Messieurs », leur crie Diane. Il est hors de question qu'elle fasse l'arbitre aujourd'hui.

Michael s'éloigne de la voiture, suivi de son père. Ils portent tous deux une serviette autour du cou, aussi cérémonielle qu'une étole, et marchent au même rythme – même taille, même foulée : Michael cheminant aux côtés de l'homme qu'il sera dans quarante ans. Un peu plus loin derrière les arbres, un sentier pénètre dans la forêt. Diane se souvient parfaitement bien du chemin à emprunter. Après tout, il n'y a pas que son mari qui ait grandi ici. Ses parents à elle n'avaient peut-être pas les moyens de s'acheter une maison de vacances, mais ils avaient des amis à qui ils rendaient visite chaque année. Elle rencontra Michael l'été de ses dix-huit ans, à l'époque où elle portait des maillots de bain deux-pièces et où lui avait des abdos. Il était drôle et intelligent, et ses dents de devant qui se chevauchaient légèrement lui donnaient un charme fou. C'était un échalas aux grandes oreilles, avec beaucoup de bonté dans les yeux. Et qui se révéla en outre étonnamment bien monté…

Alors qu'ils parviennent à un virage, des pins apparaissent, dont les aiguilles prennent des reflets d'argent dans la lumière, et leur tronc une teinte ambre. La cascade se fait plus bruyante, on entend le fracas de l'eau sur les rochers et le bruit des plongeurs. Des voix s'élèvent, de la rivière jusqu'aux bois et des bois jusqu'au ciel. Après le virage, la rivière s'élargit. Le sentier fait une fourche, et un choix se présente : suivre le cours d'eau dans le sens du courant, ou le sentier jusqu'en haut de la cascade.

Tout est exactement pareil que la dernière fois qu'elle est venue. Diane ignore pourquoi elle craignait tant que l'endroit ait changé. Une rivière n'a pas besoin d'entretien, elle a seulement besoin de ne pas être polluée ni entravée par des barrages. Cette rivière existe depuis plus d'un millénaire et sera encore là dans mille ans.

Un cri, un iodle, et un jeune garçon dévale la cascade. Qui d'ailleurs n'en est pas vraiment une. L'eau ne tombe pas à pic comme sur une carte postale mais ruisselle plutôt le long d'une pente, telle une piste de ski abrupte d'une hauteur de deux ou trois étages. Les enfants la descendent sur le ventre ou le dos, riant, criant, chantant. Près du bord, la pente est douce, mais au centre c'est un vrai toboggan. L'eau elle-même est piégeuse et peut, quel que soit votre point de départ, vous attirer vers le centre. Diane ne s'y est jamais risquée.

Le garçon qui s'élance est grand. Il slalome sur les fesses en braillant avant de se jeter dans les remous en contrebas. Puis il refait surface, secoue sa longue crinière, sort de l'eau et remonte le sentier au pas de charge dans son maillot de bain rose.

Il n'est pas d'ici, c'est évident. Les gars d'ici portent des bermudas en jean, ou bien retirent leur pantalon et se baignent en caleçon. La visière de leur casquette, ornée d'un simple hameçon, est effilochée. Ils arborent un bronzage naturel et des lunettes de soleil Oakley de contrefaçon, et quand ils boivent une bière, ils ne la dissimulent pas sous un emballage de papier. Les vacanciers de leur côté sont tout aussi faciles à repérer. Ils ne sont pas riches, mais ils ont de l'argent, suffisamment du moins pour louer une maison ou loger au Blackstone Inn. Ils portent des shorts de bain à motif écossais ou cachemire, le mot *Corona* imprimé devant. Ils ont les cheveux courts, se rasent la barbe et le torse. Leur bronzage n'est pas naturel. Leurs Oakley sont authentiques.

Les distinctions tendent cependant à se brouiller. Hipsters et gosses de riches. Tout ce denim. Toutes ces bières allégées. La première fois qu'elle avait vu Michael, Diane l'avait pris pour un garçon du coin, avant d'apprendre que ses parents enseignaient à Cornell. Mais il n'avait absolument rien de commun avec le portrait que Diane, à dix-huit ans, se faisait des familles telles que la sienne. Il était tombé amoureux d'elle et, avec le temps, elle avait fini par tomber elle aussi amoureuse de lui.

Une femme se baigne avec son bébé. Elle souffle sur son petit visage, le plonge dans l'eau puis, d'un geste vif, le ressort. Chaque fois qu'il émerge de la rivière, l'enfant rit. La femme le serre contre sa poitrine et le petit s'accroche à son cou, des gouttelettes plein les joues.

Diane se retourne, mais son mari est déjà tout en haut du sentier. « Michael », appelle-t-elle.

Je t'aime, devrait-elle dire. *Je te pardonne pour la peine que tu m'as faite ces six dernières semaines. Maintenant, reviens, donne-moi la main, et suivons ensemble le courant.* Voilà les mots qu'elle devrait prononcer, mais elle n'en fait rien. Parce qu'elle a surtout besoin que ces mots viennent de lui.

Alors elle lui dit simplement : « Fais attention à ta tête ! »

Elle le regarde là-haut qui retire son T-shirt. Il a gardé la ligne, en dehors des abdos, son torse est bien dessiné et ses tétons sont fermes. Son père le rejoint, et Diane se déchausse avant d'entrer dans le bassin en contrebas de la cascade.

À quelques pas de là, la femme prend de l'eau au creux de sa main et la verse doucement sur la tête de son enfant en chantonnant. Diane ne connaît pas cette chanson. Le couplet parle d'une crique, d'argile rouge et d'un soleil au fond de la mer. Le petit roucoule, et sa mère écarte le haut de son maillot. Puis l'enfant prend le sein, et la femme ferme les yeux. C'est l'extase.

Diane sait qu'il faut se garder de toucher un bébé sans demander la permission, mais celui-ci semble l'appeler, comme s'il lançait des lassos de lumière dans sa direction. Et soudain elle est à côté de lui et de sa mère, elle tend le bras et pose deux doigts sur la peau tendre de son crâne. Doigts contre tête, tête contre sein, un courant lui remonte le bras jusque dans le ventre, et ensemble ils forment brièvement, magnifiquement, un seul être.

« Vous en êtes à quel mois ? » lui demande la femme en rouvrant les yeux.

L'expression de Diane doit trahir sa surprise, parce que la femme se reprend aussitôt. « Pardon. Vous ne l'avez encore annoncé à personne.

– Ne vous excusez pas, répond Diane. C'est juste que… Comment l'avez-vous deviné ? »

En haut, des garçons crient et se lancent des défis.

« Ça ne se voit pas, répond la femme. Mais une mère sent ces choses-là. Enfin, parfois. »

Diane sourit. Elle voudrait prendre cette inconnue dans ses bras. Elle voudrait tenir l'enfant qui tète. Ensemble, elle et cette femme pourraient élever leurs enfants, libérées des incessants besoins de leurs maris et des pièges de l'amour romantique. Certaines espèces du règne animal doivent bien faire ça, se dispenser des mâles une fois que l'acte a eu lieu. Mais alors Michael lui manquerait. Vraiment.

Le petit s'est endormi au sein de sa mère. Celle-ci rejoint la rive et s'installe sur une couverture, son bébé dans les bras. Au bout d'un moment, elle s'aperçoit que son sein est découvert et rajuste le haut de son maillot de bain. Elle fait un geste de la main à Diane, mais ce n'est pas une invitation à les rejoindre et Diane retourne au pied de la cascade.

De nouveaux visiteurs grimpent le sentier, émergent d'entre les arbres, s'attardent au bord de l'eau. Là-haut, des baigneurs attendent leur tour pour dévaler la cascade, dont Michael et son père. Un peu plus tôt, Diane s'était demandé s'ils auraient la rivière pour eux tout seuls, si la nouvelle de la noyade dissuaderait les vacanciers et pousserait les gens du coin à rester chez eux. Mais la mort a ceci de particulier qu'elle nous rappelle que nous sommes vivants. Le monde ne cesse pas de tourner, et ceux qui sont toujours en vie continuent de risquer la leur. Si les Starling n'en avaient pas été témoins, la noyade n'aurait pas eu plus de réalité que la une du journal sur laquelle le fait divers a été imprimé ce matin. Ce qui s'est passé ne leur fait mal que parce qu'ils l'ont vu de leurs yeux. Mais ce genre de chose arrive tous les jours.

Avait-elle parlé au petit garçon ? Non. Et pourtant elle revoit parfaitement bien son visage, sa coupe en brosse et ses yeux bleus.

Diane se laisse glisser sous la surface de l'eau, dans le fracas assourdissant des remous de la cascade. Elle examine sa main. Qu'il serait facile de perdre son alliance ici. Elle la fait tourner mais ne tire pas dessus. Quand elle se redresse, elle entend son mari qui l'appelle, avec dans la voix quelque chose d'un enfant qui lui dirait : *Regarde-moi.*

La semaine où ils s'étaient rencontrés, elle était venue se baigner seule ici. Elle avait vu Michael là-haut, la lumière dans ses cheveux, la lumière lui brûlant les jambes et dévalant la cascade avec lui. Elle en avait eu mal au ventre ce jour-là, le cœur consumé de désir. Qu'ils étaient jeunes, alors, avec leur visage boutonneux et leur peau toute douce. Elle avait su, rien qu'en le regardant, qu'elle ferait l'amour avec lui le soir même.

Mais c'était il y a quinze ans. Aujourd'hui, Michael a beaucoup moins de cheveux sur la tête pour capturer la lumière, et les poils blonds de ses jambes sont devenus noirs et rêches. Il s'accroupit, hésitant au bord de l'eau, son aura comme ternie par le passage du temps.

Assieds-toi, se dit-elle. *Assieds-toi avant de glisser et d'aller encore te fendre le crâne.*

Un couple d'adolescents entreprend de descendre la cascade main dans la main. À mi-course ils sont séparés, puis se rejoignent en bas. Dans l'écume et la mousse, ils se relèvent en riant et s'embrassent à pleine bouche.

Michael se lève. Et glisse. Il tombe sur les fesses, le courant l'emporte. À la manière qu'il a de lever les mains en l'air, on croirait qu'il est en train de se faire braquer. Puis il arrive au pied de la cascade et disparaît sous l'eau, suivi de près par Richard. Tous deux émergent, et Diane se hâte de les rejoindre.

« J'ai mal au cul, dit Michael en se frottant le bas du dos. *Très* mal au cul.

– C'est peut-être le coccyx, dit son père.

– T'es pas médecin, que je sache », rétorque Michael.

Diane tâte les fesses de son mari pour voir où il souffre exactement.

« Et ta tête, ça va ? demande-t-elle.

– Oui.

– Tu veux qu'on retourne à l'hôpital ?

– Jamais de la vie. »

Le pansement qu'elle lui a mis sur le parking de la pharmacie tient toujours et, par l'œilleton de plastique transparent, elle voit que les points de suture sont restés secs.

« Ça a l'air de bien cicatriser », dit-elle.

Mais ce n'est pas vrai, la chair est toute boursouflée et la cicatrice risque d'être hideuse.

« J'arrive pas à croire que tu aies descendu la cascade », dit Michael à son père.

Il ne sait pas que lorsqu'il a glissé et chuté, Richard était derrière lui, bras tendus vers son fils. Qu'il l'a suivi comme ça jusqu'en bas.

Ils traversent à pied les endroits peu profonds de la rivière et nagent dès qu'ils n'ont plus pied, se laissant porter par le courant sur un kilomètre, jusqu'au point où le cours d'eau s'ouvre sur un autre bassin. Ce lieu est moins connu que la cascade, ce qui en fait un sanctuaire pour les gens du coin. Les glacières sont plus nombreuses, mais on y est moins vêtu. Une dizaine de personnes environ, qui plongent et barbotent. Sur la berge, un petit garçon tout nu tourne sur lui-même armé d'une branche, à la poursuite d'un lézard.

Un escalier sculpté dans la pierre émerge de la surface et permet d'accéder à un rocher en forme de poing serré, aussi haut que le premier étage d'une maison, d'où s'élancent des hommes et des femmes pour faire qui un plat, qui une bombe, et toutes sortes de figures. Ce qui est sûr, c'est que ce plongeon est moins risqué que la descente de la cascade. L'eau est profonde, et il n'y a de place que pour une personne à la fois. Le saut est bref, même si depuis le sommet on se sent terriblement haut. La première fois qu'elle est venue ici, Diane a plongé, mais elle n'a jamais eu le courage de recommencer.

« Michael », dit-elle, mais celui-ci fait déjà la queue au milieu de l'escalier, derrière un gamin en maillot jaune avec un smiley sur le postérieur.

Du côté de la berge, un homme vêtu d'un bermuda en jean, bière à la main, est accroupi sur un grand rocher plat. Des canettes écrasées jonchent le sol à ses pieds. C'est le père du petit chasseur de lézard, en déduit Diane, et du gamin au maillot de bain jaune.

Richard la rejoint. Il est si grand que l'eau lui arrive à la taille alors que Diane est immergée jusqu'à hauteur de poitrine. Son beau-père a le teint blême, mais il est encore mince et soigne son allure. Elle serait heureuse si Michael pouvait lui ressembler au même âge, à supposer qu'ils soient encore ensemble dans quarante ans, ce qui, au vu des circonstances, est un peu hasardeux.

« Est-ce qu'il va bien ? » lui demande Richard.

Une fille plonge, suivie de son père. Michael grimpe encore quelques marches.

Non, voudrait répondre Diane. *Ça fait des années qu'il est à côté des ses pompes.* Mais tout ce qu'elle dit, c'est : « Je n'en suis pas tout à fait sûre. »

Sur la berge, le lézard s'est enfui et le petit garçon, désormais à quatre pattes, retourne les pierres dans l'espoir de le retrouver.

« Vous n'êtes pas obligés de rester, poursuit Richard. Je sais que Lisa tient à vous avoir auprès d'elle, mais le plus important c'est que vous preniez soin de vous.

– J'ai envie de rester », répond Diane.

Ce n'est pas ce qu'elle ressentait hier soir. Mais aujourd'hui, si. Elle veut profiter de Lake Christopher une dernière fois – la cascade, le lac, la terre, la ville. Elle veut peindre un coucher de soleil sur l'embarcadère. Et elle voudrait faire la paix avec Michael, or s'il y a bien un lieu où une telle chose est susceptible de se produire, c'est ici.

Un cri. Le lézard perdu, l'enfant hurle et court vers son père. L'homme boit une grande gorgée de bière, pose la main sur la tête de son fils, et à son contact les cris cessent. Le gamin s'assoit en tailleur sur le rocher à côté de son père, puis se tire sur le zizi, inspectant son prépuce avec un degré d'intensité généralement réservé aux séries policières à la télé.

« Tu crois qu'un jour vous aurez envie d'en avoir un ? » lui demande soudain son beau-père.

C'est une question que l'on pose souvent aux femmes de l'âge de Diane. *Pourquoi vous n'avez pas encore d'enfant ? Quand est-ce que vous allez nous en faire un ?* Amis et collègues, vagues connaissances, sa propre mère : toujours la même rengaine. Diane n'a jamais compris ce besoin qu'ont les gens de savoir qui se reproduit autour d'eux et les raisons qui poussent certains à ne pas le faire. Venant de Richard, toutefois, c'est surprenant. De tous les gens qu'elle connaît, il est de loin le plus discret. Ses règles de bienséance sont d'un autre temps, et si elles peuvent parfois sembler vieux jeu, ou excessives, Diane les trouve aussi admirables. Il n'est pas de ces hommes qui questionnent une femme pour savoir si elle veut des enfants, et elle se demande, l'espace d'un instant, si Michael l'a mis au courant.

Sous l'eau, elle pose la main sur son ventre. À dix semaines, ce qui est en elle mesure deux centimètres de long. Elle s'est renseignée sur Internet. Il y a déjà des orteils et des doigts, des ongles et des cheveux.

« On verra », répond-elle.

Le gamin en maillot jaune plonge, puis remonte à la surface en crachant de l'eau. L'homme sur la berge lâche un sifflement, et le petit cesse de s'ausculter pour regarder son frère rejoindre la rive à la nage.

« C'est terrible, ce qui s'est passé hier », reprend Richard en détournant le regard.

L'évidence s'impose alors à Diane : cet homme taciturne et secret a besoin de se confier à quelqu'un. Et qui a dit que ça ne pouvait pas être elle ? Elle veut bien assumer ce rôle. Mais elle refuse de parler du gamin qui s'est noyé.

« Je sais que Michael est en colère à cause de la maison, mais je comprends votre position », lâche-t-elle, sans trop savoir ce qui la pousse à dire ça. Elle a l'impression d'être une traîtresse en ne prenant pas le parti de son mari. D'autant qu'en réalité elle ne comprend vraiment pas pourquoi ses beaux-parents ont décidé de vendre. Elle a pris l'habitude de dire aux gens ce qu'elle croit qu'ils ont envie d'entendre. Elle est consciente de cela et s'en inquiète. Chercherait-elle désespérément à être aimée de tous ?

« C'est gentil de dire ça, répond Richard, mais je ne sais pas si Michael nous le pardonnera un jour.

– Cette décision nous a pris un peu de court, voilà tout. Il s'y fera. »

Sauf qu'il ne s'y fera pas, car son mari est la personne la plus rancunière qu'elle connaisse.

Diane n'a pas l'habitude d'avoir de longues conversations avec son beau-père. De quoi ça parle, un chercheur en physique mathématique ?

« Ces multivers que vous étudiez, tente-t-elle. Vous avez dit un jour que toutes les combinaisons d'événements susceptibles de se produire se produisent toutes simultanément.

– Ce n'est qu'une théorie. Qui, personnellement, me laisse sceptique. »

Vrai ou pas, voilà une idée qui plaît à Diane et à laquelle elle pense souvent. Les mauvais jours, elle se console à l'idée que quelque part loin d'ici, elle est heureuse. Que dans cet endroit lointain il n'y a pas de dettes et que Michael est toujours attentionné envers elle. Là-bas, où que ce soit, ils ont un enfant, et elle ne doute jamais de l'amour que lui porte son mari.

Face à eux, ils voient Michael qui est arrivé au sommet du rocher. Il se met sur une jambe à la façon d'une grue, les bras dressés en l'air. Il veut la faire rire et ça marche.

« Est-ce que tout va bien, ma grande ? demande Richard. Tu trembles comme une feuille.

– Ça va. J'ai juste un peu froid. »

Mais Diane n'a pas seulement froid. Elle est triste, et aussi exaltée, enchantée, effrayée. Elle va devenir mère. Avec ou sans Michael, elle va porter une nouvelle vie en ce monde.

« Attention, voilà la bombe ! » crie son mari.

Des moulinets de bras et de jambes, et Michael s'envole.

Diane tient dans le creux de ses mains la promesse cachée dans son ventre.

Menton contre les genoux, et genoux contre la poitrine, Michael attrape ses chevilles et, l'espace d'un instant, il semble entrer en lévitation. Puis, ramassé sur lui-même telle une boule de feu, il chute.

14

Le restaurant Chez Antoine compte parmi la dizaine de commerces qui se succèdent dans cette rue passante d'Asheville où le stationnement est payant. Les devantures s'alignent sur le trottoir, et leurs tons pastel semblent se faire concurrence. Une boutique de cigares. Un traiteur. Des établissements devant lesquels un tableau à la craie affiche le plat du jour et les cocktails maison. De tous ces restaurants, Chez Antoine est le plus dégradé. Sa peinture couleur pêche est écaillée et laisse apparaître de grosses taches turquoise.

Thad imagine une clientèle jeune, bras tatoués, gros anneau dans le lobe de l'oreille, mais à l'intérieur l'ambiance est plutôt costume-cravate. Pas de tatouages, ici. Déjeuners d'affaires et cartes de crédit au nom de la société.

Jake a mis le veston de velours noir qu'il a l'habitude de porter aux vernissages et aux dîners d'acheteurs. Son manteau est lourd et voyant, le genre dont rêve tout jeune gay jusqu'à ce qu'il enfile pour la première fois un costard Brooks Brothers. D'une certaine façon, pour Jake, le rêve a perduré.

Thad n'avait pas apporté de vêtements pour l'occasion,

et, une heure plus tôt, à la périphérie d'Asheville, Jake a garé leur voiture sur un parking de JCPenney. « Il faut qu'on soit chics », a-t-il lâché. Et par *on*, il voulait dire Thad.

Dans le grand magasin, Jake a attrapé un chino et un veston gris, que Thad a essayés. Le veston en laine épaisse. Le pantalon à plis.

« J'ai l'air d'un croque-mort, a-t-il fait en se voyant dans le miroir.

– Non, tu es élégant », a corrigé son compagnon avant de replonger le nez dans son téléphone. Toute la matinée, des *ding* et des *bip* ont retenti pour confirmer le lieu et l'heure du rendez-vous.

À la caisse, le vendeur leur a prêté une paire de ciseaux, et Jake a coupé les étiquettes des vêtements que Thad avait gardés sur lui. Ses baskets n'allaient pas avec le reste, mais ils n'avaient plus le temps. Si les apparences comptent pour Jake, elles comptent moins que la ponctualité.

Il traverse à présent la salle à grands pas, chaussures cirées, boutons de manchettes étincelants, cheveux gominés, et Thad se demande si son petit ami n'a pas tenté de lui donner l'air si terne, si falot comparé à lui, que Marco ne pourra pas le quitter des yeux.

Une hôtesse les conduit jusqu'au jardin. Dehors il fait chaud et il n'y a pas de parasols, rien qu'une pergola de lierre. Un couple est assis à une table, la fille grande, pâle et mince, lui latino, chemise rouge et cheveux noirs. Il se lève. « Jacob ! » dit-il. La fille reste assise, mais elle est si grande, son maintien si élégant que c'est un peu comme si elle était debout.

Jake semble aussi étonné que Thad de la voir ici. Il

marque un temps, puis tombe dans les bras de Marco. La brièveté de son étreinte est voulue, préméditée. Marco pose la main sur le revers du manteau de son ex et fait glisser le pouce sur toute sa longueur.

« Cette vieillerie, dit-il.

– Frank m'oblige à le porter », rétorque Jake.

En réalité, cela fait des années que Frank tente de le convaincre de ne plus porter ce manteau de velours, mais ce mensonge est une façon habile d'esquiver la remarque et de lâcher un nom en même temps. Jake confirme ainsi son appartenance au monde de l'art tout en rappelant l'indispensable dose de mépris que celui-ci lui inspire. Pour autant que Thad puisse en juger, c'est le but de chacun de ses amis peintres – atteindre la célébrité pour mieux pouvoir dénigrer tout ce qu'ils ont un jour désiré.

« Comment va ce vieux Frank ? demande Marco.

– Bien, dit Jake. Je te présente Thad. »

Marco lui tend la main, et Thad comprend instantanément le pouvoir de séduction de cet homme. Il a la peau douce. La mâchoire carrée. Ses cheveux sont coiffés en arrière, et sa chemise ouverte laisse entrevoir sa poitrine épilée. Le contour de ses muscles se dessine sous les manches de sa chemise. C'est un spécimen impressionnant, en tout point semblable aux attentes de Thad, hormis un détail crucial. L'homme qui lui fait face semble tout droit sorti de la vitrine d'un magasin J. Crew – soigné façon cadre supérieur, inoffensif. Quel que soit le parfum de danger, d'excitation, qui a fait de Marco une idole des Beaux-Arts, ce parfum s'est estompé depuis longtemps. Même si pour Jake il restera peut-être toujours le jeune Marco, comme

Jake restera toujours pour Thad le même jeune homme timide en veston noir.

Leur première rencontre remontait à un soir d'avril deux ans plus tôt. Il faisait froid, la pluie menaçait de tomber, et Thad traînait sans but dans Chelsea. Fauché, épuisé et à court de marijuana, il avait décidé de se rendre à une scène ouverte de poésie dans l'espoir de trouver un joint ou quelqu'un avec qui coucher, les deux de préférence. Son bail de location arrivait à échéance un mois plus tard et ce serait alors retour à Ithaca chez ses parents. Mieux valait admettre sa défaite et rentrer à la maison plutôt que crever de faim. Puis, par la vitrine d'une galerie, il l'a aperçu : un jeune homme de vingt-quatre ans surnageant dans une mer de costumes. Il portait un manteau de velours, une rose épinglée au revers, les cheveux en bataille. De grands yeux. La foule s'écartait sur son passage, et Thad comprit que tous ces gens étaient là pour le voir. C'était qui, ce mec, et pourquoi une telle adulation ? Puis il s'était mis à pleuvoir, et Thad était entré pour en savoir plus.

Marco serre la main de Thad trop longtemps.

« Enchanté », dit-il, et Thad hoche la tête. Ce type ne lui plaît pas.

La fille assise à la table ne se lève toujours pas. Elle porte une jupe courte et noire, a les jambes croisées.

« Ma petite amie, poursuit Marco. Amelia », et soudain Marco plaît beaucoup plus à Thad.

Jake regarde la fille, puis son ex. Thad voit que son compagnon est abasourdi, mais qu'il fait tout pour garder contenance.

Ils s'installent. La table a été dressée pour quatre, et il y a au centre un pichet de ce qui semble être de la margarita. Amelia en verse un verre à chacun, remplissant à ras celui de Thad, qui déborde.

« Pardon », dit-elle, et il y a quelque chose d'aguicheur dans sa façon de tendre la main pour tapoter le verre de sa serviette et de poser les yeux sur lui.

Au lycée, Thad est sorti avec deux filles. Quand il a rompu, l'une a pleuré mais l'autre a trouvé ça louche. « Je crois bien que je t'aime », lui a dit la première. Et la deuxième : « Je crois bien que tu es gay. »

Amelia donne l'impression d'être aussi jeune que ces filles-là – trop jeune en tout cas pour sortir avec Marco. Elle porte son verre à ses lèvres et boit une gorgée. Face à eux, Jake est un vrai moulin à paroles. Thad est assis entre Marco et Amelia, de sorte que son petit ami ne devrait pas pouvoir tourner la tête sans le voir dans son champ de vision, mais Jake trouve le moyen d'y parvenir, la table étant aussi vaste qu'une galaxie insondable. En voiture, ils étaient convenus que si Thad se sentait mal à l'aise, ils ne resteraient pas, mais comment le lui faire comprendre si son compagnon fait tout pour ignorer sa présence ?

Finalement, c'est Marco qui coupe Jake. « Alors, Thad, que fais-tu de beau dans la vie ? »

Une odeur de chèvrefeuille flotte dans l'air, et Thad sent qu'il va éternuer.

« Oh, Thad n'est pas peintre, dit Jake.

– Ça n'a pas d'importance, fait Amelia, la main posée sur l'épaule de l'intéressé. Moi non plus. »

Elle a une ribambelle de bracelets et porte au poignet le tatouage d'un signe en langue étrangère qui signifie amour, ou paix, ou peut-être excréments, parce qu'il arrive aussi que les tatoueurs se paient la tête de leurs clients. Thad se réjouit qu'il n'y ait rien eu en quoi il croyait assez pour se le faire graver sur la peau. Peut-être trouvera-t-il un jour une personne qu'il aimera suffisamment pour que celle-ci mérite sa chair. Il se dit parfois que cette personne pourrait bien être Jake. Mais pas aujourd'hui.

Il éternue.

« À tes souhaits, dit Amelia.

– Merci. » Il boit une longue gorgée de margarita en mordant dans une tranche de citron vert. C'est fort. Amelia retire la main de son épaule.

« Alors, Homme-Mystère, insiste Marco en se détournant ostensiblement de Jake. Que fais-tu dans la vie ? »

À ces mots, Thad a l'impression douloureuse d'être vraiment vu pour la première fois depuis longtemps.

« Il écrit un livre », répond Jake, qui pose enfin les yeux sur son compagnon. Le suppliant en silence de ne pas le trahir.

« Un livre, dit Marco. Formidable ! De quoi ça parle ?

– Oh, fait Jake, il refuse d'en parler pour le moment. Il dit que c'est trop tôt. Un peu présomptueux, je sais, mais…

– Ça parle d'oiseaux », le coupe Thad, pensant à l'ouvrage qu'a écrit sa mère. Il a tenté de le lire un jour, mais ce n'est pas du tout un livre de vulgarisation. C'est un texte destiné aux spécialistes sur les subtilités de la taxinomie des oiseaux – telles que genre, ordre et famille – et qui inclut un chapitre entier consacré au Tichodrome échelette et son degré d'appartenance à la famille des sittelles. Thad avait tenu trois pages avant d'abandonner, même si, quand il était petit, il lui arrivait souvent de feuilleter le cahier d'illustrations en couleurs imprimées sur papier glacé. Il aimait observer les becs brillants et les pattes fines. Il appréciait aussi les diagrammes, et la façon dont la plume d'une queue ou d'une aile, marquée d'un chiffre romain, était reliée à un encadré par une ligne en pointillés. Certains soirs, allongé dans son lit, il s'imaginait sur ces pages en cow-boy miniature, lasso à la main. Il sellait les oiseaux et les montait, avec des lignes en pointillés en guise de rênes : Thaddeus, roi des oiseaux.

« C'est un recueil de poèmes autour des oiseaux, poursuit-il, ce qui dans le fond n'est peut-être pas une si mauvaise idée.

– Incroyable, dit Amelia. Marco n'arrête pas de peindre des oiseaux. »

Tout le monde se tourne vers l'intéressé pour en avoir confirmation et celui-ci hausse les épaules. « C'est vrai, déclare-t-il.

– Bon sang, dit Amelia. Marco, tu devrais te charger de l'illustration de couverture !

– Mais oui ! acquiesce Thad en coulant un regard vers Jake. J'adorerais ça. »

Son compagnon se garde de lui faire les gros yeux et tente un piètre sourire.

« Ça me touche beaucoup, dit Marco, mais je pense que ton éditeur voudra d'abord avoir un aperçu de mon travail.

– Non, non, non, rétorque Thad. C'est comme si c'était fait. Jake dit que tu as du talent, et j'ai confiance en lui. D'ailleurs, l'éditeur est un de ses amis. Il vous mettra en contact.

– Dans ce cas, ce midi, c'est moi qui régale. » Marco se penche en avant, coudes sur la table. Il a les yeux brillants, les dents grosses comme des Mentos. Si Marco est musclé,

Thad a surtout du gras. Et si le second a le torse flasque, le premier a des pectoraux saillants.

« Ce recueil sur lequel tu travailles, il a déjà un titre ?

– *Les oiseaux d'une plume* », répond Thad. Il n'aurait pu trouver pire titre que ça. Mais Marco et Amelia sourient. Puis la jeune femme pose de nouveau la main sur son épaule, dans un grand cliquetis métallique de bracelets. Ce contact physique ne le dérange pas, mais il ignore comment l'interpréter.

Un serveur arrive et, sur l'insistance de Marco, tout le monde à l'exception d'Amelia commande de l'espadon.

« J'ai une petite lubie, explique-t-elle.

– Elle ne mange pas d'animal à nageoires », complète Marco.

Deux hommes en costume s'installent à une table voisine. Ils suspendent leur manteau au dossier de leur chaise et dénouent leur nœud de cravate, puis s'allument une cigarette.

Très vite, le serveur réapparaît avec quatre salades César.

Amelia enfourne une pleine fourchette de laitue, et Thad se demande si elle sait ce qu'est une salade César – la vinaigrette, tous ces anchois. Il hésite à la mettre en garde mais ne veut pas non plus en faire toute une histoire. Il se concentre sur son assiette et finit sa margarita, qui lui paraît de plus en plus forte. Amelia le ressert aussitôt.

« Et toi, qu'est-ce que tu fais dans la vie ? » lui demande-t-il.

La jeune femme lève la main – elle a la bouche pleine. Puis elle se tamponne les lèvres avec sa serviette avant de la replacer sur ses cuisses. Ses manières sont impeccables.

« Je suis encore étudiante, dit-elle. Western Carolina,

mais il se peut que j'aille à NC State, en fonction de la spécialité que je choisirai l'an prochain.

– Thad a fait des études de lettres, dit Jake. À Cornell. » Il ne précise pas qu'il a abandonné après sa deuxième année.

« Cornell, fait Amelia. C'est chic ! »

Écrire un livre. Étudier à Cornell. Thad voudrait protester, il n'est pas ce fils à papa que Jake fait de lui. Sans son compagnon, il serait à la rue depuis longtemps. Et son frère est aussi fauché que lui. Pour autant qu'il le sache, leur mère fera don de son argent aux oiseaux, et leur père à Cornell, la NASA, ou ce super-accélérateur de particules en Suisse qui n'arrête pas de foirer. Leurs parents se sont enrichis à partir de rien, ce qui est formidable pour eux mais un peu moins pour leurs enfants, dont on semble attendre la même chose.

« C'était comment, Cornell ? » demande Marco, toujours tourné vers Thad.

Celui-ci lui répond aussi sincèrement que possible, et une expression de douleur se lit sur le visage de Jake. Il n'a pas l'habitude d'être ailleurs qu'au centre de l'attention. Ce déjeuner prend décidément une tournure inattendue.

« Comment avez-vous fait connaissance ? » lance Thad pour changer de sujet.

– Marco avait une expo à Manhattan, raconte Amelia, et mon prof d'art et société a invité un tas d'élèves au vernissage. C'était une façon de gagner des points supplémentaires. » Elle tend le bras et prend la main de Marco. « C'est le surnom que je lui donne, parfois. Mon petit point supplémentaire. »

Ils se lâchent la main, et les bracelets d'Amelia raclent la table quand elle retire son poignet.

« Tu exposes actuellement ? » lui demande Jake.

Thad, soudain, a presque pitié de son petit ami. De sa volonté désespérée de reprendre le contrôle de la conversation. De son besoin d'être sûr que Marco est de son côté. Ce n'est pas pour coucher avec lui qu'il est venu, mais pour voir si son ex espère encore secrètement se remettre avec lui. Sauf que ce n'est pas le cas, malgré l'impression qu'a pu avoir Jake en arrivant.

« Bien sûr que oui, dit Amelia. Marco est un artiste très prisé par ici. Son travail est exposé chez Zuzu, la galerie la plus courue de River Arts District.

– C'est pas non plus Gallery East, tempère Marco, mais pour Asheville, c'est bien.

– Bien ? » fait Amelia. Elle lève son verre et s'aperçoit qu'il est vide. Tout comme le pichet de margarita. « Marco est trop modeste. Si vous voyiez notre appartement. »

Marco garde le silence. Les mots *Notre appartement* s'attardent au-dessus de la table, tel un point d'exclamation.

« J'aimerais bien le voir, votre appart' », dit Jake.

Amelia se tourne vers Thad, et cette journée prend une nouvelle fois un tour dangereux. Il avait décidé qu'il aimait bien Amelia mais il n'en est plus si sûr.

Jake regarde Marco. Marco regarde Thad qui regarde Amelia, laquelle fixe son verre vide, et tout le monde attend de voir ce que Thad va dire. Mais il ne dit rien, car Dieu merci, c'est à ce moment-là que le serveur leur apporte la suite.

On débarrasse les assiettes de salade, on remplit les verres d'eau, et Marco commande un nouveau pichet de margarita. La sonnerie vociférante d'un portable joue les premières mesures de « Carolina in My Mind », de James

Taylor, et l'un des hommes assis à la table voisine se lève pour répondre. Campé devant la porte, il parle de *paiements*, prononce le mot plusieurs fois et avec insistance. Son acolyte s'allume une autre cigarette. Une pyramide de mégots s'entassent déjà dans leur cendrier.

Un poisson à trente dollars lève les yeux sur Thad depuis son assiette. Il porte les traces du gril, sa peau forme une croûte dorée, et le tout est nappé d'un filet de sauce couleur de mélasse. Ce poisson, explique Marco, est unique, un joyau pour les gourmets de cette ville. Mais des plats de ce genre, on en trouve à tous les coins de rue à New York. En tant que moitié de Jake, Thad a participé à plus de déjeuners qu'il ne pourrait en compter, plus de soirées caritatives et de vernissages, où étaient servis des plats tout aussi sophistiqués. Si bien qu'aujourd'hui il préfère les choses sans prétention : beurre de cacahuète, gâteau industriel, soupe en boîte. La simple idée de soulever le poisson pour voir ce qui se cache en dessous, maïs étuvé ou chutney ?, l'épuise d'avance.

À contrecœur, il prend une bouchée et sent exploser dans sa bouche le goût du safran, puis du miel, puis du vinaigre balsamique et de la saumure. Il prend une autre bouchée. Peut-être le poisson n'est-il pas si mauvais à Asheville, après tout.

« Merveilleux », dit Jake. Son poisson est partagé en deux, le maïs en dessous – car c'est bien du maïs – répandu sur toute l'assiette.

Marco agite la main devant son visage. « Est-ce que la fumée gêne quelqu'un ? »

Elle ne gêne pas Thad, qui a été fumeur pendant des années et qui a arrêté uniquement à cause de Jake. Celui-ci est sensible aux odeurs, et tout particulièrement à celle de la cigarette. Thad s'aperçoit alors que les yeux de son petit ami sont injectés de sang. S'il était un compagnon plus attentif, il l'aurait remarqué en premier.

Marco repousse sa chaise.

« Chéri, dit Amelia, ce n'est rien.

– Je vais juste lui parler. »

Marco se lève, et voilà finalement la passion à laquelle Thad s'attendait depuis le début, le magma qui coule sous la roche. Mais Marco ne cherche pas à épater la jeune femme. À choisir, on dirait plutôt qu'il cherche à épater Jake. Soudain ce n'est plus un déjeuner, c'est une compétition de poseurs où chaque geste, chaque mot, est une façon de dire : *Je n'ai pas besoin de toi. Regarde tout le chemin que j'ai parcouru.*

Depuis combien de temps, se demande Thad, Marco a-t-il planifié cela ? La petite amie, le restau chic, *C'est moi qui régale* ? Le fumeur, lui, ne faisait sans doute pas partie du plan. Car le but est de rendre son ex jaloux, pas qu'il ait les yeux qui pleurent et parte précipitamment.

À l'autre table, le type à la cigarette dit quelque chose, et Marco se penche un peu plus près de lui. Quand il revient s'asseoir, la cigarette a disparu. Amelia roule des yeux et Jake a l'air impressionné, ce qui était évidemment le but.

Thad a soudain terriblement envie de rentrer chez lui.

Il va se laver les mains et appelle Jake sur son portable, mais celui-ci ne répond pas. *Aux toilettes*, lui écrit Thad, *tout de suite ou tu te démerdes pour rentrer seul.*

Une minute après, Jake arrive. Thad voudrait lui donner une leçon, mais il préfère d'abord lui laisser une dernière chance. Il le prend dans ses bras. L'embrasse sur la joue, sur l'oreille. Le serre contre lui. Tout peut encore être pardonné.

« Arrêtons ça, dit-il tandis que Jake tente de s'écarter. S'il te plaît. »

La seule façon d'échapper à cette étreinte est par en dessous, mais en se laissant glisser entre les bras de Thad, Jake tombe et heurte le carrelage. Son manteau remonte, le col à hauteur d'oreille. Par terre, il a l'air tout petit, pareil à un enfant qui aurait emprunté les vêtements de son père.

« Avoue que c'est plus qu'un simple déjeuner, reprend Thad.

– Grandis un peu », dit Jake. Il se relève, s'observe dans le miroir et lisse les pans de son manteau.

Il y a deux lavabos sous le miroir, et Thad s'approche du second. Il ouvre le robinet, les mains en coupe sous l'eau froide, tandis que son compagnon continue à s'examiner dans le miroir. Il retire les fines baleines en plastique du col de sa chemise, puis les remet en place. Sans surprise, le col retrouve sa fermeté, plus raide à chaque extrémité.

« Regarde-moi », dit Thad. Il a essayé la gentillesse, la compassion, le respect mutuel. Il est temps de dégoupiller la grenade.

Jake, indifférent, se recoiffe avec soin et retire quelque chose d'entre ses dents.

« Regarde-moi », répète Thad, et quand son petit ami se retourne, il ouvre la coupe pleine de ses mains pour arroser le pantalon de Jake. On dirait qu'il s'est pissé dessus.

Thad se sèche les mains et sort des toilettes.

« Tu n'es vraiment qu'un gamin ! » lui crie Jake. Puis il hurle autre chose, mais Thad ne l'entend pas. Il a déjà claqué la porte derrière lui.

15

Le fer à cheval atteint le piquet et tournoie bruyamment autour, alors Richard sourit.

Sur la pente, à mi-chemin de la maison et du lac, il y a comme un plateau, une bande de terre égalisée et ceinte d'un mur en pierre pour lutter contre l'érosion. Celui-ci ne monte qu'à hauteur de genou, tel un écho de la digue qui longe la berge un peu plus bas. Chaque été, Richard grimpe dessus pour retrouver plus facilement les trous dissimulés dans la pelouse, puis il s'agenouille devant chacun d'eux et arrache les mauvaises herbes. Les piquets et leur insertion répondent à des règles précises : ils doivent mesurer trente centimètres de haut, former un angle à soixante-dix-huit degrés, et être espacés de dix mètres.

Les fers à cheval sont rouillés. Richard en a trouvé un brodé par la vigne qui s'est introduite dans les étampures où se logent les clous. Entrelacée au fer à cheval, elle forme comme une hélice rampante, et Richard la démêle délicatement avant de taper le fer contre le mur pour en faire tomber les écailles de rouille.

Un camion vrombit au loin. Une tondeuse démarre. Les oiseaux pépient.

En rentrant de la cascade, il ne s'attendait pas à ce que Michael le rejoigne et pourtant les voilà tous les deux fer à la main.

« Ça fait trois pour toi, mon vieux », dit son fils. L'hématome s'est étendu sous le pansement et teinte son front d'indigo. Michael couve le thermos qu'il n'a pas lâché de la matinée, et où Richard n'a jamais vu de café.

En bas, les bateaux du matin sont partis. Soit ils ont retrouvé le corps, soit ils ont renoncé et suivi le courant jusqu'à un autre endroit du lac. Il aimerait dire à son fils qu'il a été courageux, qu'il a fait de son mieux. Celui-ci ne se pardonnera jamais de ne pas avoir réagi assez vite, ni plongé assez profond, comme les parents de l'enfant ne se pardonneront jamais leur manque de vigilance, comme leur fille ne se pardonnera jamais de s'être endormie. Richard, lui, ne se pardonnera absolument jamais d'avoir mis sa fille au lit avec une peluche. Le petit poing de June. Dans son souvenir, elle serre pour l'éternité la patte de ce petit canard vert.

Ils s'étaient dit qu'ils en parleraient un jour aux garçons, puis ils avaient changé d'avis. Michael et Thad n'avaient pas besoin de savoir qu'ils avaient eu une sœur. Pourquoi leur faire inutilement de la peine ? Pourquoi ressusciter une petite fille s'il fallait aussitôt en étouffer le souvenir ? Aujourd'hui encore, June reste comme un ballon de baudruche attaché à son poignet. Elle plane derrière lui, hors de portée du regard. Quand il se retourne, elle fait de même. Mais elle est toujours là, à flotter à la périphérie de sa vision.

Richard retire ses lunettes et essuie les verres avec un coin de sa chemise. Il lance son dernier fer à cheval.

Le bruit métallique fait taire les oiseaux. Encore un piquet.

Michael secoue la tête. « Tu t'es inscrit dans un club, ou quoi ? »

Richard cligne des yeux, lui-même étonné par sa chance. Ces dernières années, il s'est toujours fait laminer par son fils.

« Non, sérieux, reprend Michael. C'est vraiment la première fois que tu y joues cette année ? »

Il boit une nouvelle gorgée à son thermos. Il reste deux fers à cheval sur le muret, mais il n'a pas l'air pressé de les prendre.

Aucun bruit ne s'échappe de la maison. Thad et Jake sont toujours à Asheville, et Lisa n'est pas sortie de sa chambre de toute la journée. Richard pourrait aller la voir, mais son instinct lui dicte de rester avec son fils. Cela fait-il de lui un bon père ou un mauvais mari ? Tout ce qu'il sait, c'est que lui-même ne se connaît pas si bien que ça. Quand June est morte, Lisa a échoué dans sa tentative de le « relier à ses émotions ». Groupe de parole, thérapie de couple, psychothérapie. En analyse, le psy et lui s'asseyaient face à face, chacun à un bout de la pièce, chaque séance ressemblant à une partie de bataille navale. Chaque fois que le psy s'approchait, Richard déplaçait simplement ses bateaux. Il ne retournerait plus jamais dans cette chambre, ne regarderait plus jamais dans ce couffin.

Il devrait aller voir sa femme, oui. Il devrait gravir la colline pour aller la réconforter. Mais le soleil brille, et il y a deux fers à cheval autour du piquet. Les chances de réussir à marquer six points sont si faibles que Michael éclate de rire, et ce rire emplit le cœur de Richard.

« Tu l'auras voulu, mon vieux, lâche son fils. Je vais te mettre une raclée. »

Michael prend les fers à cheval et s'approche des pignons de pin qu'ils ont posés par terre pour délimiter la ligne de lancer. Puis son regard se perd au loin. Deux bateaux viennent de pénétrer dans la baie.

« On ne l'a toujours pas retrouvé, dit-il.

– Rentrons à la maison », suggère Richard. Une main sur son épaule, il tente de faire bouger l'aiguille de la boussole qu'est devenu le corps de son fils, mais l'eau est un nord magnétique et Michael, comme aimanté. Il saute par-dessus le muret de pierre, puis descend la colline en courant jusqu'à l'embarcadère, suivi à distance par Richard.

Le premier bateau était déjà là la veille, et un officier en uniforme se tient à la barre. Le second est trois fois plus grand que l'autre, avec trois hommes à son bord. Ceux-là sont en civil et équipés de gants de travail. L'un d'eux tourne une manivelle, et un énorme crochet au bout d'une chaîne descend dans l'eau. Puis le premier bateau fait le tour de la baie avant de jeter l'ancre, tandis que sur l'autre la chaîne s'enroule dans un crissement métallique, les rouages aussi gros que les pneus d'un tracteur.

« J'y crois pas, dit Michael. On dirait qu'ils sont à la pêche au môme. »

La surface de l'eau se rompt. La chaîne s'arrête. Quelque chose tournoie dans l'air, ruisselant.

Ce n'est pas un corps humain. C'est une porte de réfrigérateur, couverte d'algues et dégoulinante de boue. Elle reste un moment suspendue dans les airs avant que la poignée ne casse et que la porte ne retombe dans le lac.

Richard s'attendait à voir un filet, une sorte de nasse. Il ne s'était pas préparé à la vision d'un crochet. Pourtant c'est logique. Le lit du lac doit être jonché d'objets divers et de rondins. Il suffirait d'un seul passage pour déchirer n'importe quel filet. Mais de là à utiliser un crochet…

« Et si on rentrait ? » dit-il. Michael est tout pâle. Il fait très chaud, soudain.

« Tu parles comme quelqu'un qui a peur de perdre au fer à cheval », lâche celui-ci avec malice, et ils remontent la colline tandis que la chaîne continue à se dévider dans l'eau derrière eux.

En haut Diane les attend, assise en tailleur sur le muret. Elle porte une robe d'été blanche imprimée de volutes grises et vertes. Elle tend la main à Richard pour l'aider à se hisser dessus. Elle et Michael ne se regardent pas. *Je me fais des idées*, se dit Richard, mais plus il les observe, plus c'est évident. Quelque chose cloche.

« J'ai apporté de l'eau », fait Diane.

Sur le muret sont alignés des gobelets en plastique. Richard en attrape un et le vide d'un trait.

« Lisa est debout, reprend sa belle-fille.

– Je devrais aller voir comment elle va, dit Richard.

– Elle prend un bain, je crois.

– Maman va bien, dit Michael. On ne peut pas juste finir une partie, bon sang ? »

Richard ne s'explique pas le brusque changement d'humeur de son fils. Depuis qu'ils ont rejoint sa femme, il a l'air furieux.

« Tu as mal ? » demande celle-ci.

Alors qu'elle tend la main vers son front, Michael la

repousse. Il tient un fer à cheval, mais semble déterminé à attendre que Diane soit partie avant de le lancer.

« Est-ce que ces bateaux font ce que je crois qu'ils font ? » lâche-t-elle.

Richard hoche la tête tout en espérant qu'elle n'a pas vu le crochet. Il aimerait trouver des paroles pleines de sagesse pour réconforter ces deux-là, mais rien ne lui vient. De l'autre côté de la baie résonnent les aboiements des chiens.

« Je remonte, finit par dire Diane. Si Lisa a besoin de vous, je vous appellerai. »

Alors qu'elle s'est déjà éloignée de quelques pas, elle fait demi-tour et prend Michael dans ses bras. Celui-ci ne pose pas le fer à cheval, et ne lui retourne pas son étreinte. Elle appuie sa joue sur son torse, reste comme ça un moment, puis dépose un baiser sur son épaule et s'en va.

Elle est déjà en haut de la colline quand Michael se décide à regarder son père.

« C'était quoi, ça ? dit Richard.

– Ça quoi ?

– Je sais que tu es contrarié à cause de la disparition de cet enfant. Je sais que tu es triste. Mais ce n'est pas une raison pour te défouler sur ta femme. »

Elle réapparaît furtivement, cette expression de fureur que Michael a eue face à Diane, mais Richard reste silencieux. Il se place derrière la ligne, prend son élan, puis lance le fer à cheval. Pendant une seconde, on dirait que le U va largement dépasser le piquet, mais seulement une seconde. À la fin, il retombe, attrape le piquet et s'enroule autour.

Richard hurle de joie. Trois piquets d'affilée.

« Trois-zéro en ta faveur, dit Michael. Tu veux savoir si

je peux réduire ton avance à néant ? » Il regarde fixement le piquet. Évite sciemment les yeux de son père.

« Parle-moi, mon grand. » Il aimerait toucher son fils, mais quelque chose le retient. « Assieds-toi. »

Michael fronce les sourcils.

« Je suis ton père. Assieds-toi, je te dis. »

Michael s'exécute. En tailleur sur le muret, il semble s'abandonner à la méditation, si toutefois il était possible de méditer et de faire la gueule en même temps. Richard s'installe à côté de lui. Le mur est en calcaire, les pierres cimentées par du béton à prise rapide. Il l'a construit tout seul, bien des années auparavant. Autrefois, il ne permettait jamais à d'autres de faire les réparations de sa maison, de changer ses pneus ou de se charger de la vidange. Et puis il avait décroché son poste, mené des recherches, et le temps était devenu trop précieux pour effectuer les menus travaux. Au lieu de perdre une heure à tondre la pelouse, il pouvait rédiger la présentation d'un projet ou une demande de subvention d'un demi-million de dollars pour son département. Mais cette partie de sa vie est aujourd'hui terminée. Maintenant que Richard est à la retraite, sa vie est un long congé sabbatique non subventionné.

« Tu sais, dit-il, ta mère et moi avons traversé des zones de turbulences, nous aussi.

– Pardon ? »

Une libellule se pose un instant sur la jambe de Richard, puis reprend son envol.

« Diane et toi. Vous semblez malheureux. »

Michael soupire. « C'est un peu difficile en ce moment, mais je ne peux pas en parler. »

Richard a une petite idée, non, il *sait*. Soudain, il est certain de savoir ce que son fils a fait.

« Michael, dit-il, ça arrive à tout le monde.

– On s'était promis de ne... On ne voulait pas... » Michael fait un geste de la main, et son thermos tombe par terre. Il décroise les jambes et le récupère. Prend une gorgée.

Richard se redresse. « Je connais ça, l'impression que tout est fini, mais ce n'est pas forcément le cas.

– J'aime Diane, mais... je ferais vraiment mieux de garder ça pour moi.

– Ce n'est pas grave », dit Richard. Il a honte, mais il peut l'avouer à son fils. Ils ont commis la même erreur. Celui-ci comprendra. « Moi aussi, j'ai eu une aventure. »

Michael tourne la tête vers lui, très lentement, le regard réprobateur.

Visiblement, Richard s'est planté sur toute la ligne.

« Comment ça, *moi aussi* ? dit son fils. Tu as trompé maman ?

– Il y avait cette femme...

– J'y crois pas.

– ... prof, comme moi.

– Non mais j'y crois pas.

– J'ai fait une erreur.

– Et tu as cru que moi aussi j'avais...

– Michael, dit Richard, parle plus bas, s'il te plaît. »

Michael pose son thermos et s'agrippe les genoux. Il baisse la tête. « Je ne veux rien savoir.

– Pardon, dit Richard. J'ai cru que...

– Tu as cru que je couchais avec quelqu'un d'autre ? Je ne ferais jamais ça, moi. Je n'en serais jamais capable. » Il lève la tête et regarde son père. « Comment as-tu pu faire une chose pareille ? »

Son fils croit qu'il vaut mieux que lui. Son fils avec son thermos plein de gnôle et une montagne de dettes croit qu'il vaut mieux que le père qui a fait une erreur une fois dans sa vie.

Michael passe la main sur le muret.

« Maman est au courant ?

– Certains jours, je me dis qu'elle sait, même si je ne vois pas bien comment c'est possible. »

Richard lève la tête vers les fenêtres de la maison, mais toujours aucun signe de Lisa.

« J'aurais préféré que tu ne m'en parles pas, lâche Michael en tenant le muret à deux mains. D'abord Thad, et maintenant toi.

– Thad ?

– Jake et lui sont un couple libre.

– Comment ça, un couple libre ?

– Ils couchent avec d'autres hommes.

– Ah, fait Richard. Ton frère t'a dit ça ? »

Il n'est pas naïf. Une génération le sépare de ses fils, et les jeunes ont d'autres façons de faire. Pourtant, il a toujours cru que Thad était du genre vieux jeu.

Michael lâche le muret.

« Thad t'a demandé de ne rien dire ? »

Son fils acquiesce, et Richard secoue la tête.

« Tu n'aurais pas dû m'en parler.

– Et toi, tu n'aurais pas dû me dire que tu avais eu une aventure. »

Un bruit de ferraille leur fait soudain tourner la tête.

Dans la baie, les hommes sur le bateau remontent la chaîne et le crochet refait surface, vide.

« Diane t'aime, dit Richard. Mon conseil ? Quoi qu'il se passe entre vous, ne gâche pas votre histoire. Tu n'as peut-être pas grand-chose, mais tu l'as, elle. »

Il descend du muret et tend le dernier fer à cheval à son fils. Rien d'autre à dire, seulement ça. Et les deux hommes attendent.

16

À Brooklyn, l'appartement de Marco se louerait facilement trois mille dollars par mois. Mais on est à Asheville et ça ne doit donc pas lui coûter plus de mille cinq cents par mois, grand maximum. Tout est blanc, dans un style un peu aseptisé : moquette, plafond et murs. Pas crème. Pas beige. Blanc. Il y a longtemps que Jake n'a pas vu d'appartement avec autant de moquette, et il tente d'imaginer son ex passant l'aspirateur. Marco explique qu'il y a trois chambres, mais dans le couloir les deux premières portes sont fermées et il ne les ouvre pas. La troisième donne sur une chambre bien rangée. Elle est immense : dressing et lit *king size*.

« Je peux vous offrir quelque chose à boire ? » demande leur hôte. Il a déboutonné sa chemise d'un cran supplémentaire, donnant à voir son torse resplendissant. Il est encore plus musclé qu'à l'époque où ils étaient ensemble.

« Je boirais bien un café », dit Jake tout en examinant son pantalon. Plus aucune trace d'eau à l'entrejambe, mais il se sent mal à l'aise. Aux toilettes de Chez Antoine, il s'était séché les mains si longtemps qu'il en avait presque éprouvé une sensation de brûlure.

Ils retournent dans le salon, où deux canapés aux coussins blancs bien rembourrés encadrent une table basse. Jake retire son manteau, qu'il étale sur le dossier d'un canapé, puis s'assoit. Thad s'installe à côté de lui, Amelia face à eux, et Marco va à la cuisine. Jake ne peut s'empêcher de tourner la tête vers son petit ami, puis vers la cuisine. Thad n'a pas les traits aussi réguliers que son ex, mais il est mignon avec son visage gracile et enfantin. Jake tient à lui. Vraiment.

Son compagnon sourit, parle de tout et de rien avec Amelia. Ce qui le contrariait au cours du déjeuner semble l'avoir quitté. Jake lui prend la main et Thad le laisse faire.

Dans la cuisine, Marco en fait des tonnes pour la préparation du café, ouvrant et refermant divers placards, sortant pêle-mêle moulin et cafetière à piston. Sur le canapé, sa petite amie est tout sourire, ses longues jambes repliées sous elle. Jake ne sait pas quoi penser de cette fille. Difficile d'imaginer que Marco soit hétéro, et ça l'étonnerait qu'il soit bi. Pas son Marco. Pas le jeune homme qu'il a connu.

Amelia leur demande ce qui les amène en ville, et Thad lui parle de Lake Christopher, de la maison de ses parents et de la mise en vente. La jeune femme se passe la main dans les cheveux et penche la tête, l'expression de ses yeux si suggestive que Jake manque éclater de rire. *Essaie toujours.*

« Cette maison n'est rien de plus qu'un mobil-home », les coupe-t-il. Thad lui lâche la main, et Jake ne sait pas ce qui lui a pris de dire ça. Qu'est-ce qui le pousse à agir ainsi ? Pourquoi faut-il toujours qu'il balance une vacherie ?

« Mes parents aussi habitent dans un mobil-home, dit Amelia. C'est très courant dans la région. »

Thad s'enfonce dans les coussins du canapé et contemple le plafond. Jake l'imite et lève les yeux, mais il n'y a rien à voir hormis l'enduit grossièrement utilisé par des ouvriers trop feignants pour poser du placo en veillant à masquer les jointures.

« Ça doit être dur, reprend Amelia à l'intention de Thad. Se séparer d'une maison de famille. »

Une pause dans la conversation, puis la jeune femme déplie les jambes et se lève.

« Mon chéri, appelle-t-elle vers la cuisine, on peut se faire un rail ?

– Je ne sais pas, dit Marco. Qu'en pensent nos invités ?

– Vos invités y sont très favorables », répond Thad.

Jake est presque sûr que son petit ami n'a jamais pris de coke de sa vie, et comprend tout de suite que quelque chose ne va pas. Thad doit toujours être furax. Il n'a aucune envie de prendre de la cocaïne, c'est évident. Tout ce qu'il veut, c'est l'emmerder lui.

« Jake ? dit Marco. Ça te va ?

– Absolument », répond-il. Il repense aux campagnes de santé publique, aux prières du matin au lycée. *Dis non à la drogue !* Mais c'est tellement plus dur à mettre en pratique dans la vraie vie.

À la cuisine, la bouilloire siffle.

Amelia quitte la pièce, puis revient avec une boîte de Boggle qu'elle vide sur la table basse. Il y a là une grille en plastique composée de seize cases, un sablier, et seize dés alphabétiques. S'ils jouaient, Thad les écraserait tous. Les mots, c'est son truc. Mais ils ne sont pas là pour jouer.

Amelia fait sauter le capuchon du sablier et verse le contenu sur la table. Avec le couvercle de la boîte, elle partage la poudre en petits tas, les tas en lignes, puis passe le doigt le long du couvercle et le porte à sa bouche.

Jake a participé à toutes les soirées possibles et imaginables, vu des artistes sniffer, fumer et s'injecter à peu près toutes les drogues qui existent, mais jamais il n'a vu quiconque se donner autant de mal pour un peu de coke. Sans blague, qui prend le temps de remplir un sablier de Boggle pour stocker sa dope ?

« Celui qui a la lettre la plus proche du A commence », dit Amelia.

Thad lance un dé et obtient la lettre Q alors que reparaît enfin Marco, les bras chargés d'un lourd plateau en argent. Les quatre tasses posées dessus ont l'air délicates. Au centre du plateau, la cafetière à piston doré, mais à la place de la boule, un crâne montre les dents.

Amelia fait de la place sur la table, et Marco pose le plateau.

« Thad a eu un Q », dit-elle.

Marco rit et s'assoit. Il lance le dé.

Jake déteste ça. La seule fois qu'il a pris de la cocaïne, son cœur s'est mis à battre si fort qu'il a cru mourir, et il n'est pas d'humeur à réessayer. Il regarde Thad pour le forcer à renoncer, mais son compagnon s'est remis à scruter le plafond.

Jake annonce qu'il va aux toilettes et, une fois hors de vue, traverse furtivement le couloir. Il veut juste se cacher quelque part, une minute, pour se calmer avant d'atteindre le stade où il n'arrivera plus à respirer. Et puis il est pris d'une subite envie de fouiner.

Il n'aurait jamais pu deviner ce qui se cachait derrière la première porte. Un peintre n'accroche pas ses propres tableaux chez lui, et s'aménage encore moins une mini-galerie, mais c'est bien cela qu'il découvre : un autel à la gloire de Marco. Les murs sont couverts de tableaux peints à ses débuts qu'il n'a jamais vendus et que Jake connaît bien. La série des corridas. Les acryliques de chèvres éviscérées. L'autoportrait à l'iode et au sang. Des œuvres brutales, meilleures que dans son souvenir, mais rien de récent.

La toile préférée de Jake est la plus difficile à regarder : elle fait partie d'une série commencée par Marco après la visite d'un abattoir. Le tableau est un collage de museaux dégoulinants, d'oreilles de porc tatouées ou étiquetées, de sabots maculés de sang. L'authenticité est difficile à contrefaire, et ces vieilles toiles donnent envie à Jake de voir les nouvelles.

Il sort de la pièce et referme discrètement la porte, avant d'ouvrir la suivante et de se glisser à l'intérieur. Celle-ci dispose d'une fenêtre, d'une bonne lumière naturelle : c'est un atelier. Certaines toiles sont recouvertes d'une taie d'oreiller et d'autres sont face contre mur. Deux chevalets lui tournent le dos. Il voudrait voir une toile, jeter un œil à ces oiseaux sur lesquels Marco travaille, mais il entend soudain une voix et ressort à la hâte.

Il longe le couloir jusqu'à la chambre à coucher, puis entre dans la grande salle de bains et verrouille la porte. C'est luxueux : double vasque, trois mètres cinquante de hauteur sous plafond, douche à l'italienne et jacuzzi.

Il s'assoit sur le bord de la baignoire et ça le reprend, l'impression d'être à bout de souffle.

Et si Marco était un meilleur peintre que lui ?

Et si Marco revenait à New York et connaissait un succès fulgurant ?

Et si Thad le quittait ? En ce moment même, sur le canapé blanc, il doit être en train d'y penser. Bientôt, Jake sera seul. Et fauché. Et sans domicile fixe.

Il va vomir. Non, il va mourir. Il va s'effondrer raide mort, dans la salle de bains de son ex, pendant que son petit ami et lui sniffent un rail de coke. De quoi faire un beau papier dans le *New York Times.*

Il s'asperge le visage d'eau. Une tasse bleue affiche les contours de l'État de Caroline du Nord, avec deux brosses à dents à l'intérieur. Impossible de savoir laquelle est à Marco. Jake ne sait même pas s'il connaît toujours cet homme.

L'eau fraîche lui fait du bien. Il respire un peu mieux et se sèche le visage. Puis ouvre l'armoire à pharmacie. Il cherche de la vaseline, une ordonnance – tout ce que Marco pourrait considérer comme personnel –, mais ne trouve que du dentifrice, des peignes et quelques crèmes. Ainsi que du fil dentaire, dont il se sert pour retirer un morceau d'espadon coincé entre ses dents.

Il retourne au salon, où Marco et Amelia sirotent leur café. Jake s'assoit et se sert une tasse. En temps normal, il prendrait du lait et du sucre, mais ce n'est pas un jour comme un autre. Il n'est pas sûr que ses mains tremblantes suivraient les consignes, alors il boit son café noir.

« La dernière ligne est pour toi », dit Marco.

Aussi poliment que possible, Jake secoue la tête.

« Oh, allez », fait Thad. Il se rapproche, et leurs cuisses se touchent. Sur le canapé d'en face, Amelia est pratiquement sur les genoux de Marco. Elle a le nez blanc de poudre.

Une paille verte de chez Starbucks est posée à côté de la boîte de Boggle. Jake la prend, penche la tête, approche son nez, mais quelque chose a changé, comme un courant dans l'air, et Thad a le visage collé à son oreille.

« Je te pardonne, lui murmure-t-il. À condition qu'on parte tout de suite. »

Une partie de Jake a envie de se retourner et d'embrasser l'homme qu'il aime, de partir d'ici et de reprendre le cours de leur vie. L'autre, celle qui déteste les ultimatums autant que la honte – celle qui lui murmure que la fierté est supérieure à l'amour –, affermit sa main, colle une narine à la paille et inhale.

D'abord, il ne ressent rien. Puis ce rien est suivi d'un bourdonnement, une montée d'électricité dans la tête. Des étincelles, des éclairs. Son cerveau est une bobine Tesla, le courant lui dévale la gorge, lui électrifie la colonne vertébrale. Ses yeux sont des ampoules, ses lèvres des tubes au néon.

Il cherche Thad, mais Thad est parti. Sur l'autre canapé, Amelia et Marco se roulent des pelles, un spectacle pénible. La vision de son ex avec une femme est perturbante.

Puis Thad est de retour. Il a retiré le pantalon JCPenney que Jake lui a acheté le matin même. Son caleçon est rouge vif. Il déboutonne sa chemise et la laisse tomber par terre.

« Tout va bien ? dit Marco.

– Je me sens nickel, répond Thad.

– En pleine forme », dit Amelia.

Ça ne va pas. Ce n'est pas ce que veut Jake.

Il entend des mots – quelqu'un prononce son nom. Puis Marco est à ses côtés sur le canapé.

« On se fait un autre rail ? » propose-t-il.

Marco secoue le sablier, étale encore un peu de cocaïne. Il ne s'embête pas avec les dés, les pailles, ni même à faire des lignes nettes. Une cuillère dépasse du bol de sucre posé sur le plateau en argent et Marco la prend. Il sort sa chemise de son pantalon pour l'essuyer, forme un petit tas de poudre, et passe la cuillère à Jake.

De l'autre côté de la table, Amelia et Thad partagent désormais le même canapé. La robe d'Amelia lui tombe autour de la taille, et son soutien-gorge, si elle en portait un, a disparu. Ses seins sont moins gros que longs, Thad les soulève et les relâche brusquement. Ils claquent sur sa peau, ce qui fait rire la jeune femme. Contrairement à Jake, Thad est sorti avec des filles au lycée, alors ce n'est pas une première pour lui, mais ça ne lui ressemble pas. Son but est clairement de le torturer.

Jake ne veut pas reprendre de coke – il a déjà le cœur qui tambourine –, en prend juste assez pour couvrir la surface de la cuillère. Il sniffe. Puis tousse.

« C'est la goutte post-nasale, dit Marco. Ça en gêne certains plus que d'autres. »

Son ex pétrit ses épaules, lui masse le dos. La sensation fait du bien à Jake. Les mains de Marco sont… comment dire, familières. À quel moment Jake a-t-il retiré sa chemise ? Il ne veut pas regarder Thad et Amelia, mais ne veut pas non plus se lever du canapé et voir les mains s'arrêter.

« Comme ça », dit Amelia. Elle prend ses seins à deux mains, puis, étonnamment, en porte un à sa bouche, chose que Jake ne pensait pas possible. Amelia suce son propre sein un instant, puis le laisse retomber, luisant, sur son buste. Thad, en se penchant sur l'autre sein, croise le regard de Jake. Après une seconde d'hésitation, le sein se retrouve dans sa bouche.

Oh, et puis merde. Jake tapote le sablier au-dessus de la cuillère, un petit monticule, et sniffe un grand coup. La cocaïne lui fait du bien. Il se sent bien. Son cœur bat comme un métronome réglé à la vitesse maximale.

« Vas-y doucement, dit Marco. C'est de la bonne. » Il pose les mains sur le bas-ventre de Jake, qui observe toujours son petit ami. Celui-ci a la bouche pleine et les yeux fermés.

La ceinture de Jake est désormais défaite, et lui aussi ferme les yeux. Cela fait des semaines qu'il se prépare, imagine la tournure de cette journée. Aucun scénario n'incluait Amelia ou de la cocaïne, mais ça ne fait rien. Ça ira. Il ne veut pas s'arrêter à ça. Il a le pantalon baissé. Il est prêt.

Sauf que son corps ne réagit pas. Marco a les mains posées sur lui mais son sexe reste flasque, ce qui ne lui arrive jamais.

« La coke fait ça parfois, dit Marco. On a envie de baiser, mais on n'arrive pas à bander. J'ai du Viagra si tu veux. »

Pas question, putain. Jake a vingt-six ans et c'est un bon amant. Il n'a pas besoin d'un comprimé pour bander.

Un rythme de claquettes s'insinue dans sa tête, dont il mesure le tempo grâce à l'horloge blanche accrochée au mur. Sur le canapé d'en face, Amelia tire à présent sur le caleçon de Thad. Jake se libère de la prise de Marco et referme sa braguette.

« Qu'est-ce qu'il y a ? » demande Marco, la voix empreinte d'une inquiétude que Jake voudrait croire sincère.

Il y aurait tant de choses à dire, mais elles s'emmêlent, comme en plein repentir, sur sa langue. Comment expliquer ce besoin d'être admiré, porté aux nues, et en même temps son dédain pour ces choses-là ? Comment expliquer le désir d'être vu non pour ce qu'il est mais tel qu'il voudrait qu'on le voie ? Comment expliquer le désespoir, la paranoïa, la honte ? La concupiscence et la honte de la concupiscence. Les branlettes plusieurs fois par jour. Le sexe à trois. Le sexe à quatre. Les fois avec Thad, et celles dont il n'est pas au courant. Comment expliquer ce qu'il éprouve pour lui ? Jake n'a jamais voulu se contenter d'aimer une seule personne, mais c'est le cas. C'est le cas… et qu'est-ce qui l'attend, maintenant ? Que doit-il faire ?

Il n'y a pas de mots adéquats, aucune façon de transmettre ces émotions, mais ce n'est pas grave, parce que soudain Marco se lève, le tire du canapé et l'emmène dans la chambre au fond du couloir.

Ils s'assoient au bord du lit *king size*, recouvert d'un plaid que Jake connaît bien. Un jour où ils étaient ivres, Marco et lui s'étaient disputés pour déterminer s'il était blanc écume ou vert d'eau, le genre de dispute qu'ont des étudiants en art quand leurs seuls accomplissements se résument à leur opinion tranchée et inflexible.

Jake passe la main sur le plaid. Les coutures forment des torsades et des boucles.

« C'est ma grand-mère qui l'a cousu, dit Marco.

– À Porto Rico, fait Jake. Je m'en souviens. » *Je t'aime toujours*, aurait-il pu tout aussi bien dire.

Un claquement humide leur parvient depuis le salon, et Marco se lève pour fermer la porte. Il va à la salle de bains, et ne porte plus de chemise quand il en sort. Son ventre forme des ondulations, les muscles abdominaux bien apparents. D'une main, il tient la tasse à l'effigie de la Caroline du Nord, de l'autre un comprimé bleu. Jake le prend et l'avale avec une gorgée d'eau. Puis il s'agrippe au plaid et regarde entre ses jambes.

Marco éclate de rire et le rejoint au lit. « On n'est pas dans "L'Incroyable Hulk". Il faut attendre un peu pour que ça fasse effet.

– C'est pas dangereux ? Mélanger du Viagra avec de la cocaïne ? » Jake entend des gémissements en provenance du salon, mais la porte fermée les atténue.

« Mon dernier petit ami en prenait tout le temps », dit Marco.

Petit ami. Jake ne sait pas comment demander ça avec tact, alors il le fait sans détour. « Amelia. C'est quoi cette histoire ? »

Marco hausse les épaules. « Elle suce bien. »

Jake doit avoir l'air ahuri, parce que Marco le prend soudain par l'épaule et le secoue, un peu trop fort.

« Je déconne, dit-il. J'en sais rien, putain. Le courant passe bien. Tu vas me dire que le courant n'est jamais passé avec quelqu'un qui n'est pas ton genre ?

– Si, bien sûr, dit Jake. Sauf que c'étaient des mecs.

– Les mecs me plaisent toujours, mais elle aussi, elle me plaît. Elle est sexy et elle adore parler d'art. »

Jake a envie de dire que les seules personnes qui parlent d'art à New York sont celles avec qui on préfère éviter d'en parler. Les acheteurs, les fanfarons, les étudiants, les ambitieux. Quand Jake se réunit avec ses amis peintres, l'art est la dernière chose dont ils parlent.

« Amelia me fait penser à toi, en fait, reprend Marco. Toi avant que le succès te monte à la tête. » Il caresse le bras de Jake du bout des doigts. « Je t'aimais, tu sais. »

Jake voudrait ressentir quelque chose, mais ces mots semblent calculés, répétés, et il ne sait pas s'il faut y voir une marque de gentillesse ou de cruauté.

« Donc, Amelia et toi, vous êtes… quoi ?

– On est ce qu'on est, dit Marco. On ne cherche pas à se coller une étiquette. »

Ce qui fait rire Jake. Combien de fois a-t-il entendu cette phrase dans la bouche d'un homme marié prêt à tout pour coucher avec lui ?

« On s'amuse bien, elle et moi, poursuit Marco. C'est tout.

– Et moi, tu m'aimais vraiment ? » demande Jake. Ce qui est plus facile que de demander : *Est-ce que tu m'aimes encore ?*

Marco laisse échapper un soupir qu'il retient peut-être bien depuis des années.

« Qui sait ? » répond-il, et ces deux syllabes sont comme un coup de poignard dans le cœur de Jake.

Il fronce le plaid dans sa main. Plus que coucher avec son ex, il voudrait être seul à cet instant. La cocaïne a accéléré les battements de son cœur mais ralenti sa capacité à réfléchir. À moins que le comprimé bleu ait pompé tout le sang de son cerveau. Il faut qu'il réfléchisse, mais son esprit ne fonctionne pas correctement.

« Je n'étais pas jaloux, reprend son ex.

– Pardon ? »

Marco se lève. Il fait les cent pas. « Quand Frank t'a pris sous son aile, que tu as commencé à avoir du succès, tu m'as dit que j'étais jaloux. Mais ce n'est pas vrai. J'étais heureux pour toi. Ce n'est pas pour ça que je t'ai quitté. »

Jake veut savoir et en même temps ne le veut pas. « C'était pour quoi, alors ?

– Parce que tu couchais avec tout le monde. En disant à chaque fois que ça n'arriverait plus. Que tu ne recommencerais pas.

– Il n'y en a pas eu tant que ça, se défend Jake.

– Spencer, dit Marco. Roger.

– Je n'ai jamais couché avec Roger », s'insurge Jake. Il en est sûr. Ou du moins presque sûr.

« Clifton. Alan. Ned. Demetrius.

– OK, ça suffit.

– Ce mec au vernissage de Heather. Il avait un piercing dans le nez.

– Mais c'est toi que j'aimais », lâche Jake.

Marco retourne au pied du lit et s'agenouille.

« Je veux bien croire que tu es sincère, dit-il. Le problème, c'est que tu ne sais pas ce que c'est, l'amour. Il y a quelque chose qui ne tourne pas rond chez toi. Quelque chose de cassé. Tu n'aimes personne parce que tu en es tout simplement incapable. »

Il retire le pantalon de Jake, puis son caleçon, et Jake, malgré lui, constate que le comprimé bleu a fonctionné.

Il y a tant de choses qu'il aimerait dire, mais Marco plaque un doigt sur ses lèvres pour qu'il se taise.

« Laisse-moi faire ce pour quoi tu es venu. »

17

À la cuisine, il y a une planche recouverte de carottes découpées en gros morceaux pour faire une soupe. Sur le feu, une casserole d'eau qui ne bout pas encore. Sur le plan de travail, une pyramide de bouillons-cubes, une cuillère en bois, et un bel oignon dans sa pellicule dorée. Diane détruit la pyramide de cubes, puis les empile de nouveau.

Elle s'est bien gardée de frapper à la porte. Ce qui se passe dans la salle de bains ne la regarde pas, mais depuis la cuisine elle peut entendre sa belle-mère pleurer. Elle finit par s'approcher et toque doucement.

Soit Lisa ne l'entend pas à cause de l'eau qui coule, soit elle préfère l'ignorer. Diane frappe encore une fois.

Elle comprend, c'est une question de pudeur. Mais même une personne pudique ne devrait jamais se cacher pour pleurer pendant une heure dans la salle de bains. Il faut que Lisa sache qu'elle n'est pas seule, et si Richard ne se comporte pas aujourd'hui comme un époux aimant, alors Diane fera de son mieux pour se comporter comme une belle-fille dévouée.

Elle tente d'ouvrir la porte, qui n'est pas fermée à clé.

« Lisa, dit-elle. J'entre. »

À l'intérieur, tout n'est que condensation et vapeur d'eau. Les robinets en cuivre du lavabo sont couverts de condensation, et même les toilettes luisent d'humidité. Il y a quatre ampoules censées éclairer le miroir au-dessus de la vasque mais deux ont grillé, donnant à la pièce un air crépusculaire, le calme après une journée de pluie. Cachée derrière le rideau de douche, Lisa prend un bain.

Les manches de Diane, sous l'effet de l'humidité, lui collent aux bras. L'eau cesse de couler.

« Il y a quelqu'un ? demande sa belle-mère.

– C'est moi. Tout va bien ?

– Oui. Je me fais une journée spa. La vapeur est excellente pour déboucher les pores de la peau. »

Diane hoche la tête, sans trop savoir quoi faire maintenant. Elle attrape une serviette, l'étend sur l'abattant des toilettes et s'assoit. À côté d'elle, un espace entre le rideau et le mur laisse apparaître les pieds de Lisa et, au-dessus d'eux, l'argent poli du robinet de la baignoire. Il détonne avec le cuivre du lavabo et c'est précisement l'une des choses qui plaisent tant à Diane dans cette maison, son petit côté méli-mélo. Chaque pièce cassée a été remplacée au fil des années et désormais plus rien n'est assorti. Ce n'est pas un endroit pour les mondanités mais une maison de vacances, un lieu familial. Et si les équipements de la salle de bains sont dépareillés, il y a malgré tout une certaine harmonie dans toute cette dissonance.

Les orteils de Lisa replongent dans l'eau. Le robinet goutte.

Diane a très envie de dire quelque chose pour rompre le silence, n'importe quoi, mais elle a la forte impression que ce n'est pas son tour de parler.

« Ce petit, lâche sa belle-mère. Cette famille. »

Elle ressort le pied de l'eau, et ses orteils, agiles, s'agrippent à la poignée du robinet pour refaire couler un peu d'eau chaude. Elle a dû mettre quelque chose, des sels ou du bain moussant, parce qu'on sent une odeur de plantes fraîches, eucalyptus ou menthe. Les orteils réapparaissent, ferment le robinet.

Les deux femmes gardent le silence un moment, et l'on n'entend plus que la respiration saccadée de Lisa.

« Je peux vous apporter quelque chose ? demande Diane. Est-ce qu'il y a…

– Moi aussi, j'en ai perdu un », dit sa belle-mère. Le rideau de douche se plisse, poussé par une main qui permet à Diane de voir le visage de Lisa, les yeux rougis et les joues humides de larmes. « On a eu une fille. Elle s'appelait June et elle n'a vécu qu'un mois. Cet été, elle aurait eu trente-cinq ans. »

Diane a brusquement envie de s'approcher d'elle, de la prendre dans ses bras, mais la nudité, l'incongruité de la scène l'en empêchent.

« C'est terrible, dit-elle. Michael ne m'en a jamais parlé.

– Il n'est pas au courant. »

Diane se dit qu'elle a mal entendu. Un tel secret, on ne le garde pas pendant trente-cinq ans pour finir par le divulguer à sa belle-fille depuis sa baignoire.

« On ne l'a jamais dit aux garçons. » Lisa prend de l'eau dans la coupe de ses mains et s'en asperge le visage. « Tu te demandes sans doute pourquoi on ne leur en a jamais parlé et pourquoi je te le confie à toi. »

Soudain, Diane a la tête qui tourne. Elle transpire, il

fait si chaud dans cette pièce et l'air, d'un coup, semble manquer.

« Richard voulait leur raconter, poursuit Lisa, mais nous n'arrivions pas à trouver le bon moment. On ne dit pas à un tout-petit qu'il a eu une sœur qu'il ne connaîtra jamais. On ne dit pas à un enfant que les enfants peuvent mourir, au risque sinon de le perturber durablement. À l'âge de sept ans, alors. Nous étions tombés d'accord là-dessus en nous appuyant sur des livres de psychologie. Mais quand Michael a eu sept ans, Thad en avait quatre, et nous avons pensé que son frère ne pourrait pas s'empêcher de lui en parler. Puis, quand Thad a eu sept ans, Michael en avait déjà dix et nous avons eu peur d'avoir trop tardé. Plus on s'inquiétait, plus on repoussait, et on a fini par se dire qu'on le ferait pour nous davantage que pour eux. S'il y avait eu le moindre risque qu'ils l'apprennent par eux-mêmes, bien sûr nous aurions dit quelque chose. Mais June est née en Georgie, et c'est aussi en Georgie qu'elle est morte. À Ithaca, personne n'était au courant. C'était précisément dans ce but que nous avions déménagé. »

Diane a le nez qui coule à cause de toute cette vapeur, mais elle craint de rompre le charme si elle se lève pour attraper un mouchoir. Elle n'a jamais douté de l'affection que lui porte Lisa, plus ou moins obligée comme toutes les mères d'apprécier les conjoints de ses enfants, mais toutes deux n'ont jamais été particulièrement proches. Cette révélation, pourtant, ressemble à de l'amour.

« Il n'y a pas de nom pour ça, tu sais, reprend sa belle-mère. On parle d'orphelins, de veuves et de veufs, mais il n'y a aucun mot pour désigner les parents qui survivent à leur enfant. »

Diane arrache un morceau de papier-toilette pour se sécher les yeux et s'essuyer le nez. Elle n'a jamais été du genre à rester insensible aux larmes d'autrui.

« Est-ce qu'on aurait dû en parler aux garçons ? continue Lisa. Faudrait-il tout leur raconter maintenant ? Qui a la réponse ? Au fond, qu'est-ce qui est le plus égoïste, le leur dire alors que ça ne fera que les attrister, ou bien garder la vérité pour nous parce qu'on ne supporte pas de revivre ce drame ?

– Il n'y a pas de bonne solution, dit Diane.

– Exactement. Pas de bonne solution ni de bonne façon. Les gens disent : *Il faut accepter de passer par les différents stades, faire son deuil dans tel ordre et pendant telle période*, mais en réalité personne ne peut dicter à quelqu'un la manière de surmonter sa peine. »

Lisa s'asperge une nouvelle fois le visage d'eau. La vapeur s'est dissipée.

« Je ne veux pas que mes fils aient pitié de moi ou me voient différemment. En Georgie, pendant un an, partout où j'allais, on me demandait comment ça se passait, si je tenais le coup. Une mère en deuil, voilà ce que j'étais désormais. Tu sais ce que ça fait, d'être définie par une chose et une seule ?

– Non », répond Diane, même si elle ne le sait que trop bien.

Au restaurant, ou quand elle se promène dans son quartier, Diane croise régulièrement des enfants de sa classe et leurs parents, parfois même d'anciens élèves. Pour eux, elle n'est pas Diane. Elle est Mrs Maddox, la professeure d'arts plastiques de l'école primaire. Pour eux, elle est synonyme de poterie, de papier mâché et d'empreintes de mains en peinture. D'autorisation d'aller se nettoyer aux toilettes et de mots d'excuse. Même aux yeux de ses collègues, elle est « la prof d'arts plastiques », celle qui surveille la cantine, qui coordonne les sorties scolaires, et à qui on envoie les enfants turbulents pour qu'elle les mette au coin. Le moindre aspect de son boulot, au fond, lui rappelle qu'elle se définit avant tout par le rêve qu'elle a abandonné depuis longtemps en s'installant au Texas.

« La compassion est épuisante, dit Lisa. Je sais que ça semble horrible, mais certains jours je crois qu'il vaudrait mieux faire semblant d'aller bien, tous autant que nous sommes. Mais qui sait si ce serait sain ? »

Une mèche de cheveux, rendue bouclée par la vapeur, tombe sur les yeux de Lisa qui la balaye d'un petit geste de la main.

« Parfois, j'imagine que June n'est pas ma fille, mais une vieille amie que je n'ai pas vue depuis longtemps. La dernière fois que j'ai eu de ses nouvelles, elle était à Madagascar où elle étudiait les lémuriens. Elle aime les mangues et les noix de cajou grillées, et sa couleur préférée est singulière : le vert chartreuse. *Il faut que je l'appelle*, je me dis. Et puis mon cœur se brise parce que, pendant une minute, je me suis autorisée à oublier. Et que l'oubli est une trahison. Perdre un enfant revient à passer le restant de sa vie à le trahir. »

Diane et Lisa se regardent, et c'est comme si une longe reliait leurs deux cœurs. Suspendus à cette longe, des fantômes d'enfants pendillent aux côtés d'enfants pas encore nés, telles des silhouettes se tenant par la main.

« La mère de ce petit garçon, reprend Lisa. Elle ne se le pardonnera jamais. Elle ne comprendra jamais que ce n'était pas de sa faute. »

Diane lève les pieds du sol et se recroqueville sur l'abattant des toilettes, genoux remontés contre son menton. La liste de ce qu'elle serait prête à faire pour Michael est longue. Il n'y a qu'une chose à laquelle elle ne pourra jamais se résoudre. Oui, ils étaient d'accord lorsqu'ils se sont mariés. Oui, elle a promis. Mais Diane est un être humain, et les êtres humains ont le droit de changer d'avis.

Personne ne lui enlèvera cet enfant. Personne.

Et même si cette pièce, et la douleur qui l'emplit, appartient à Lisa, Diane ne peut plus garder le silence.

« Je suis enceinte », dit-elle, et le visage de Lisa s'illumine.

Des pleurs d'un autre genre résonnent dans la salle de bains.

« Ce n'est pas tout », continue Diane.

Le reste sera dur à entendre pour sa belle-mère. Les sentiments de son fils, sa volonté qu'elle avorte. Mais Diane confesse tout. Et voit Lisa se décomposer.

18

Que Jake aille se faire foutre.

C'est terminé. En ce qui concerne Thad, tout est fini entre eux.

« Mon chéri », dit Jake.

Thad n'a pas décroché un mot pendant tout le trajet du retour, et il ne desserre toujours pas les lèvres.

« S'il y en a un qui doit être en colère, c'est moi, continue son compagnon. C'est toi qui as couché avec les deux. »

Thad regrette sa vengeance, mesquine et méchante. Pénétrer une femme. Par consentement mutuel, oui, mais il s'est servi d'Amelia pour atteindre Jake. Il regrette le regard que ce dernier lui a lancé en entrant dans la pièce alors qu'il était derrière la jeune femme sur le canapé, se retirant, retirant la capote et prenant son sexe à pleine main, quatre brefs coups de poignet. Il regrette aussi que Marco l'ait rejoint dans le salon, regrette de l'avoir laissé le caresser et l'embrasser. Ce qui, pour Jake, a sans doute été pire que de le voir avec Amelia. Les sentiments qu'il éprouve encore très certainement pour son ex. Oui, c'était certainement la pire chose à lui faire et Thad l'a faite.

C'est fini, a-t-il envie de dire, mais c'est bientôt l'heure du dîner et tout le monde est à la maison. Alors il préfère tirer la gueule plutôt que de se lancer dans un concours de hurlements.

« Dis-moi quelque chose, insiste Jake. S'il te plaît. » Il le supplie, ce qui n'est pas dans ses habitudes.

Les murs de la chambre les écrasent, comme étriqués sous leur contreplaqué des années soixante-dix.

« J'arrive pas à croire que tu m'aies obligé à porter ça », finit par lâcher Thad tout en retirant sa chemise JCPenney.

Il va se changer dans la salle de bains. Il ne veut pas que Jake le voie, pas maintenant. Puis il retourne dans la chambre, où son petit ami fait semblant de dormir. Il a laissé son ordinateur, fermé, sur l'oreiller de Thad. Celui-ci s'assoit sur le lit et pose le portable encore chaud sur ses cuisses avant de retirer brutalement l'oreiller de sous la tête de Jake pour le jeter par terre.

« Je dormais, putain !

– Si j'ouvre cet ordi, je vais tomber sur du porno ? »

Jake ne répond pas, alors Thad l'ouvre.

« C'est quoi ton mot de passe ? » demande-t-il.

Jake se redresse et lisse le drap sur ses jambes.

« Si tu ne me le dis pas, je te jure que je vais le péter en mille morceaux.

– Ta date de naissance », répond Jake, et Thad marque un temps. S'il n'était pas aussi en colère, ce serait un joli moment.

Il tape la date. L'écran se déverrouille, et un homme nu apparaît. La photo est floue – un selfie, de toute évidence. Thad consulte l'historique et trouve ce à quoi il s'attendait. Des centaines de sites pornographiques. Peut-être même des milliers.

« Y a un truc qui tourne pas rond chez toi », lâche-t-il.

Jake se lève. Attrape sa chemise en boule sous la couverture et l'enfile. « Je suis un Américain sain de corps et d'esprit.

– Je ne vois pas ce qu'il y a de sain là-dedans.

– J'ai vingt-six ans, dit Jake. C'est normal pour un mec de mon âge.

– Non, c'est pas normal. C'est trop. Tu sais que c'est minuté, hein ? Qu'on peut voir combien de temps tu as passé sur chaque site ? »

Jake va à la fenêtre et écarte les lames du store pour regarder le jardin.

« Jake, tu passes des heures sur ces sites, chaque jour. Ce n'est même plus par plaisir. C'est compulsif. »

Thad continue à parcourir l'historique, examine les horaires. Ce ne sont pas des recherches furtives quand Thad sort ou va se coucher. Son compagnon s'y adonne en fait presque quotidiennement, surtout à la mi-journée quand il est dans son atelier. Thad comprend alors pourquoi il n'a pas vu un seul tableau en sortir depuis des mois.

« Jake, tu fais quoi de tes journées ? Sincèrement ? »

Il voit les muscles du dos de Jake se contracter, mais son compagnon ne bouge pas. Les stores claquent et soulèvent un nuage de poussière. « C'est de la documentation. »

Mon cul. « Ça en fait un paquet, de documentation.

– Pour une nouvelle série », insiste-t-il mollement, sans même se soucier de paraître convaincant.

Mais quand il se retourne, Thad n'est pas préparé à ce qu'il découvre. Jake est blême. Sa poitrine se soulève à une cadence folle. Les phalanges de ses doigts sont blanches tandis qu'il empoigne à deux mains le bas de sa chemise.

« Je ne te permets pas, dit-il d'une voix sourde. Je subviens à tous tes besoins, toi qui n'as même pas de boulot. Ce que je fais dans mon atelier ne regarde que moi, tout comme ce que je fais avec ma bite.

– Attends…

– C'est toi qui as baisé Marco », continue Jake, le visage déformé par les sanglots qu'il tente de ravaler.

Thad secoue la tête. « Ne me mets pas ça sur le dos. Tu l'as baisé le premier.

– On n'a pas baisé, dit Jake. Il a seulement… oh, et puis merde ! »

Malgré tous leurs points communs, c'est bien souvent leur différence d'âge qui les éloigne l'un de l'autre. *Qu'est-ce que ça représente, quatre ans ?* s'était dit Thad quand il avait rencontré Jake et l'avait embrassé pour la première fois. Mais l'écart entre vingt-six et trente ans est grand, et Jake n'est pas très mature pour son âge.

« Tu as besoin d'aide, dit-il. Soit tu es accro au sexe, soit tu fais une dépression et le sexe est ton exutoire. »

Jake éclate de rire. « Avec toi, tout le monde fait une dépression. »

Là-dessus, il n'a pas tort. Thad a tendance à projeter des choses, mais là ce n'est pas le cas. Un adulte heureux, épanoui, ça se masturbe. Et beaucoup regardent du porno, oui. Mais pas chaque jour pendant des heures.

« Je vais appeler Steve, continue-t-il. Il pourra peut-être te recevoir en consultation la semaine prochaine. »

Jake, pourtant, ne l'écoute pas. Il est comme en transe, la mâchoire pendante, les yeux écarquillés. Puis il se retrouve à genoux, par terre, et se prend la poitrine à deux mains. Sa respiration se fait haletante. Il y a de l'effroi dans ses yeux et, en cet instant, la pornographie, Marco ou les choses que Jake lui a dites ne comptent plus pour Thad. En cet instant, tout ce qu'il veut, c'est aider celui qu'il aime.

Il n'hésite pas une seconde et va s'asseoir à côté de lui. Le temps passe. Il lui tient fort la main. Peu à peu, la respiration de Jake ralentit. Ses larmes se tarissent.

« C'est juste une crise d'angoisse, dit Thad.

– Je sais ce que c'est. »

Ils remontent sur le lit, Thad adossé au mur, la tête de son compagnon posée sur ses cuisses.

« Ça t'était déjà arrivé ?

– Oui.

– Combien de fois ? » demande-t-il, mais Jake a fermé les yeux et Thad n'insiste pas. Il ne veut pas provoquer une nouvelle crise, la première était déjà suffisamment difficile à regarder. Malgré tous ses antécédents avec la dépression et les pensées suicidaires, lui-même n'en a jamais fait.

« Pas de psy, dit Jake.

– Pas de psy », dit Thad, même s'il compte bien mettre Steve au courant de ce qui vient de se passer dès la semaine prochaine.

Jake a les cheveux trempés de sueur, comme s'il avait de la fièvre.

« Alors, dit-il en rouvrant les yeux, tu es déçu ou soulagé d'apprendre que ton petit ami a encore plus de problèmes que toi ? »

Ce n'est pas un concours, a envie de rétorquer Thad. Mais il dit simplement : « Tout le monde a des problèmes. »

La pièce est tellement vide qu'il est douloureux d'y rester, avec ces murs ornés de crochets et de clous où étaient autrefois accrochées les photos de famille. La maison appartient encore légalement à ses parents, mais Thad n'a plus l'impression d'être chez lui.

« Je crois que la mort de ce gamin m'a plus remué que je ne veux bien l'admettre », dit Jake.

À Brooklyn, ils ne sont pas du genre à garder leurs rideaux fermés, mais ici ils redoutent d'ouvrir un store par crainte de ce qu'ils verront dehors. Des bateaux et des plongeurs. Des crochets et des chaînes.

« Hier, je n'éprouvais rien, continue Jake.

– Hier, tu étais en état de choc. »

Jake prend de profondes inspirations. Serre et desserre les poings.

« Je n'avais encore jamais eu peur de la mort, dit-il. Tant que je croyais au paradis, mourir ne m'effrayait pas.

– Tu ne crois plus au paradis ? s'étonne Thad.

– "*Oh, heaven is a place on earth*[1]."

– Je n'arrive toujours pas à comprendre ce qui te plaît tant dans les chansons des années quatre-vingt…

– Je suis un enfant des années quatre-vingt-dix. On veut tous ce qu'on ne peut pas avoir. »

De toutes les choses que Thad veut mais qu'il n'a pas, aller bien arrive en tête. Il avait dix-sept ans la première fois

1. « C'est sur terre qu'existe le paradis. » Titre d'une chanson de Belinda Carlisle sortie en septembre 1987. (*Toutes les notes sont du traducteur.*)

qu'il a tenté de se suicider. Ce jour-là, il s'est mis debout sur une chaise dans le sous-sol et a attaché une ceinture à un tuyau au plafond. Un bref coup de pied aurait dû l'entraîner dans l'oubli, mais la ceinture était vieille. Elle s'est cassée et l'a précipité au sol. C'était gênant d'en finir s'il fallait ensuite tout recommencer. En cours, ils avaient étudié la nouvelle « Construire un feu » de Jack London, et le prof leur avait dit que mourir de froid, c'était un peu comme de s'endormir, un moment paisible. Alors Thad avait laissé tomber la ceinture et la chaise, il s'était déshabillé puis il était sorti, en caleçon, sous la neige.

Ce qui suivit fut toutefois loin d'être paisible. Il se souvient d'avoir greloté, puis tremblé si violemment qu'il avait eu peur de se couper la langue à force de claquer des dents. Un motard l'avait trouvé face contre terre sur Stone Quarry Road, délirant, à moitié gelé. Le pied auquel il n'a plus que quatre orteils peut toujours en témoigner.

Par la suite, il avait tenté de minimiser l'incident en prétextant qu'il était ivre, ce qui aurait pu marcher s'il était porté sur la boisson et s'il avait pensé à retirer la ceinture accrochée au tuyau. Mais elle était restée suspendue, pièce à conviction de cuir et de cuivre, la première chose que son père avait vue en descendant au sous-sol.

Thad avait passé deux jours à l'hôpital, le pied bandé, une intraveineuse au creux du bras barrée de deux morceaux de sparadrap en forme de croix. Un médecin était passé le voir, un homme en pull sans manches qui sentait la menthe et s'était présenté comme un *professionnel de la santé mentale.* Ce type l'avait interrogé sur ses intentions, ses peurs et ses espoirs pour l'avenir. Mais comment mettre des mots là-dessus quand il y a tant de choses qui nous angoissent – la foule, le bruit, les fêtes, la solitude – ou nous font peur – l'échec, la maladie, le rejet, la souffrance, la mort ? Cette dernière mention avait fait tomber le médecin dans un piège. Car si le jeune homme avait peur de la mort, peut-être n'avait-il pas vraiment voulu mourir ? Thad avait tout de suite compris que ce n'était pas le professionnel qu'il lui fallait.

Au fil des ans, de meilleurs médecins allaient l'aider à y voir plus clair. La dépression ne nécessite pas qu'on se demande *pourquoi.* C'est un labyrinthe dont on ne sort pas grâce à un raisonnement logique. Dans le cas de Thad, la dépression implique des médicaments, et les bons jours, ces médicaments lui font du bien.

C'est sa mère, après coup, qui fut la plus difficile à affronter. Sa bouche disait : *Je t'aime*, mais ses yeux disaient : *Comment as-tu pu ?* N'avaient-ils pas été de bons parents ? Ne l'avaient-ils pas couvert d'amour, soutenu, emmené à sa première marche des fiertés quand il leur avait annoncé son homosexualité ? Elle n'avait pas voulu prendre pour elle cette tentative de suicide. Il fallait que Thad arrive à s'en convaincre, sinon il haïrait sa mère de le faire autant culpabiliser.

Ces temps-ci, il prend ses cachets et voit son psy régulièrement. Il fait de son mieux pour maintenir à distance les idées noires.

« Si Jake vous quittait, lui a demandé Steve une fois, comment réagiriez-vous ?

– Bien », avait répondu Thad, conscient que Steve n'était pas dupe de ce mensonge. Son thérapeute n'avait de toute façon pas besoin de lui poser cette question. Au fond, l'un comme l'autre savaient lequel des deux partirait le premier.

Mais ça, c'était avant aujourd'hui. Thad est plus fort désormais, et il sait ce qu'il veut. La tête que Jake a posée sur ses jambes est lourde, mais il ne lui demande pas de se pousser.

« Pourquoi pas de psy ? demande-t-il.

– Je refuse de me shooter aux médocs.

– Il ne s'agit pas de pharmacologie mais de conversation. Du soutien d'un professionnel. »

Il caresse les tempes de son compagnon, lui masse les oreilles.

« Pour mes dix-huit ans, dit Jake, mes parents m'ont envoyé en Arizona dans un de ces camps de conversion censés faire de toi un hétéro. Pas de sortie, pas de téléphone. »

Oh, Jake.

« Chaque soir, il fallait étreindre un conseiller. Enfin, ils n'appelaient pas ça une "étreinte". Ils nous disaient que nos pères ne nous avaient pas aimés comme il faut, que nous avions besoin du "bon genre" d'affection masculine. »

Thad a déjà lu des articles sur ces endroits, mais Jake est le premier individu qu'il connaît à y être allé. Cela lui rappelle qu'il a de la chance. D'avoir les parents qu'il a et d'avoir grandi dans une ville progressiste.

« Chaque soir, pendant dix minutes, poursuit son compagnon, on s'asseyait par terre. On devait tous se mettre en binôme avec un conseiller, le mien s'appelait Charles.

– Jake, si tu n'es pas prêt, ne te sens pas obligé de me raconter tout ça.

– Il y avait trois positions. D'abord côte à côte, la plus facile, comme si tu prenais la pose pour une photo. Le conseiller te passait un bras autour de l'épaule, c'était pas méchant. Pour la deuxième position, il fallait s'asseoir entre ses jambes, mais sans trop se coller non plus. La troisième s'appelait la “moto”. Toujours entre les jambes du conseiller, adossé à sa poitrine et les fesses contre son entrejambe. Le patient était censé choisir et moi je choisissais toujours côte à côte. Mais pour la dernière séance, Charles m'a balancé : “Ce soir, Dieu m'a dit que tu avais besoin de la moto.” »

Jake porte une main à son visage et se mordille le pouce.

« Qu'est-ce que je pouvais faire ? poursuit-il. Ce type avait quarante ans et moi dix-huit. En plus, c'était un *homme de Dieu*. Et je voulais vraiment aller mieux. Je voulais guérir. »

Il tend la main à Thad, qui la prend entre les siennes.

« Alors je me mets entre ses jambes, Charles me tire contre lui, et c'est là que je la sens. Il ne se frotte pas, il ne bouge pas, mais c'est bien là, contre le bas de mon dos. Pendant dix minutes. Et c'est la dernière fois que j'ai recherché “l'aide d'un professionnel”. Franchement, je préfère encore me buter direct plutôt que de consulter un autre psy. »

Pour sa seconde tentative, Thad avait vingt ans.

Cette fois, il était déterminé – lame de rasoir le long du bras et non en travers. À la vue du sang, il s'était évanoui, puis avait repris connaissance sur le sol de sa chambre universitaire avec la féroce volonté de vivre.

Cinquante-huit points de suture et un litre de sang plus tard, il était vivant.

« Vous avez eu de la chance, lui avait dit le médecin, une gentille femme d'origine indienne qui portait un sari sous sa blouse blanche. J'avais un rancard ce soir. J'étais sur le point de partir quand vous êtes arrivé. Heureusement pour vous, parce que je suis la meilleure. »

Thad avait regardé l'aiguille aller et venir dans sa chair, avait regardé son bras être recousu comme on bride une dinde après l'avoir remplie de farce. À un moment, il s'était rendu compte qu'il ne pouvait pas bouger. Il était sanglé sur la table d'opération.

« Je suis désolée, avait dit la femme. C'est le règlement.

– Plus jamais, avait-il affirmé. C'est promis », et elle avait hoché la tête comme si ce n'était pas la première fois qu'elle entendait ces mots.

« J'espère bien, avait-elle simplement dit. Quand j'en aurai fini, ce bras sera un chef-d'œuvre. »

Thad n'a jamais su comment s'appelait cette femme, à moins qu'il l'ait tout simplement oublié sous l'effet des analgésiques. En tout cas, il pense encore souvent à elle. Il espère que ce soir-là elle est arrivée à temps à son dîner, que celui ou celle avec qui elle avait rendez-vous l'a attendue au restaurant. Il espère qu'elle est heureuse et qu'elle continue à sauver des vies.

Plus que neuf orteils, et une cicatrice en forme de ruban sur toute la longueur de son bras. Et plus jamais. Jamais, à moins que… Non. *À moins que*, c'est la fin. Quand ses idées noires reviennent, ça commence toujours par ces trois mots.

Jake garde si longtemps le silence que Thad se dit qu'il s'est endormi. Mais quand il lui lâche la main, son compagnon ouvre les yeux.

« Je suis désolé de ce qui t'est arrivé, dit Thad.

– Je m'en suis remis », répond Jake, même si ce n'est pas vrai.

Dans la chambre d'à côté, des murmures, des soupirs. Michael et Diane se disputent, ou peut-être bien qu'ils font l'amour. Le mur est trop épais pour être sûr. L'odeur du dîner s'infiltre sous la porte, les restes de poulet de la veille utilisés pour préparer une soupe.

Jake lève la tête et se redresse. Ils sont face à face sur le lit.

« Qu'est-ce qu'on fait, alors ? demande-t-il. Nous deux ? »

Mais Thad ne dit rien, car c'est à Jake de parler. Dans cet espace singulier qu'ils occupent – cet instant, cette chambre –, il y a moins de gravité et plus de bonne volonté. Ici, il faut dire la vérité, et Thad est prêt à l'accueillir à bras ouverts. Il est temps de tout se dire.

« C'est de ma faute », lâche Jake.

Thad s'attendait à tout sauf à ça. Mais une confession est comme une pièce lancée à pile ou face, et il est curieux de voir ce qu'il y a de l'autre côté.

« Je t'ai forcé à faire quelque chose que tu ne voulais pas, poursuit Jake.

– On avait dit pas d'ex.

– Je ne parle pas de Marco. Dès le premier mois qu'on a passé ensemble, je t'ai dit que je voulais une relation ouverte et j'ai bien vu l'inquiétude sur ton visage. Mais je me suis dit que tu t'y ferais, et toi tu t'es dit que j'allais changer. » Jake prend une grande inspiration. « Le problème, c'est que ce n'est pas ce que je veux. Pourtant je n'imagine pas ma vie sans toi, mais je ne l'imagine pas non plus *seulement* avec toi. J'ai besoin de plus. »

Gravité, bonne volonté. Thad a l'impression de flotter et, pour la première fois, il se voit à travers les yeux de Jake. Avant lui, il avait toujours été monogame. Pour lui, il avait tenté de changer, mais le partager avec d'autres hommes ne lui a jamais plu. Il n'empêche, il l'a accepté, sans rien dire de ses émotions, de peur que Jake le quitte. Et Thad ne sait pas ce qui est le plus égoïste, forcer le côté libre de la relation ou imposer la monogamie. Voilà pourquoi il sait bien que lui aussi est en partie fautif.

Ou bien merde aux fautes personnelles et aux reproches. Jake et lui ne veulent tout simplement pas la même chose. Pour pouvoir être ensemble, il faut que l'un des deux plie, et cela fait deux ans que ce rôle échoit à Thad.

« Jake, si tu veux avoir d'autres partenaires, vas-y. Mais sans moi. J'ai besoin d'être avec un seul homme et de lui suffire. »

L'atmosphère s'évapore, la gravité revient. Thad a mal au ventre et sent une douleur croître derrière ses yeux.

« On peut sûrement trouver un moyen, dit Jake. Tu pourrais choisir les mecs et...

– Jake.

– Sérieux ? Tu veux m'obliger à choisir ?

– Je ne peux pas le faire à ta place », dit Thad.

Jake se lève. Il enfile son pantalon puis il sort, et Thad reprend l'ordinateur portable. Il ouvre à nouveau l'historique de navigation et, en un clic, il l'efface complètement. Puis il passe aux fichiers sauvegardés, dossiers, cookies, caches. Il supprime tout et vide ensuite la corbeille. Purge la vie de Jake de tous ces corps d'hommes.

19

Le remplissage des cartons n'en finit pas.

La soupe mijote à petit feu, et Lisa en profite pour continuer à trier ses affaires. *Ranger, ranger, scotcher. Ranger, ranger, scotcher.* La peau de ses doigts est plissée, toujours rosie par le bain. Elle boirait bien un grand verre d'eau fraîche, mais n'a pas envie de quitter la chambre. De l'autre côté de cette porte rôdent les membres de sa famille. Tous veulent qu'elle se sente mieux. Tous veulent l'aider. Mais la seule chose dont elle a besoin pour l'instant, c'est de rester seule. Il s'est passé trop de choses ces dernières vingt-quatre heures. Une famille a perdu un fils. Son fils à elle ne veut pas fonder de famille. Qu'est-ce qui ne tourne pas rond chez lui ? Elle tentera de le raisonner. Michael sera père et elle-même grand-mère. Tout le monde sera heureux. Un point c'est tout.

Diane lui a demandé de garder le secret de sa grossesse, tout comme Lisa a demandé à Diane de ne pas parler de June. Aucune des deux n'est bien sûr obligée de tenir sa promesse. Il sera difficile de savoir qui est au courant de quoi, qui fait semblant de ne rien savoir, mais c'est ça aussi, être mère. Des secrets révélés. Des promesses non tenues.

Elle remplit le carton de vêtements d'été qu'elle ne portera pas cette semaine : sous-vêtements de rechange et vieux maillots de bain dont certains ne lui vont plus depuis les années Clinton. Elle n'a jamais été folle de fringues, mais elle a un faible pour les maillots de bain. Une-pièce, deux-pièces, unis, à fleurs... Il doit bien y en avoir une dizaine. En Floride, elle s'en achètera d'autres. Elle devrait donner ceux-là à une association, mais elle a toujours eu du mal à se séparer des choses matérielles.

Soudain la porte s'ouvre, et Richard entre.

Il reste encore de la place, mais elle scelle le carton avec du Scotch et inscrit au marqueur ce qu'il y a dedans.

« Ton bain t'a fait du bien ? » lui demande son mari en s'asseyant sur le lit. Il ne lui propose pas de venir à côté de lui, ce qu'elle s'abstient de faire.

« Tu sais ce qu'il y a la semaine prochaine ? » lâche-t-elle sèchement, avant de s'excuser d'avoir posé la question. Bien sûr qu'il le sait. C'est une erreur de croire que les pères aiment moins leurs enfants, même s'il lui a fallu du temps pour le comprendre.

Ils n'ont oublié l'anniversaire de June qu'une seule fois, il y a de cela des années. C'est Richard le premier qui s'en est souvenu. Il était taciturne – trop taciturne – le lendemain, et elle avait tout de suite compris. Elle s'en était terriblement voulu. Et même si l'oubli ne signifie pas qu'elle aime moins sa fille, elle espère que cela ne se produira plus jamais.

Tous les ans à cette période, ils se demandent ce qu'il faudrait dire ou éprouver, comment se comporter. Si la date tombe alors que les garçons sont déjà là, Thad remarque toujours quelque chose – *Maman, tu as l'air triste aujourd'hui*. Et s'ils ne sont pas encore arrivés, qu'elle et Richard sont seuls, ils dînent en silence et vont se coucher le plus tôt possible. Dans ces moments-là, elle revoit tout dans les yeux de son mari : le trajet en ambulance, la veillée, l'enterrement ; les petits plats faits maison qu'elle a jetés à la poubelle, les gens s'imaginant qu'être en deuil vous empêche de faire la cuisine ; les anxiolytiques, les groupes de parole, la thérapie de couple ; puis l'église, le travail, le grand déménagement à Ithaca et finalement la grossesse, celle de Michael – accidentelle –, et la maison du lac, avant que la vie ne reprenne son cours.

La semaine prochaine à la même heure, ils ne prendront plus leurs repas ici car la maison ne leur appartiendra plus. Ils auront déjà quitté les lieux, et le camion de déménagement emportera toutes leurs affaires. Le matin de l'anniversaire de June, ils signeront l'acte. À onze heures, la vente sera effective, et ils passeront la journée sur la route pour rejoindre l'État de New York. Le dîner, s'ils prennent le temps de s'arrêter, n'aura rien d'appétissant et sera pris sur le pouce dans un McDo ou autre fast-food.

Sur le lit, Richard garde le silence, imperturbable. Certains jours, elle regrette qu'il soit si placide. Elle aimerait le voir au moins une fois crier, jeter une lampe ou taper du poing contre le mur, le voir sangloter dans la baignoire. Mais ce n'est pas le style de son mari.

Après la mort de June, ils avaient participé un temps à un groupe de soutien œcuménique. Un soir, une mère de confession catholique avait prié pour l'âme des enfants non baptisés, condamnée à errer dans les limbes. C'était la première fois que Richard avait quitté la pièce, sans un mot, et la semaine suivante, après avoir subi une imposition des mains, il était de nouveau parti bruyamment, et pour de bon. Lisa avait continué d'y aller sans lui. Elle n'avait pas besoin de partager les idées religieuses de chacun des participants, la compagnie d'autres parents en deuil lui suffisait. Richard de son côté semblait plus heureux quand il ne disait rien et restait au calme à la maison. Semblait seulement, car en réalité, son silence cachait un kaléidoscope de douleur. Lisa ne l'avait pas vu, à l'époque. Elle avait passé toute sa vie de femme mariée à apprendre à voir.

« Ce n'est pas franchement le week-end qu'on avait espéré », finit par dire Richard, et Lisa s'approche de lui.

Elle lui prend la tête à deux mains et l'embrasse sur le crâne. Presse son visage contre sa poitrine. Elle est capable tout à la fois de lui en vouloir et de l'aimer passionnément. On ne reste pas mariés trente-sept ans sans connaître cette astuce. Et elle-même n'a rien d'une sainte. Un soir, bien des années plus tôt, ils s'étaient méchamment pris le bec. Lisa était d'humeur querelleuse, Richard avait refusé la dispute, et elle l'avait fichu dehors. Ils étaient en train d'établir un budget pour leur future retraite et les chiffres ne collaient pas. Il s'avéra que Richard avait envoyé des chèques à Michael et Diane – et pas des petits chèques. Lisa appelait ça de l'assistanat alors que son mari appelait ça de l'amour, et leurs points de vue étaient tellement irréconciliables qu'elle l'avait mis à la porte. Il avait passé une heure sous la pluie avant qu'elle l'autorise à rentrer, et il avait attrapé une pneumonie la semaine suivante. Peut-être la pluie et la maladie n'étaient-elles pas liées. Peut-être était-ce de sa faute à elle s'il avait eu cette pneumonie. En tout cas, à son âge, il aurait pu en mourir. Et s'il est capable de lui pardonner ça…

Richard tente de poser la main sur la taille de Lisa, mais celle-ci s'écarte.

« Thad cherche ses *comics* », lâche-t-elle.

Richard ne répond pas : *Je te l'avais dit.* Pourtant, il l'avait mise en garde, il savait que leur fils voudrait les récupérer, mais un jour où elle faisait le ménage, elle avait traîné les cartons de ses illustrés sur le trottoir.

« J'ai l'impression d'avoir balancé son enfance aux ordures, poursuit Lisa.

– On pourrait les racheter, dit Richard. Il y a une librairie spécialisée à Highlands.

– Je crois que c'étaient des *X-Men*. Ce n'est pas ce qui lui plaisait, les *X-Men* ?

– Je ne sais pas, dit Richard, je ne lui ai jamais posé la question », ce qui résume plus ou moins les points forts et les limites de l'éducation qu'il a donnée à ses enfants. D'un côté, il n'a jamais été le genre de père à vivre l'existence de ses fils par procuration. Il n'a jamais été démesurément exigeant et n'a jamais placé la barre trop haut. Mais de l'autre, on ne peut pas dire qu'il les connaisse vraiment. Il n'a jamais manqué une remise de diplôme, a assisté à presque tous les spectacles et tournois de base-ball. Mais si on lui avait demandé, au lendemain d'un match, quelle équipe avait gagné, tout ce dont il aurait pu parler, ç'aurait été de l'équation qui lui était passée par la tête au moment où, de l'autre côté du grillage, l'un de ses fils frappait un *home run*.

Lisa le rejoint sur le lit et l'autorise à lui prendre la main. Si on lui posait la question, elle aurait du mal à expliquer la tendresse qu'elle éprouve à cet instant pour cet homme. Il ne ressemble plus vraiment à celui qu'elle a épousé, mais c'est toujours l'homme qu'elle aime.

Mon chéri, quelle part de regret portes-tu dans ton cœur ?

« Michael et Diane nous cachent quelque chose », reprend Richard.

Il faut qu'elle fasse un choix. Elle n'aime pas mentir à son mari mais elle tiendra parole. Elle l'a promis à sa belle-fille.

« Je crois qu'ils sont juste contrariés à cause de la vente de la maison, dit-elle.

– La décision ne leur revient pas. C'est aussi simple que ça. »

Richard se lève, s'approche de la commode et prépare un carton. Il y range les chaussures du placard : une paire pour la pêche, une autre pour la ville, une troisième pour tondre la pelouse. C'est un homme méticuleux et précis. Tous les jours, pour aller travailler, il mettait un nœud papillon. Quand il a compris que son épouse était plus douée que lui, il lui a demandé si elle pouvait le lui nouer. Et c'est ce qu'elle a fait, tous les matins pendant près de trente ans.

C'est d'ailleurs le nœud papillon qui lui a mis la puce à l'oreille, ça et l'odeur.

« Ils veulent qu'on garde cette baraque pour eux alors qu'ils n'y passent jamais plus de deux semaines par an, continue Richard. Ils se fichent pas mal du montant de la taxe foncière, de l'assurance, des charges et de l'entretien. Nos fils n'ont aucune notion de l'argent. »

Alors cesse de leur en donner, a envie de répondre Lisa. *Ça leur apprendra peut-être.* Mais ce n'est pas le moment d'avoir ce genre de discussion.

Il ronchonne tout en remplissant le carton : des chaussons, des cintres, un peignoir de bain qu'il n'a pas porté depuis des années. La maison du lac n'est pas l'endroit le plus adapté pour prendre sa retraite, lui rappelle-t-il. Elle nécessite trop de travaux. Même après d'éventuelles réparations, il se verrait mal passer l'hiver ici. Lake Christopher, hors saison, est vide, désolé, et les routes de montagne ont vite fait de se transformer en patinoire.

Il n'empêche, Lisa trouve cela vexant, soupèse les termes *adapté* et *désir*, souvenirs et adieux.

Richard continue à s'activer et parle d'une voix autoritaire, mais c'est aussi comme s'il tentait de se convaincre du bien-fondé de la décision qu'elle a prise pour eux.

« Et toi, tu veux garder la maison ? » demande-t-elle.

Il n'a que quelques mots à dire pour la faire changer d'avis. Ne signons pas, annulons la vente, prenons le risque d'un procès, payons ce qu'il faut. Mais les mots, il faut qu'il les choisisse bien.

« Je veux ce que tu veux », dit Richard, impénétrable au point que c'en est exaspérant.

Ce qu'elle veut ? Ce qu'elle veut, c'est qu'il remonte le temps et défasse ce qu'il a fait. *Je veux ce que tu veux*, ce ne sont pas les bons mots. Puis soudain elle se demande si elle n'est pas mesquine. Et si la vente n'avait rien à voir avec un nouveau départ ? Si elle faisait vraiment ça pour le punir ? Quand elle l'aidait tous les matins avec son nœud papillon, elle utilisait la méthode du pan vrillé, ce petit geste de torsion finale qui permet d'obtenir un nœud plus ample et bien bouffant. Cela seyait à la *fauvette* de Richard, le surnom affectueux qu'elle donnait à sa pomme d'Adam, qu'il avait plus saillante que la plupart des autres hommes. Sa voix n'en était pas plus grave, il était comme ça voilà tout, mais cela le gênait. Il croyait que le nœud papillon détournait l'attention, et elle ne le détrompait pas.

Un soir de l'an dernier, alors que Richard venait de rentrer du bureau, elle avait tout de suite vu que le nœud qu'il portait n'était pas celui qu'elle avait fait le matin même. Le pan n'était pas vrillé, c'était le produit d'une main moins adroite. Et puis son odeur aussi était différente. Ce n'était pas la sienne. Il lui avait déposé un baiser sur le nez et avait filé prendre une douche, et Lisa avait compris.

Elle n'avait rien dit, mais avait bien vu que Richard rentrait à la maison plusieurs fois par semaine avec un nœud refait par les mains d'une autre. Il n'y eut aucun email, aucun message téléphonique ou texto, aucun mot d'amour oublié dans une poche de chemise. Aucun historique sur son téléphone portable, ce qui signifiait qu'il effaçait toute trace de ses appels. Mais sa liste de contacts en affichait un nouveau : *K.* Il aurait suffi à Lisa de composer ce numéro pour entendre la voix d'une femme qui ouvrait son lit à son mari, mais elle ne put jamais s'y résoudre. Après plusieurs mois de ce régime, les nœuds papillon de Richard recommencèrent à rentrer à la maison tels qu'ils l'avaient quittée le matin même, et quand Lisa vérifia ses contacts, *K.* avait disparu.

« Qu'est-ce que tu veux ? » répète son mari. Il est penché sur le carton ouvert. Tout consciencieux qu'il est, il n'a pas l'air de s'apercevoir qu'il l'a scotché à l'envers, la flèche vers le haut pointant par terre.

« Je veux vendre la maison », répond Lisa, et elle se lève pour l'aider.

20

Michael a rejoint Diane dans la chambre qu'ils partagent dans cette maison depuis qu'ils sont en couple. La pièce est plongée dans l'obscurité, les stores sont baissés, mais Diane ne dort pas. Le lit est fait, elle est assise au bout.

« J'ai pris une décision », dit-elle, et Michael ferme la porte pour s'installer à côté d'elle.

Pas besoin de lui demander de quelle décision il s'agit. Il voudrait la regarder en face, mais elle l'a rarement vu boire avant l'heure du dîner et il ne faut pas qu'elle sente l'odeur de son haleine. Chez eux, c'est plus facile. Cinquante centilitres de vodka par jour lui permettent de ne pas avoir les mains qui tremblent. Quelques pastilles à la menthe en rentrant du boulot, et le tour est joué. Bien sûr, plus leur situation financière se dégrade, plus la vodka est bon marché. Et plus la vodka est bon marché, plus la gueule de bois est violente. Il a entendu dire que le charbon actif est un bon remède, mais c'est déjà assez dur de cacher des bouteilles d'alcool dans la maison sans devoir en plus trouver où planquer une carafe filtrante.

« Avant que tu dises quoi que ce soit…, commence-t-il, mais elle lui saisit le genou.

– Je compte garder cet enfant, dit-elle. Et ce n'est pas négociable. »

Michael se lève et s'approche de la fenêtre. Elle ne donne pas sur le lac mais sur les pins et le soleil. Il aperçoit au bord de la route déserte la boîte aux lettres de ses parents, un poisson en plastique dont la gueule s'ouvre pour recevoir le courrier. À cette distance de la baie, les seules voitures qui passent par là sont celles des voisins ou de leurs amis qui viennent pour le week-end.

Michael pourrait vivre ici. Il s'était dit qu'il le ferait, un jour.

« Rien ne nous oblige à prendre une décision tout de suite, dit-il.

– Ça fait des semaines que tu répètes ça. J'en ai assez d'attendre. Je t'aime, mais ma décision est prise. »

Son front se plisse. Il faut changer son pansement. Il faut qu'il boive un verre. « Je n'ai donc pas mon mot à dire ?

– À propos de mon corps ?

– À propos de notre enfant. »

Le danger plane sur cette pièce pourtant remplie de bons souvenirs.

Adolescents, ils passaient beaucoup de temps dans ce lit. Mais c'était il y a longtemps, quand l'argent n'était pas un souci et qu'une grossesse était inconcevable. Les jours de pluie, ils se glissaient dans la chambre pour faire l'amour et personne ne le savait, ou alors tout le monde s'en fichait. Ils allaient se laver après, et parfois, sous la douche, ils remettaient ça. Les choses ont bien changé depuis, d'ailleurs ils ne font plus du tout l'amour. La dernière fois remonte peut-être même bien au jour de la conception.

Qu'est-ce qu'ils lui manquent, le jeune Michael et la jeune Diane. Ô temps, reprends-moi, se dit-il. Rends-moi mes dix-huit ans.

« On n'a pas les moyens d'avoir un enfant, dit-il.

– C'est faux. Si tu deviens sous-directeur, tu gagneras deux dollars en plus par heure. Ça fera quatre-vingts par semaine.

– Je ne veux pas parler travail.

– C'est toi qui as abordé le sujet.

– Je parle d'argent.

– Le travail, c'est de l'argent, Michael. »

Diane lève les pieds du sol et croise les jambes en tailleur sur le lit. Le ventilateur grince au-dessus de leurs têtes.

« Je n'ai pas envie qu'on divorce, reprend-elle. Ce n'est pas ce que je veux, mais si c'est notre seule option j'y suis prête. »

À la fenêtre, le monde vire au gris. Il faut que Michael prenne l'air, qu'il sorte de cette pièce.

« Encore une chose, lâche Diane. J'ai mis ta mère au courant. »

Il se rassoit sur le lit. Qu'elle lui dise ça droit dans les yeux.

« On avait un accord ! » dit-il. Il prononce ces mots dans un murmure, mais cela sonne comme un cri à ses propres oreilles.

« Je ne me souviens pas d'être allée chez le notaire. Je ne me souviens pas d'avoir signé quoi que ce soit.

– Je refuse que ma mère soit mêlée à notre décision.

– *Ma* décision. »

Michael n'en peut plus. Qui est cette femme face à lui ? Qu'est-il arrivé à la fille qui portait des chemises d'homme, qui ne pouvait détacher les mains de son corps et lui promettait de l'aimer toujours ?

« Je n'avais pas prévu de lui en parler, explique Diane. Je voulais juste la réconforter et ça m'a échappé.

– Comment veux-tu que ça la réconforte ? Et puis d'abord, qui ça regarde à part nous ? Un enfant est mort, hier. Je comprends, j'y étais. Plus que n'importe qui d'autre, j'y étais. On a tous du chagrin. Mais...

– Elle aussi a perdu un enfant », répond Diane, avant de réaliser qu'elle en a trop dit.

La pièce se met à pulser autour d'eux. L'espace d'un instant, Michael n'entend plus rien, le son comme suspendu, puis étouffé, puis assourdissant.

« Pardon, dit-elle. Ce n'était pas à moi de te l'apprendre.

– J'aurais dû avoir...

– Une sœur. » Diane lui prend la main, mais il n'a pas envie qu'elle le touche et retire brusquement ses doigts.

« Pourquoi tu me dis ça ? demande-t-il. Et pourquoi te l'a-t-elle confié à toi ? » Pendant trente-trois ans, il n'a pas été au courant de cette histoire. Pourquoi aujourd'hui ?

« Je suis désolée, lâche Diane.

– Ne dis rien à Thad, s'il te plaît.

– Je ne ferais jamais une chose pareille.

– Je n'en suis pas si sûr. Vu la facilité avec laquelle tu m'as balancé ça...

– Ne sois pas méchant. »

Du bruit en provenance de la cuisine. Ce sera bientôt l'heure d'aller dîner.

« Ils lui avaient déjà choisi un prénom ? demande-t-il.

– Elle s'appelait June.

– Maman était à combien de mois ? Quand elle a fait cette fausse couche.

– Ah, Michael, pardon. Je me suis mal exprimée. La petite était née. Elle avait un mois. »

La chambre est un cœur battant. Il sent les mains de Diane posées sur lui, mais ce contact le vide. Sa proximité même le laisse de glace. Il faut qu'il boive un verre, qu'il sorte. S'éloigne d'elle au plus vite.

21

La table est mise, et l'air chargé de l'odeur familière du bouillon de poule, à la fois délicieuse et un peu écœurante.

« J'ai mis dedans tout ce que j'avais, dit Lisa en remuant la soupe. J'espère que ce sera bon. » Puis elle ouvre un sachet en plastique et en sort un tas de petits bols rouges jetables. « Ça me tue, d'utiliser ça. Mais ne vous en faites pas. Je les rincerai et les rapporterai à Ithaca pour les faire recycler. »

Jake ne s'en faisait pas. Le véganisme n'est pas son truc – il a essayé – et le recyclage non plus. Il reste quoi, trente bonnes années à notre planète ? L'expansion des décharges d'ici là semble hors de propos.

« Je regrette que la semaine ait pris une telle tournure », continue Lisa, et Jake la rejoint devant la cuisinière. Dans un grand faitout rempli de bouillon surnagent les restes du poulet de la veille. Lisa saupoudre un peu de sel et recommence à touiller.

Thad et lui ne savent pas cuisiner. À Brooklyn ils ont le choix entre le bon restau thaï et le mauvais restau thaï. Ou encore barbecue coréen, pizza et ramen. Ils alternent.

Cela fait aujourd'hui huit ans que Jake ne s'est pas assis

dans la cuisine de sa propre mère. Huit ans depuis l'Arizona. Il avait quitté le camp plus tôt que prévu – il était majeur, personne ne pouvait l'obliger à rester – et n'était pas rentré chez lui. Il ne pouvait pas retourner vivre sous le même toit que les gens qui l'avaient envoyé là-bas. Peu importe que sa mère ait fait ça pour son bien. Peu importe qu'elle ait vécu sous la coupe de son mari. C'était sa mère. Elle aurait dû le protéger et l'aimer inconditionnellement, en toutes circonstances.

Il n'a jamais reparlé à ses parents après ça. S'ils savent qu'il est aujourd'hui peintre à New York, ils n'ont pas cherché à reprendre contact avec lui. Jake de son côté ne les appellera pas, ne leur donnera pas une nouvelle fois l'occasion de lui prouver que leur amour est soumis à conditions.

Il tient les bols et Lisa les remplit à l'aide de sa louche. Richard s'approche de la table, puis Michael. Ils s'assoient, en hommes habitués à se faire servir. Thad, lui, donnerait un coup de main à sa mère s'il était là, mais il est dans sa chambre, à ruminer.

« À table », appelle Lisa, mais aucun signe de son cadet ni, d'ailleurs, de sa belle-fille.

Il n'y a sur la table qu'une carafe d'eau, et Michael va au freezer. Il en revient avec une bouteille de vodka frappée qu'il pose à côté de son bol. Il est alcoolique, Jake en est sûr à quatre-vingt-dix pour cent et ne sait pas s'il faut se désoler ou s'amuser que personne au sein de la famille ne semble s'en apercevoir. Sa façon de siffler de la gnôle à chaque repas. De ne jamais lâcher son thermos quand il n'est pas à table. Il se peut que tout le monde le sache et préfère ne rien dire, comme il soupçonne ses propres parents d'avoir été au courant de son homosexualité bien avant de le lui faire savoir. Dans tous les cas, on ne peut nier que les Starling ont fait preuve de bienveillance à l'égard de Jake. Ils peuvent être difficiles, c'est vrai – les emportements de Michael, le stoïcisme de Richard, l'austérité de Lisa : tant d'amour sans retenue, sans calcul. Mais question belle-famille, il aurait pu tomber sur pire.

Lisa et lui s'installent.

« C'est délicieux », dit-il en goûtant une cuillère.

Michael et Richard mangent sans un mot, le fils si semblable à son père que Jake en est fasciné. Il pourrait les peindre. Ces deux hommes côte à côte. Nature morte avec soupe. Un petit *American Gothic.* Un petit Munch. Mais ça a déjà été fait, comme chaque fois qu'on trouve une bonne idée.

Une porte s'ouvre, et Diane se joint à eux. Elle a pleuré, tout le monde peut le voir, mais ce n'est sans doute pas la seule vu ce qu'ils ont vécu la veille. Pour Jake, l'image dont il ne peut se défaire, c'est la fille sur le bateau, ses cris, ses mains tendues vers les brassards flottants et le lac qui a englouti son petit frère. Ses cris n'ont jamais cessé. Ni après que Michael eut refait surface, aveuglé par le sang qui coulait de son crâne ouvert. Ni après l'arrivée de la police. Ni même quand Jake s'est retrouvé, des heures plus tard, sous la douche, les oreilles pleines d'une eau qui ne pourrait jamais laver les cris de cette fille. Pas avant qu'il allume la radio pour mettre de la musique. Pas avant qu'il empoigne son sexe pour tenter de se calmer. Il n'est pas un monstre. Il a juste eu une triste vie, et il sait quoi faire quand la tristesse prend trop de place.

Diane est assise entre Michael et Lisa, et cette dernière pose une main sur son épaule, ce qui semble réconforter la jeune femme, même si personne ne parle. Michael mange sa soupe sans lever une seule fois la tête de son bol. Il se passe quelque chose.

Finalement, Thad émerge de sa chambre. Il s'est peigné et changé. Il est vraiment mignon, un regard qui vous aimante, des joues qu'on a envie d'embrasser. Ce n'est pas Marco. C'est un garçon ordinaire, le choix de la raison. Ce que, selon son humeur, on trouvera ennuyeux ou adorable.

« Pardon, dit-il. Je lisais les actualités. »

Lisa retire sa main de l'épaule de Diane.

« Je ne veux pas le savoir, lâche-t-elle. Je ne veux pas savoir ce que fabrique ce grand malade qui nous gouverne. » Thad tente de dire quelque chose, mais sa mère le coupe. « Cette maison est un lieu de paix. Nous portons beaucoup trop d'attention à cet homme. Il n'est pas le bienvenu ici. Pas à ma table. Pas chez moi.

– Ce n'est pas chez toi, rétorque Michael.

– Pendant encore une semaine, si. »

Si Michael voulait attirer l'attention générale, c'est désormais chose faite. Il se lève, s'agrippe à la table puis s'en écarte doucement. Il est ivre. Il tâche de n'en rien laisser paraître, mais Jake le voit bien. Michael se verse un autre verre et se rassoit.

« Alors, c'est quoi le scoop ? demande-t-il. Quels sont les derniers ragots en provenance du Bureau ovale ?

– S'il te plaît, respecte le souhait de ta mère », dit son père, qui n'a presque pas touché à sa soupe.

Michael vide son verre d'un trait. « C'est ridicule. Un enfant est mort, la maison est vendue, et tu as peur que la politique gâche l'ambiance ? »

La sueur perle sur son front, et ses lèvres sont retroussées en un rictus sans fin. Son pansement se décolle, offrant brièvement aux regards la boursouflure pleine de pommade de ses points de suture avant qu'il ne bataille avec le coton et, grimaçant, ne remette le sparadrap en place.

« Tu veux parler politique ? demande Diane. Très bien. Richard, Lisa, c'est la faute de votre fils si on est dans ce bourbier. »

Michael éclate de rire et repousse son bol. Sa chaise recule comme pour faire place à sa rage.

« Vas-y, dis-le », crache-t-il.

Diane a l'air affligé, ce qui ne lui ressemble pas. Au cours des deux étés et des deux Noëls que Jake a passés avec elle, il ne l'a jamais entendue proférer une méchanceté. Ni élever la voix ou contredire son mari, qui peut pourtant dire de sacrées conneries.

« Dis-le. »

Diane baisse la tête. « Michael a voté pour… » Mais elle n'arrive pas à finir sa phrase.

« Oh, c'est pas vrai, dit Lisa.

– Merde, dit Thad.

– Pardon », dit Diane, sans qu'on sache trop à qui elle s'adresse. Et ses excuses semblent rebondir sur le plafond, les lampes, le tableau de Jake accroché au mur. Elles flottent un moment dans la pièce puis retombent, comme dissoutes, à leurs pieds.

« Mais pourquoi, putain ? reprend Thad. T'es quand même pas aussi débile que ça.

– Ne me traite pas de débile, dit Michael.

– Mon chéri, dit Lisa. Tu ne pouvais pas réfléchir un peu ?

– Réfléchir, c'est justement ça le problème, fait Michael

en balayant la pièce d'un geste accusateur. On passe notre temps à réfléchir. Et ça nous a menés où ? À l'effacement de la dette publique ? À la sortie d'Afghanistan ? D'Irak ? Ça a sauvé Detroit de la faillite ? Empêché la délocalisation de nos emplois ? Ça a permis aux mineurs de retrouver du travail ou d'augmenter le salaire des profs ? Ça a renfloué les gens qui tentent à tout prix de conserver leur maison ? Et la santé, alors ? "Si votre contrat d'assurance maladie vous convient, vous pourrez le garder." C'est ce qu'on nous avait dit. Et ça s'est passé comme ça ?

– Non, dit Thad, sauf que…

– Non, ça ne s'est pas du tout passé comme ça, le coupe Michael.

– Ce n'est pas aussi simple, intervient Lisa. Ceux qui ont perdu leur couverture santé, c'est parce qu'il ne s'agissait pas de véritables contrats. C'était de l'arnaque, de l'escroquerie. Il ne parlait pas de ce genre de choses.

– Mais ce n'est pas ce qu'Obama avait dit. » Michael écarquille les yeux. Il a les dents qui brillent.

« Le *président* Obama », corrige sa mère.

Michael sourit. « Le *président* Obama. Je ne t'ai jamais entendue dire le *président* Trump.

– Je l'appellerai comme ça le jour où il se comportera comme un vrai chef d'État. »

Michael lèche sa cuillère et la tapote sur la table, encore et encore.

« Parlons des drones, reprend-il.

– Ça suffit, dit son père.

– Votre président. Votre président Prix Nobel de la paix. Vous savez combien de personnes il a tuées ?

– En dehors de Ben Laden ? demande Thad.

– Près de quatre mille, dit Michael. Quatre mille, parmi lesquelles plus de trois cents civils. Des gens qui assistaient à un mariage. Des médecins. Des mères qui accompagnaient leur enfant de l'école. Et encore, on ne parle que des drones, là. »

Lisa secoue la tête. « Je suis sûre que ce n'est pas...

– Si, c'est vrai, dit Diane. Je n'arrivais pas à y croire moi non plus, alors j'ai vérifié. Et j'ai bien peur que ce soit vrai. »

Michael se radosse, et sa chaise bascule un instant en arrière. Il se rétablit. Puis lâche sa cuillère. « Tu vois, maman, pendant que tu étais occupée à sauver tous tes oiseaux, ton président chéri donnait l'ordre à des machines de tuer des gens, puis il s'installait dans la cellule de crise pour regarder sur un écran ces machines accomplir leur mission. J'ai une question pour toi. Qu'est-ce qui a le plus de valeur, une personne ou un oiseau ?

– Merde, Michael, dit Thad, fiche la paix à maman.

– Pourquoi ? T'as voté pour qui, toi ?

– Hillary. Évidemment.

– Et toi, papa ? demande Michael.

– Ça ne regarde personne, répond Richard, mais Hillary.

– Et toi, maman ? »

Sauf que Lisa refuse de jouer à ce petit jeu. Elle reste assise, silencieuse, digne. Jake trouve ça louable. S'il avait parlé à sa mère de cette façon, elle lui aurait collé une gifle, à supposer que son père ne s'en soit pas chargé avant. Mais Lisa garde son calme. Est-ce de l'amour, ou quelque chose de moins pur ?

« Tout ça est de ma faute, dit Diane. J'aurais mieux fait de me taire.

– Non, la rassure sa belle-mère. Tu n'y es pour rien. Mais je ne veux plus parler de ce monstre.

– Grâce à ce monstre, comme tu dis, tu as la chance de payer moins d'impôts, lâche Michael.

– Ce que tu viens de dire est consternant, dit Thad.

– Consternant ? C'est moi qui suis consternant ? Tu n'as même pas de boulot !

– Peut-être, mais je ne vis pas des allocs.

– Tu n'en as pas besoin », rétorque Michael en regardant Jake, mais il se retient de dire ce qu'il a sur le bout de la langue. Jake sait ce qu'il pense de lui et il s'en fout pas mal. Il a aujourd'hui un demi-million sur son compte en banque et il est propriétaire d'un loft à Brooklyn. Il donne chaque année davantage aux associations de défense de la communauté LGBTQ que ce que gagne Michael en un an. Bref, il n'a rien à lui prouver.

Thad, en revanche, a laissé son frère prendre l'ascendant.

« J'en cherche, du travail, dit-il.

– Ça fait deux ans que tu en "cherches", comme tu dis, lui répond Michael.

– C'est pas parce que je refuse de m'habiller comme un putain d'arbitre…

– Je t'emmerde », dit Michael. Thad a mis le doigt là où ça fait mal. Sa famille l'appelle « l'homme d'affaires » et se contente de dire qu'il travaille dans la vente. Mais la réalité, c'est que depuis des années Michael accueille la clientèle du minable Foot Locker d'un centre commercial moribond. Un travail honnête, même s'il insiste toujours sur le fait qu'il vaut mieux que ça, sans jamais dire le métier qu'il aimerait exercer.

Michael se lève en faisant un doigt d'honneur à son frère.

Son pansement se décolle encore une fois et il l'arrache d'un coup sec.

« T'as le culot de me dire que je suis consternant alors que toi, tu ne contribues en rien à la société. Et le jour où Jake te plaquera, tu n'auras aucun scrupule à laisser les contribuables payer à ta place. Quant à *toi*... » Il se tourne vers sa mère. « Deux maisons. Deux retraites dorées. Et tu oses reprocher à un enfant de s'être noyé pendant tes vacances et d'avoir gâché la semaine si spéciale de ta petite famille. Et *toi*... » Il se tourne vers Diane. « Tu n'as même pas voté pour Hillary ! Tu as voté pour Jill Stein, du parti écologiste. Tu dis que c'est à cause de moi si Trump a été élu, mais au moins je n'ai pas voté pour rien ! Et pendant ce temps on est là à ergoter dans un mobil-home en plein cœur d'un État républicain. Vous ne comprenez donc pas ? C'est nous tous qui sommes consternants ! Hillary s'en fout pas mal de nos conditions de vie. Vous croyez qu'elle a déjà passé ne serait-ce qu'une seule nuit dans un mobil-home ? Vous croyez qu'elle en a quelque chose à foutre, des États dans lesquels elle n'a pas gagné ? Et puis tous ces gens de gauche, s'ils ne jugent pas maman et papa parce qu'ils viennent du Sud, ils le font à cause du passé colonisateur de cette région. Vous croyez que ce bled s'est toujours appelé Lake Christopher ? Non, c'est juste le nom d'un putain de projet immobilier. Cet endroit portait un nom indien autrefois, mais ce nom contenait trop de syllabes, il était trop difficile à prononcer pour les Blancs, alors une société a acheté le terrain et l'a aussitôt rebaptisé Lake Christopher. Joli, prononçable, vendeur. À partir de là, c'est facile d'attirer des investisseurs. D'expulser les gens du coin. Et ceux qui ne se laissent pas acheter, on les condamne en exerçant un droit de préemption. On vend les terrains aux fondateurs de Home Depot, de Race-Trac et de Coca-Cola. Puis on remplit le lac de perches d'Amérique, on se détend et on encaisse les chèques. C'est ça, Lake Christopher : une ville construite sur le dos des prolos au cœur d'une terre volée aux Indiens, désormais propriété des nababs de la finance. Mais ça ne fait rien. Vous trimez neuf mois par an, alors vous méritez bien un peu de tranquillité et de silence, non ? »

Michael marque une pause pour reprendre son souffle.

« Je suis peut-être consternant, mais vous aussi. Tous autant que vous êtes. Parce que vous savez quoi ? On est en Amérique, et donc on trouve toujours plus consternant que soi. »

Soudain, ils se hurlent tous dessus, Thad traite Michael de pauvre type, Diane somme Thad de ne pas insulter son mari, Lisa reproche à Diane d'avoir gaspillé son bulletin de vote alors qu'il y avait tant de choses en jeu, Richard demande à Michael d'arrêter de hurler et Michael lui demande pourquoi il ne le soutient jamais. Tout le monde gueule, personne n'écoute.

Sauf Jake. Qui observe et emmagasine.

Cette famille. Ces pauvres gens si bien intentionnés. « Écoutez », dit-il. C'est le premier mot qu'il prononce depuis qu'il a félicité Lisa pour sa soupe au début du repas. Personne ne l'entend dans le brouhaha des accusations, alors il se lève et retente le coup. « J'ai quelque chose à dire. »

Et Jake fait alors aux Starling un cadeau qui présente aussi l'avantage d'être authentique.

« Moi, je n'ai pas voté. »

Tout le monde le regarde, les tempes battantes. Et Jake ne peut s'empêcher de sourire. Il est devenu aux yeux de cette famille, ne serait-ce que le temps d'une soirée, ce qu'il a toujours été aux yeux de la sienne : l'ennemi commun, un fléau digne du mépris général. Mais pour l'heure, il est la voix qui les sauve d'eux-mêmes.

22

Eau scintillante, clair de lune, brise fraîche. Un verre à cocktail où perle la condensation, une boisson forte. Michael s'assoit, retire ses chaussures et met les pieds dans l'eau. Il a déjà vu des serpents ici, des gros qu'il a regardés onduler entre les algues, leur tête noire comme un périscope.

Les étoiles brillent, la lune forme un croissant. Le lac est un bol qui contient le ciel. Sur le roc, le drapeau est en berne. Michael se demande un instant pourquoi, puis il comprend l'hommage. Un témoignage de gentillesse envers les gens du coin, la baie, le petit. Il n'y a pas assez de gentillesse en ce monde, lui-même est bien placé pour le savoir car il a plus que contribué à cette carence. Le monde ne le regrettera pas. Sauf Diane, peut-être. Ou un enfant. Mais ce n'est pas une raison suffisante pour mettre au monde un nouvel être humain.

Les grenouilles coassent et les insectes stridulent. Une mélopée atonale monte des roseaux balayés par le vent. Un hibou hulule et Michael lui répond, mais il n'est pas doué comme sa mère, qui peut imiter n'importe quel oiseau.

Il se demande ce que ça fait, d'avoir un enfant. Il ne craint pas de secouer le petit par accident, ou de faire ce que les parents font dans ces horribles reconstitutions des émissions de téléréalité. Il ne s'inquiète pas non plus à l'idée de ne rien éprouver la première fois qu'il verra ce bébé. Il l'aimera, il le sait. Et c'est justement cela qui l'effraie. Il aimera cet enfant, et tout cet amour balaiera son ressentiment pendant quoi, dix, vingt ans ? Mais un jour, il se demandera ce qu'il serait devenu, si on lui avait laissé quelques années supplémentaires, le temps nécessaire pour pouvoir faire le tri de ses rêves. Quand ce jour viendra, il se retournera sur sa vie et en voudra à son enfant, c'est certain. Et il ne veut pas devenir ce genre de père.

Bien sûr, il lui serait plus facile de défendre cet argument s'il en avait, des rêves. Mais que veut-il, au fond ? Davantage de gnôle, pour commencer. Michael vide son verre cul sec. Un autre hibou hulule et il tente une nouvelle fois de lui répondre.

Les planches du ponton craquent dans son dos, et Michael sait qui est là avant même qu'elle prononce un mot. Sa mère s'assoit, un peu trop près à son goût.

« Ton imitation du grand-duc d'Amérique est affligeante, dit-elle.

– C'était toi ?

– Non. C'était un tigre, en fait. J'étais sur le point de l'imiter, mais tu m'as prise de court. »

Michael fait tourner les glaçons dans son verre. Il n'a pas encore trouvé le confort chaleureux que lui apporte généralement l'ivresse. Il est trop sur le qui-vive, trop tendu, il a le dos raide et le front brûlant.

« Tu nous as fait un sacré numéro, à table », reprend Lisa.

Il serre son verre un peu plus fort. Avec ce verre, il est

en sécurité. Même vide, c'est une muraille entre lui et ce que sa mère va lui dire.

« Comment ça se fait qu'on ne se parle plus ? »

Michael ne peut pas se lancer là-dedans, pas ce soir. Il n'a pas encore assez bu.

« On se parle, là, répond-il. Non ?

– Je veux dire se parler vraiment. À une époque, tu cherchais la discussion avec moi. Maintenant, on est comme des étrangers.

– Je ne vois pas ce que tu veux dire. » Mais il le sait parfaitement.

Si sa mère venait à mourir et qu'il devait prendre la parole aux obsèques, Michael n'a aucune idée de ce qu'il dirait. *Elle adorait les oiseaux. Elle adorait ses deux fils*. Il sait à quel point elle l'aime et à quel point il l'a laissée tomber. Mais au fond il ne la connaît pas.

« Ça ne me dérange pas que tu ne m'appelles pas pour prendre de mes nouvelles, poursuit-elle. Ce n'est pas le rôle des enfants de veiller au quotidien sur leurs parents. Ce qui est blessant, c'est que tu refuses que je sache qui tu es, toi.

De quel *toi* parle-t-elle, se demande Michael. Même lui, le plus souvent, n'arrive pas à le savoir.

« Il faut que je te parle de quelque chose, reprend sa mère, mais je ne veux pas que ça te mette en colère.

– Ça commence mal.

– Je suis sérieuse.

– Moi aussi. C'est sans doute la pire façon de s'y prendre. Je suis déjà sur la défensive, alors que je n'ai pas la moindre idée de ce que tu veux me raconter. »

Les yeux de sa mère ont perdu leur tendresse. La détermination a balayé toute gentillesse. « Je vais juste le dire comme je le pense.

– Si tu peux, ce serait bien.

– Je crois que vous devriez garder cet enfant. »

Le verre s'est réchauffé dans sa main et Michael le pose. Il regarde fixement la surface de l'eau. S'il reste comme ça assez longtemps, sa mère finira peut-être par se lever et s'en aller.

« Franchement, continue-t-elle, je n'arrive pas à croire que cela fasse débat. Que vous en parliez avec des si.

– Ça ne te regarde pas.

– Je suis ta mère. J'aime à croire que je joue un rôle, même minime, dans la prise de décision.

– Eh bien tu te trompes. » Il essaie d'être méchant, puis le devient vraiment. « Tu n'entres absolument pas en ligne de compte. »

Lisa détourne le regard, et Michael se sent comme une merde. Ça ne dure toutefois qu'un court instant, parce que ce ne sont vraiment pas ses affaires. Il ne s'agit pas de son couple. Il est peut-être son fils, mais sa vie n'appartient qu'à lui.

De l'autre côté de la baie, les chiens entonnent une symphonie d'aboiements. Puis, comme la veille, les lumières s'allument, on fait rentrer les bêtes, et la soirée se fond dans les gazouillis et les coassements. Une nageoire fend la surface de l'eau à quelques mètres de l'embarcadère. Carpe ou brochet, Michael n'arrive pas à savoir.

« Si c'est à propos de June… », commence Michael, et il entend sa mère prendre une grande inspiration.

Il a dépassé les bornes, il le sent. Il a souillé le souvenir de sa sœur rien qu'en prononçant son nom.

Lisa se raidit. « C'était un secret.

– Diane est incapable de garder un secret et tu le sais très bien. Elle-même t'a confié le sien.

– J'imagine… », répond-elle, mais sans aller au bout de son idée. Elle s'apprêtait à dire qu'en matière de famille, il ne devrait jamais y avoir de secrets. Michael est presque sûr de ça, mais quelque chose l'a arrêtée. Peut-être qu'un autre secret l'a empêchée de poursuivre.

« Je comprends que vous n'ayez pas voulu nous effrayer quand Thad et moi étions petits. Mais pourquoi ne nous avoir rien dit quand on est devenus adultes ?

– À quel âge ? demande sa mère, avec dans le regard quelque chose qui lui dit qu'il ne sera jamais assez adulte pour ça. Quand aurais-tu voulu que je vous en parle ?

– Je n'en sais rien. À partir du moment où on était assez grands pour comprendre. »

Lisa rit, mais son rire est comme une fleur qui tout à la fois s'ouvre et se fane.

« Comprendre ? Mon chéri, quand un enfant meurt, il n'y a aucun moyen de prendre du recul, aucune réconciliation possible avec Dieu ou le destin. La seule chose à comprendre est qu'il n'y a rien à comprendre et je voulais vous protéger de ça. »

Michael, en tant que frère de June, aimerait dire qu'il méritait de savoir, mais la discussion qu'ils viennent d'avoir à propos de la grossesse de Diane, et de qui ça regarde, rend l'argument difficilement défendable.

« Votre père était sur le point de vous en parler. Et puis Thad a fait ces choses… »

Il déteste que sa mère appelle les tentatives de suicide

de son frère des *choses*, comme si changer de mot pouvait changer la réalité.

« Après ça, on a eu peur que Thad soit trop secoué et qu'il… se fasse du mal.

– Alors pourquoi ne pas me l'avoir dit à moi ? »

Sa mère hoche la tête. « On y a pensé, mais on ne savait pas trop si c'était juste envers lui.

– Sauf que tu en as parlé à Diane, donc au fond tu devais sans doute vouloir que je le sache.

– Tu as peut-être raison. »

Elle a le nez qui brille, ce qui fait ressortir la cicatrice rose qu'a laissé le mélanome sur sa narine.

« Le moment est mal choisi, reprend Michael. On n'a pas les moyens, voilà tout.

– Personne n'est jamais prêt financièrement. Il faut foncer.

– Ça, c'est ce que disent tous ceux qui ont de l'argent. »

Mais il n'est pas sûr qu'elle l'entende. Elle est loin de se douter de ce qu'il touche par mois ou du salaire de Diane – du fait qu'à eux deux, ils gagnent moins que sa future retraite à elle. Sa mère a tout simplement oublié ce que c'est, de commencer dans la vie. À moins qu'elle ait toujours vécu dans la limite de ses moyens sans jamais faire la moindre folie.

« Et Diane, son avis compte, non ? reprend Lisa.

– Diane ne sait pas ce qu'elle veut. » Ce n'est pas vrai, sa femme a pris sa décision et l'enfant naîtra. Mais Michael n'est pas encore prêt à donner à sa mère le plaisir d'une telle réponse.

Et puis son avis à lui, alors ? C'est lui qui a tout choisi jusqu'ici – la maison, leurs voitures, même l'État dans lequel ils habitent. S'ils sont fauchés, c'est donc de son fait à lui ? S'il vaut mieux se sacrifier pour la personne qu'on aime plutôt que d'agir selon son désir, alors Michael n'a pas souvent donné à sa femme l'occasion d'être heureuse. Mais si c'est vrai, un avortement ne serait-il pas le meilleur moyen pour Diane de lui prouver son amour ?

Même éméché, Michael n'est pas convaincu par les conneries qu'il se raconte.

« Tu sais, lui dit sa mère, chaque naissance donne droit à un crédit d'impôt… »

Difficile de ne pas éclater de rire à ces mots. La raison et la honte ayant échoué, Lisa en appelle désormais à l'avarice.

« Eh », dit-elle, avant de poser une main sur la joue de son fils pour lui faire tourner la tête. Et son visage est soudain si proche qu'il a l'impression qu'elle veut l'embrasser sur la bouche, comme quand il était tout petit, mais elle ne fait qu'appuyer son front contre le sien.

« Je suis ta mère et je t'aime. C'est tout ce que je veux te dire. »

Dans des moments pareils, un coin du cerveau de Michael s'allume. Celui qui se méfie des sentiments, qui lui enjoint de ne pas tomber dans ce genre de piège et le protège de toute manipulation émotionnelle. Mais pas ce soir. Ce soir, ce coin de son cerveau reste éteint, et il lui suffit de voir les yeux de sa mère pour comprendre qu'il est vraiment aimé.

Et toute part de lui qui voudrait considérer cette vérité comme puérile est anéantie, non par l'amour qu'il lui voue en retour – et qui semble bien mince en comparaison –, ni par la culpabilité qu'il éprouve de ne pas partager le même degré d'affection, mais par la certitude que donner la vie à un enfant consiste à abandonner son bonheur à autrui, à s'en remettre à des mains insouciantes et volages.

Avoir un enfant, c'est se détruire, pour toujours, au nom de l'amour.

III.

DIMANCHE

23

Lisa est déjà passée devant cette église mais n'y est encore jamais entrée.

La Première Église baptiste de Lake Christopher se trouve sur la rive nord du lac, qui est la moins développée. Ici pas de marina ni d'hôtel, mais des maisons plus vieilles et plus basses. L'eau y est peu profonde, et l'érosion du littoral rend impossible tout projet immobilier rentable. Pauvre au nord, riche au sud : ainsi en va-t-il des lacs prestigieux. Les gens aisés aspirent à des eaux claires, des rives entretenues, de bons terrains, et les locaux se retrouvent donc sur la terre dont ils ne veulent pas, une terre qu'ils partagent avec la station d'épuration, la centrale électrique et la décharge du comté.

Passé le lac, il faut continuer en direction du nord sur la I-64 puis tourner au bout d'un chemin de terre pour atteindre l'église. Aujourd'hui, le parking est plein à craquer. Tous ces gens sont-ils venus faire leur deuil ou jouer les voyeurs ? Lisa voudrait croire que ses propres intentions sont nobles, mais elle n'en est pas si sûre.

Ce matin, au réveil, elle était moins triste qu'en colère, sans toutefois savoir comment utiliser cette rage grandissante à bon escient – le signe qu'elle ferait mieux d'aller à l'église. Qu'elle médite un peu dans la maison de Dieu et tente de réconforter une famille dont la blessure est bien plus grande que la sienne.

Lisa descend de voiture et lisse sa robe. Avec son imprimé à fleurs, c'est l'une de celles qu'elle aime le moins – elle bâille en haut et lui serre la taille, mais elle est modeste, terne, et s'accorde aux circonstances particulières du jour. Porter du noir aurait été de mauvais présage, aucun corps n'ayant encore été retrouvé.

Elle est en retard, et se faufile entre les voitures sur le parking.

L'église est blanche, avec un toit en pignon surmonté d'une croix en fer blanc et d'un bardage en vinyle. Lisa ne sait trop quoi penser d'une église au bardage de vinyle, mais après tout c'est un matériau pratique, durable et bon marché. Si Dieu existe, si Jésus est bien son fils et s'il a prononcé toutes les paroles qu'on lui prête, alors ne préfère-t-il pas le vinyle aux ornementations du Vatican ? Oubliez les dorures. Nourrissez les pauvres. Amen.

Derrière l'édifice, des pierres tombales émergent de la pelouse comme autant de dents tordues de la bouche d'un enfant. Elles sont toutes de tailles et de styles différents, certaines hautes, d'autres râblées et effritées. Les plus récentes, qui se trouvent à la lisière des arbres, semblent déjà plus uniformes. Si on lui posait la question, Lisa ne saurait dire où Richard et elle seront enterrés. Avant, elle aurait dit près du lac, sans hésitation. Désormais, elle imagine qu'ils reposeront en Floride. Mais cet État enterre-t-il ses morts ? Si près du niveau de la mer, les morts ne risquent-ils pas de finir emportés par les flots ? Il y a les mausolées, bien sûr, mais elle déteste l'idée d'un corps enfermé au-dessus du sol et pourrissant dans une boîte.

Mieux vaudrait peut-être se faire incinérer. Qu'on éparpille ses cendres ou qu'on les conserve sur un manteau de cheminée, Lisa s'en fiche. Ce qu'il adviendra de sa dépouille sera le problème de ceux qui lui survivront, pas le sien. Le reste n'est qu'une question d'écritures, l'ordre de ne pas réanimer, le testament rédigé, la répartition de ses économies : un tiers pour Michael, un autre pour Thad, et le dernier à la Société nationale d'Audubon. Les garçons décideront ensuite de ce qu'ils veulent faire de l'héritage – garder, vendre ou léguer. Qu'ils respectent ses vœux, ou déplorent leur incapacité à hériter de chaque centime.

De June, elle a gardé une grenouillère soigneusement conservée dans un sac Ziploc. Dans le temps, quand sa fille lui manquait – ce qui lui arrivait souvent, plusieurs fois par jour –, elle ouvrait le sac et respirait son odeur. Elle a toujours ce vêtement, qui ne sent plus rien depuis des années. Mais encore aujourd'hui, elle peut fermer les yeux et convoquer l'odeur de June par la pensée – cette douceur moite, comme celle du sirop d'érable mêlé d'effluves de mousse, ou de muffin légèrement brûlé.

Le corps de June fut confié à la faculté de médecine de Georgie par l'intermédiaire de la Société anatomique de l'État, afin que les futurs médecins puissent mieux comprendre le syndrome de la mort subite du nourrisson. C'était la bonne décision, même si Lisa se demande parfois ce qu'il est advenu de la dépouille de sa fille, lorsqu'elle regrette qu'il n'y ait pas de tombe à visiter ou d'urne à serrer contre soi.

Lisa s'arrête sur les marches de l'église et regarde l'heure à sa montre. Elle est vraiment très en retard.

Alors qu'elle tente d'entrer discrètement en entrebâillant la porte, celle-ci s'ouvre en grand. Un homme en costume gris la referme derrière elle. Il porte des lunettes à verres épais, et son crâne est presque entièrement chauve, avec quelques mèches plaquées en travers. Il lui sourit et lui propose le programme de l'office, disposé en pile près de l'entrée. Le recto est réservé aux chants, et de l'autre côté se trouvent les versets de la Bible, accompagnés d'un résumé du service : *Musique, prières, offrande, sermon du pasteur Lance, prières, communion, musique, prières de clôture.* Certaines lignes sont marquées d'un astérisque, que Lisa suit jusqu'au bas de la page où une note explicative indique : *PRIÈRE DE SE LEVER.* À Ithaca, le pasteur de la petite paroisse œcuménique où Lisa va quelques fois par mois a l'habitude de dire : « Levez-vous selon votre envie ou vos moyens », une formule qu'elle a toujours trouvée pédante, mais qu'elle comprend désormais. Dans la foi comme dans la vie, il y a des ordres et il y a des invitations. Elle a quitté le pays des invitations en entrant dans une église baptiste du Sud.

Celle-ci est d'une sobriété extrême : pas de galerie pour le chœur ni de fonts baptismaux, pas de mosaïques ni de vitraux, rien qu'un tapis rouge et des bancs en bois. Les bancs sont pleins, ainsi que tous les strapontins du fond, et Lisa passe donc devant pour aller se poster à côté d'une femme un peu à l'écart. La femme lui sourit. Elle est jeune, une vingtaine d'années, et porte une robe jaune avec un collier de perles autour du cou.

Le révérend n'a cessé de parler depuis que Lisa est

entrée. Le mur derrière lui est sans fenêtre ; là où dans une autre église il y aurait une ouverture, un crucifix en plâtre montre Jésus au comble de l'agonie, la tête renversée, les yeux au ciel. Sous la croix, légèrement à gauche, est suspendu le drapeau américain.

Le pasteur Lance, derrière sa chaire, est grand et mince comme Ichabod Crane dans la légende de *Sleepy Hollow*. Il ne porte ni chasuble ni étole mais une veste noire et, en dessous, une chemise, sans cravate. Sa chemise est blanche, ses cheveux sont courts. Il est bel homme et visiblement jeune – trop jeune pour prêcher la parole de Dieu, se dit Lisa, mais elle tente de ne pas le juger. À chaque région son style de foi.

« Mes frères et mes sœurs, lance le révérend, et sa voix chante plus qu'elle ne tonne. La mort n'est pas une fin. La mort est une porte. »

Il sourit, et Lisa sent ses doigts fourmiller. Ce n'est pas grâce à sa jeunesse que cet homme est charismatique, mais *malgré* elle.

« "*Voici, je me tiens à la porte et je frappe.*" Et que dit Jésus, ensuite ? "*Si quelqu'un entend ma voix et ouvre la porte, j'entrerai chez lui, je souperai avec lui, et lui avec moi.*" »

Peu importe si en dehors de ces murs le pasteur Lance est ou non un homme sûr de lui, la confiance qu'il projette semble authentique. Peu importe si c'est ou non un homme sage, sa sagesse semble sincère. Il prêche, et Lisa comprend pourquoi il a déjà sa propre église.

« Méditons sur cela, poursuit-il. Méditons sur ce que signifie partager son repas avec Jésus. Le respect de l'étiquette doit compter, j'imagine. »

Nouveau sourire sur ses lèvres, et l'assemblée des fidèles

rit. Ils ne sont pourtant pas censés rire ce matin, mais le pasteur leur donne la permission d'éprouver de la joie. Délicatement, il les a désarmés avec ses mots. Il rayonne, et son regard se tourne vers le banc du premier rang, s'y attardant. Il s'attarde si longtemps que Lisa se sent forcée de regarder.

C'est là qu'ils ont pris place – Wendy, Glenn et Trish. Le père est assis entre sa femme et sa fille, qu'il entoure de ses bras.

« Vous connaissez peut-être la famille Mallory nouvellement arrivée à Lake Christopher, qui est là chaque semaine depuis le mois d'avril. De généreux donateurs, fidèles au rendez-vous du catéchisme. Le rire communicatif de Glenn fait qu'il est impossible de ne pas remarquer sa présence dans une pièce. Et Wendy a apporté pour notre pique-nique de printemps la meilleure tarte aux pêches que j'aie jamais mangée. Quant à Trish, elle entrera à l'université à Duke cet automne. Une jeune fille intelligente et très vive. »

Le révérend détourne le regard. Ses yeux se posent sur la femme à côté de Lisa et celle-ci hoche la tête comme pour l'inciter à continuer.

« Et vous vous souvenez peut-être de leur fils, Robbie », dit-il.

Robbie. La façon dont Wendy a crié son nom, appelé son petit garçon. C'est un nom que Lisa n'entendra plus jamais autrement.

« Une boule d'énergie, cet enfant, poursuit le pasteur. Un point de lumière au milieu d'un jour terne. Robbie était un *pistolet*, comme disait mon père. Mais de la plus belle sorte qui soit. Pas de ceux d'où sortent des balles, non. De ceux d'où sort l'amour de Dieu. »

Lisa s'inquiète de la tournure que prend le sermon, mais le pasteur ne semble pas pressé d'en venir au but.

« Mes frères. Mes sœurs. Je vais partager avec vous aujourd'hui une vérité douloureuse, et qu'il soit bien clair que je n'en tire aucun plaisir. Ce qui me donne du plaisir, c'est d'imaginer le choix que vous ferez, du moins je l'espère. Un choix qui changera votre vie pour toujours. »

Il marque une pause, comme si l'effort requis par ce qu'il s'apprête à dire était trop grand. Il prend une inspiration, et Lisa doit détourner le regard. Elle espère qu'il ne dira pas ce qu'elle sait qu'il dira, mais il le dit.

« La vérité, la voici. Mes frères. Mes sœurs. L'Enfer est réel. »

Lisa se penche en avant, et c'est comme si le mur auquel elle est adossée la retenait. Elle regarde la femme à ses côtés, qui n'a pas l'air troublée le moins du monde. Le préposé à l'entrée non plus. Aucun fidèle ne remue ni ne proteste, et Lisa se sent soudain très seule parmi eux.

« “*Je suis le Chemin, la Vérité et la Vie. Nul ne vient au Père que par moi.*” M'entendez-vous, mes frères et mes sœurs ? Nul homme. Ni vous, ni moi. La voie est-elle étroite ? Oui. Mais la récompense est-elle à la hauteur ? Elle l'est. C'est pourquoi il est important d'accepter en Jésus-Christ notre Seigneur et Sauveur personnel et de lui faire don de notre vie. »

Le pasteur Lance se dirige vers l'allée centrale, ouvre les bras et saisit l'accoudoir du premier banc. Les membres de la famille Mallory tournent la tête vers lui et Lisa aperçoit leurs visages de profil, celui de la mère zébré de larmes, celui du père qui souffre de retenir les siennes, et celui de leur fille, hébétée comme si elle était sous sédatif.

« Je ne sais pas où est notre frère Robbie, reprend le pasteur. Je ne peux qu'espérer qu'il est au Paradis mais moi je n'en sais rien. Ce matin, Marcy… » Il esquisse un petit geste, et il ne fait plus aucun doute que la femme à côté de Lisa est son épouse. « … Marcy et moi discutions, et je lui ai dit : "Marcy, il vient d'arriver quelque chose de terrible, mais nous allons faire en sorte que cela rapproche les gens de Jésus. Si nous retenons ne serait-ce qu'une âme loin de l'Enfer, une seule, alors la mort de cet enfant n'aura pas été vaine." N'est-ce pas, ma chérie ? »

Marcy hoche la tête, et son sourire est plein de compassion et de sincérité.

Lisa tremble soudain comme une feuille. La climatisation ne peut rien contre la température élevée de cette journée d'été, et pourtant Lisa n'a jamais eu aussi froid.

« J'aimerais croire que Robbie n'est pas en Enfer, dit le pasteur, mais c'est entre Robbie et Dieu que cela se passe. Son choix a déjà été fait. Tout ce que je sais, ce que nous savons tous, c'est que *nous* avons encore le choix. Celui de nous rallier au Prince des Ténèbres ou au Prince de la Paix. Une chance d'ouvrir la porte au visage aimant du Christ ou de la lui claquer au nez. »

Le pasteur observe les fidèles et promène son regard, ses yeux semblant s'attarder sur chaque visage.

« Cette vie est une élection, et votre âme un bulletin de vote. Dites-moi, mes frères et mes sœurs, préférez-vous voter pour le Paradis ou pour l'Enfer ? »

Le visage du père de Robbie se crispe. Il baisse la tête, et le pasteur tend le bras devant Wendy pour poser la main sur l'épaule de son mari. Celui-ci lâche sa femme et sa fille avant de se laisser tomber à genoux, tête inclinée dans la prière.

Lisa n'en peut plus. Elle longe le mur en direction de la sortie, passe devant les strapontins et leurs occupants. L'homme qui l'a laissée entrer fait barrage. Non qu'il veuille bloquer la porte : il est simplement captivé. Comme tous les autres, il regarde droit devant lui, hypnotisé – par la peur de l'Enfer ou l'espoir du Paradis, Lisa n'en sait rien.

« Pardon, murmure-t-elle.

– Certains d'entre vous se demandent peut-être à quoi ressemble l'Enfer, continue le pasteur. S'il s'agit vraiment d'un lac de feu. Si les ténèbres sont éternelles ou si elles ne durent que le temps de brûler ses péchés. »

Lisa tapote l'épaule de l'homme.

« Comment, me demanderez-vous, l'Enfer peut-il être livré aux flammes et plongé dans l'obscurité ? Et que signifient exactement ces *grincements de dents* dont nous parle la Bible ? »

Le pasteur découvre ses propres dents – immaculées – et les fait grincer d'un côté à l'autre, donnant à son visage une expression d'émerveillement stupéfait.

Une autre salve de rires dans l'assemblée.

« Vous riez, dit-il, mais l'Enfer, c'est du sérieux. L'Enfer existe, et il est éternel. »

« S'il vous plaît », insiste Lisa.

« Imaginez la chose qui vous effraie le plus », continue le pasteur. Il s'éloigne de la famille, de Glenn toujours agenouillé en pleine prière, et reprend sa place derrière la chaire. « Peut-être l'aiguille d'une seringue ou une araignée. Peut-être un serpent. Ou peut-être l'idée de vous réveiller un jour et de vous apercevoir que tous ceux que vous aimez sont morts. Je veux que vous réfléchissiez à cela un instant. Laissez-vous pénétrer par cette peur. Et maintenant imaginez cette peur multipliée par…

– S'il vous plaît ! » Lisa a crié ces mots. Une rumeur parcourt l'assemblée, et les paroles du révérend tombent dans le vide. Puis tout le monde la regarde : les fidèles, le pasteur Lance, l'homme à la porte, la famille de l'enfant noyé.

Wendy, je suis désolée.

« Je vous adresse toutes mes condoléances », dit Lisa, puis elle sort et descend les marches à la hâte. S'assoit un instant sur la dernière pour reprendre son souffle puis se relève. Elle se calmera dans la voiture. Il faut qu'elle parte le plus vite possible.

Mais elle entend soudain une voix de femme dans son dos. « Attendez, s'il vous plaît. » Lisa pivote sur ses talons. « Je m'appelle Marcy, je suis l'épouse du pasteur Lance. »

Il n'est pas trop tard pour lui tourner le dos et s'en aller, mais Lisa se sent obligée de se présenter.

« Moi c'est Lisa. »

La jeune femme lui sourit. « Enchantée. Je ne vous avais encore jamais vue ici. Je sais que tout ça peut être un peu dur à entendre… Quel passage du sermon vous a contrariée ?

– Tout. Voir un homme de Dieu exploiter une tragédie. Voir une famille en quête de compassion se faire menacer de finir en Enfer.

– Vous ne croyez pas à l'Enfer, c'est ça ?

– Non. Je n'y ai jamais cru. »

Aux yeux de Lisa, si l'Enfer a pu être jadis essentiel au développement de certaines religions, il y a bien longtemps qu'il ne sert plus à rien.

« Je regrette, dit Marcy, mais l'Enfer est dans la Bible. Je sais que c'est un livre difficile, mais sans les Saintes Écritures, de quelle source d'autorité disposons-nous ? Comment pouvons-nous distinguer le bien du mal ?

– Par le biais de la raison, répond Lisa, car n'oublions pas que Dieu a doté les humains d'un cerveau. À quoi sert d'avoir la logique à notre disposition sinon pour comprendre le monde par nous-mêmes ? Quant au bien et au mal, pas besoin d'un livre pour savoir faire la différence.

– Vous n'avez donc pas foi dans les Écritures ?

– J'ai foi dans mon intuition. Et dans le fait qu'un livre écrit il y a près de deux mille ans, puis assemblé par des centaines d'hommes au fil des siècles, ne peut que souffrir de quelques défauts et incohérences. »

Marcy garde le silence un moment. Cette femme qui a le tiers de son âge, que sait-elle du deuil ? se demande Lisa. De la force qu'il faut pour aimer Dieu quand l'être que vous aimez le plus au monde vous est arraché ?

« Vous avez des enfants ? » reprend-elle.

Marcy baisse la tête, et son visage ne peut retenir un sourire.

« Deuxième trimestre. Le médecin dit que ça devrait commencer à se voir d'une semaine à l'autre.

– Félicitations.

– Mais là vous allez dire qu'avoir un enfant me fera changer d'avis sur Dieu. Sur l'Enfer.

– C'est vrai. Vous allez apprendre la valeur du véritable amour. Cela peut sembler condescendant, mais ce n'est pas mon intention. Simplement, vous êtes jeune. Et vous croyez à tort savoir ce qu'est l'amour. Bientôt vous comprendrez. »

Un oiseau se pose sur la rampe d'escalier derrière Marcy,

un gobe-mouches, à en juger par son bec, mais Lisa n'a pas le temps de l'identifier avant qu'il s'envole.

« Je sais ce qu'est l'amour », rétorque la jeune femme. Jusqu'ici, son ton était mesuré, calme, mais elle est désormais blessée et sur la défensive.

« Dans six mois, vous découvrirez dans votre cœur des lieux dont vous ignoriez l'existence. Vous comprendrez alors que l'Enfer n'existe pas. C'est impossible, parce que Dieu n'y enverrait jamais un enfant. »

Dans une semaine, June aurait eu trente-cinq ans. Lisa a presque l'impression que sa fille est là, qu'elle l'observe.

Qu'est-ce que tu fais ? lui demande cette dernière. Elle a les cheveux longs et des yeux d'albâtre. Elle fait un geste en direction de Marcy, puis va se poster à côté d'elle. *Tu es tellement désagréable. C'est à cause de moi ?*

Elle a raison.

« Garçon ou fille ? »

Marcy hésite.

Tout va bien, voudrait lui dire Lisa. *Ce n'est pas un piège.*

« On préfère avoir la surprise, finit par répondre la jeune femme. Mais pour être franche, j'espère que c'est une fille. Je sais que c'est terrible à dire, et je serai heureuse quelle que soit l'offrande de Dieu. Mais c'est plus fort que moi, je veux une fille. »

Un chant monte de l'église, accompagné par le piano.

« J'aimerais que vous fassiez quelque chose pour moi, dit Lisa. À la fin de l'office, je voudrais que vous alliez voir Wendy et que vous lui disiez que son fils n'est pas en Enfer. »

Le son du piano. Le soleil qui se couche. Le bruit d'un camion sur la route principale.

« Je ne peux pas faire ça, dit Marcy. Car je ne sais pas si c'est vrai.

– Croyez-moi, ça l'est. On parle d'une mère qui, il y a deux jours, a perdu son fils. Imaginez, Dieu vous en préserve, mais imaginez ce que vous auriez besoin d'entendre si c'était vous.

– Je crois que vous feriez mieux de partir. Vous réfutez l'enseignement de la Bible, vous contestez le message de mon mari, vous n'avez pas été particulièrement aimable avec moi, et maintenant vous me parlez de la mort de mon enfant à naître ? »

Quand June est décédée, Lisa a reçu la visite d'amis et de voisins, de mères qui voulaient partager la même histoire tragique. Elles pleuraient avec elle, se tordaient les mains de douleur puis repartaient, un peu plus en paix avec leur propre deuil et sûres d'avoir changé quelque chose en bien dans la vie de Lisa.

Aujourd'hui, celle-ci comptait parler de June à la mère de Robbie, lui promettre qu'elle n'était pas seule dans sa peine. Mais depuis quand un deuil partagé est-il source de réconfort ? Depuis quand cela nous aide-t-il, dans les moments les plus sombres où notre âme est dévastée, de savoir que les autres souffrent aussi ? Mieux vaut laisser cette femme tranquille avec sa famille, son chagrin.

Lisa n'a plus rien à faire ici, mais il y a une dernière chose qu'elle aimerait dire à Marcy.

« J'espère que votre vœu sera exaucé.

– Quel vœu ? demande la jeune femme.

– J'espère que c'est une fille. »

24

Jake n'a jamais vu de galerie en dehors de New York. Il devait bien y en avoir dans le Tennessee, mais son père ne l'y aurait jamais emmené. Durant toute son enfance, il a rarement vu des œuvres d'art ailleurs que dans des livres, et n'a jamais mis les pieds au musée avant une sortie scolaire au Brooks Museum de Memphis. Ses camarades de classe se bousculaient et faisaient des grimaces, assommés d'ennui par tous ces tableaux au mur. Jake avait pris son air le plus blasé pour faire comme les autres, mais chaque salle l'avait rempli d'exaltation tandis qu'il tentait de comprendre, toile après toile, ce qui en faisait la beauté. Il aurait pu pleurer. Il avait douze ans, et il était enfin chez lui.

« Quelle œuvre a été pour vous le déclencheur ? » lui demanda un journaliste d'*Artforum* des années plus tard.

C'était facile : Margaret Keane, *Waiting*, 1962, superbe tableau plein d'indigos et de bleus. Une femme, encadrée par des volets violets et des rideaux blancs, se penche à une fenêtre ouverte. Derrière elle, la maison est plongée dans l'obscurité, mais dehors il fait jour. Ses cheveux bruns sont coiffés en chignon mais lâches sur les côtés. Tous ces cadres : les cheveux, les rideaux, les volets, la fenêtre. Elle est prise au piège. Fatiguée. Mais pourquoi se tient-elle à la fenêtre avec cet air triste ? Qu'attend-elle ?

Ce tableau lui avait rappelé sa mère. Elle était souvent triste, et exténuée, belle d'une façon qui échappait sans doute à son mari. Jake avait appris ce jour-là que chaque tableau raconte deux histoires : celle que vous offre le peintre, et celle que l'on calque dessus. Les deux sont valables, aussi vraies l'une que l'autre.

Bien sûr, cela ne s'applique qu'à *l'art* véritable. Ce qui est accroché sous les yeux de Jake dans la galerie d'Asheville n'en est pas. La galerie n'en est même pas vraiment une, et, dans son manteau de velours il se sent bête, trop habillé. La première chose qui l'agace, c'est le sol en moquette bouclée, le modèle sombre et sans âme dont on habille les salles de classe des écoles primaires. On retrouve la même aux soirées dégustation de vin, la couleur étant choisie pour que les taches passent inaperçues. La seconde, c'est la lumière aveuglante. Cela donne aux ombres des formes bizarres qui dénaturent les tableaux exposés. Et puis il y a les murs eux-mêmes, tellement surchargés que Jake ne sait pas quoi regarder en premier.

La première salle est un caprice floral, avec des tulipes en pots et des roses dans un vase. Les fleurs ne sont même pas intéressantes. Rien ici qui rappelle Dalí ou O'Keeffe mais de simples arrangements, des natures mortes qu'on dirait sorties des demeures les plus ordinaires d'Amérique. Ces toiles ressemblent à de mauvaises photos reproduites avec des pastels, ce qu'elles sont peut-être bien.

La deuxième salle est consacrée aux paysages. L'un d'entre eux attire son regard, un tronc enjambant une rivière selon un angle qui fait presque plonger le visiteur dans le tableau. La composition lui plaît, mais tout le reste est franchement mauvais : des prairies, des fleuves, une vallée au milieu d'une forêt et la lumière filtrant à travers les arbres. Pourquoi faut-il toujours, dans les tableaux, que la lumière perce à travers des branches ou des nuages ? Ennuyeux, ennuyeux, ennuyeux.

Par curiosité, il jette un œil aux prix. La plus grande toile – une marine, 90 × 120 – vaut deux mille dollars. Un tableau pareil, dans la galerie de Frank, coûte au moins cinquante fois plus cher. Mais une toile de ces dimensions demanderait des semaines de travail à Jake. Cette marine a dû être peinte en un jour.

Il s'est donné du mal pour venir : il a loué une voiture car Thad a refusé de lui prêter la sienne, et fait une heure de route pour retourner à Asheville, où il a fini par retrouver ce qu'il avait pris pour une galerie mais qui relève plutôt de l'espace associatif. À l'entrée, il est tombé sur une femme en train d'installer sa propre exposition. Il lui a demandé où il pouvait trouver Marco, et elle a tendu le bras vers le fond, passé le délire de fleurs et les paysages.

La salle suivante est consacrée à la photo. Les tirages sont en sépia, pour la plupart, et la personne derrière l'objectif a visiblement un gros faible pour la règle des tiers. Il y a les inévitables couchers de soleil sur la plage. Les enfants jouant au ballon. Une souris perchée sur le front d'un chat. Rien de plus que des affiches de développement personnel, le slogan en moins.

Jake poursuit sa visite. Les salles en enfilade, typiques des maisons du XIXe siècle, ont été adaptées aux besoins du commerce, et l'exposition de Marco se trouve tout au bout. L'heure est à l'accrochage, mais ce n'est pas son ex qui est au centre de la pièce. C'est Amelia, entourée de cartons et de matériel d'emballage. Elle a entre les mains une petite toile encadrée, celle d'un faucon qui tient un serpent dans ses serres. Quand elle aperçoit Jake, elle pose le tableau par terre avec le soin excessif de celle qui s'est déjà fait enguirlander pour son manque de soin. Contre le mur derrière elle, une mouette à l'air grincheux les observe, le bec tacheté de pourpre, les ailes déployées, prête à l'envol.

« Je n'ai jamais eu aucune chance avec toi », dit-elle.

Jake recule d'un pas. « Je suis gay, Amelia.

– C'est aussi ce que m'a dit Marco le jour où on s'est rencontrés. »

Elle est si jeune. Sexuellement, Marco lui apprendra tout ce qu'il sait, et une fois qu'elle maîtrisera le sujet et sera amoureuse de lui, il la quittera. Jake est bien placé pour le savoir parce qu'il est passé par là. Amelia est la nouvelle Jake.

Partout dans la salle, des oiseaux le dévisagent : cardinaux, geais, un couple de canards naviguant sur un étang. Et tous apparaissent comme de pâles copies d'Audubon.

Amelia s'assoit pour emballer le tableau du faucon avec du papier fin, d'un gris de papier journal, sans aucun rapport avec celui qu'utilisent les assistants de Frank.

« C'est du papier neutre ? » demande Jake.

Amelia lève la tête. « Tu as rendez-vous avec Marco ?

– Non. »

Elle glisse la toile emballée dans un carton à tableaux. Celui-ci déborde de papier roulé en boule et elle force pour le faire entrer. Puis, avec du Scotch, elle ferme le carton. Déconseillé. Mauvais pour le tableau et pour le cadre.

« Tu le trouveras au fond, dit Amelia. Mais je te préviens, il est hyper stressé. Mel veut que tout soit accroché à midi, même si on est dimanche et que le dimanche il n'y a jamais personne avant quatorze heures.

– Mel ?

– Mel Gleason. Le propriétaire de la galerie. Il faut qu'on te le présente, c'est le meilleur. »

Jake n'a pas la patience de lui expliquer le gouffre qui sépare ce monde du sien. D'autant que toute explication le ferait inévitablement passer pour un connard.

« Ça fait combien de temps que Marco peint des oiseaux ?

– Il en peignait déjà quand on s'est rencontrés », répond la jeune femme tout en décrochant un rouge-gorge. Elle est par terre, encore du papier, encore des cartons et du Scotch. « Ça se vend mieux que tout ce qu'il a fait jusqu'ici, alors c'est le thème de toutes ses expos en ce moment, les oiseaux. »

Jake imagine le recueil de poésie imaginaire de Thad et se demande quel volatile irait le mieux en couverture.

« Les touristes adorent, poursuit Amelia. Les gens du coin aussi. Il y a un jeune de dix-sept ans qui n'arrête pas de nous inviter à dîner pour qu'on voie comment il les a accrochés chez lui, mais Marco décline à chaque fois. Il dit qu'il y a un pont entre un peintre et un client qu'il ne faut jamais traverser. »

Jake n'aurait pas dû venir ici. Il voulait voir les nouvelles œuvres de Marco, voir s'il avait évolué, mais de toute évidence il n'en est rien. Il ferait mieux de partir.

« Tu n'as pas l'air impressionné, lâche la jeune femme. Ça te rappelle Audubon, c'est ça ? Tu te dis que Marco l'a plagié. »

Jake regarde les toiles aux murs et Amelia se lève. « Tu vois, Audubon non plus ne travaillait pas sur modèle vivant. Il travaillait avec des taxidermies, et ses tableaux étaient des peintures de *sculptures* d'oiseaux. Ceux de Marco sont des *peintures de peintures* de sculptures d'oiseaux. Trois variations de l'animal en quelque sorte. Comment Marco appelle ça ? Un *méta-commentaire.* En imitant Audubon, il commente son style. »

Jake est obligé de détourner le regard pour ne pas éclater de rire. Il ne sait pas trop si son raisonnement tient davantage d'un mauvais essai d'étudiant de premier cycle en histoire de l'art ou des fausses excuses de Frank lorsqu'il veut décrocher un tableau. Mais ce qui est sûr, c'est que ces jolis oiseaux plaisent et se vendent.

« Tu devrais voir ses dernières toiles, continue Amelia. Marco se diversifie, maintenant ses oiseaux vont par deux. Sur certains, il y a même des poussins. Mes préférés, ce sont les geais bleus qui tiennent un ver de terre dans leur bec. Ils sont quelque part par là. Je crois qu'ils seraient parfaits pour le livre de Thad.

– Il n'y a pas de livre. »

Amelia croise les bras, l'air de ne pas comprendre.

« Thad et moi on s'est disputés, dit-il.

– Je vois.

– Et Marco et toi, vous vous êtes retrouvés sous nos tirs croisés. Le livre inventé en faisait partie. Enfin, Thad écrit vraiment des poèmes, mais il a très peu publié jusqu'ici. Et puis les oiseaux, c'est surtout la spécialité de sa mère. S'il écrit un livre un jour, je ne crois pas que ce sera le sujet.

– Ça parlera de quoi, alors ?

– J'en sais foutrement rien. » Ça lui fait mal de le dire, parce que c'est la vérité.

« Et ses poèmes, ils traitent de quoi ? »

Jake devrait pouvoir répondre, mais il est soudain incapable de se souvenir du sujet d'un seul poème de Thad. Aucune image, aucun titre, aucun vers marquant ne lui revient en mémoire.

« Ils doivent être mauvais, lâche Amelia.

– Pourquoi tu dis ça ?

– Un bon poème, ça ne s'oublie pas facilement. »

Ça ne peut pas être vrai. Thad écrit de bons poèmes qui ont été publiés dans des magazines. Enfin, pas vraiment des magazines, plutôt des revues littéraires, des publications trimestrielles. Dont une dans le Montana. Thad en était fier, de celle-là. Mais si ses poèmes sont si bons, pourquoi Jake n'arrive-t-il pas à se souvenir d'un seul d'entre eux ? Merde. Thad serait-il un poète de merde, ou est-ce que c'est Jake qui est un petit ami de merde ?

Il n'arrive pas à trancher, et de toute façon ce n'est pas le moment, car Marco vient d'arriver.

« Salut, Jacob », dit-il. Il a les yeux qui brillent et les cheveux en bataille. Il porte des vêtements adaptés au démontage et à l'installation d'une exposition – short taché de peinture et vieux T-shirt, dont le col est tellement étiré qu'il découvre son torse. Marco demande à Amelia de leur accorder une minute et, se hissant sur la pointe des pieds, elle l'embrasse sur la joue. Puis serre Jake dans ses bras.

« C'était chouette de passer un peu de temps avec une célébrité », lui lance-t-elle.

Jake veut se récrier, mais avant qu'il puisse dire un mot, Amelia passe la main sur la manche de son manteau, faisant foncer puis briller le velours sous la lumière crue des spots de la galerie.

« Tu crois qu'on ne sait pas faire la différence entre ce

qu'on a ici et ce que tu as à New York, dit-elle. Mais tu te trompes.

– Amelia », dit Marco.

Jake en reste sans voix. Il l'a sous-estimée. Il les a sous-estimés tous les deux.

« J'ai une question, reprend la jeune femme. Ton petit ami, il assiste à tes vernissages ? »

Oui. Il s'habille pour l'occasion et sait toujours quoi dire à Frank, ou à un acheteur, ou à un peintre que Jake admire. Thad est toujours là, et il le taquine toujours gentiment à propos de son manteau.

« Il n'en manque aucun, répond Jake.

– C'est ce que je pensais, dit Amelia. Il a l'air vraiment très gentil. »

Et elle tourne les talons.

« Désolé, dit Marco. Elle est bizarre, aujourd'hui. »

Il fait le tour de la salle et, avec beaucoup moins de précautions qu'Amelia, décroche cinq tableaux du mur. Le bruit des cadres qui s'entrechoquent fait grimacer Jake. Marco entasse les toiles par terre et, à genoux, ouvre un carton non étiqueté avant d'emballer ses œuvres à la va-vite, sans cérémonie.

« Tu aurais pu appeler, lâche-t-il.

– Je me suis dit que si je le faisais, tu me dirais de ne pas venir. »

L'oiseau dans les mains de Marco, Jake pense qu'il s'agit d'une spatule rosée – plumes roses, bec en forme de louche. Cinq minutes plus tôt, il voulait se débarrasser de ces gens au plus vite et déguerpir, mais en voyant Marco à genoux emballer ses oiseaux, il ressent soudain une bouffée d'affection, pressante et intense.

« Je peux te donner un coup de main si tu veux, reprend-il. J'ai vu tes anciennes toiles, l'abattoir, les cochons. Tu as du talent, mais ici tu le gâches. Si tu revenais…

– Va te faire foutre. »

Marco pose le cadre par terre, puis se lève et va à l'autre bout de la salle. Il reste trois tableaux au mur, qu'il décroche tous. « J'ai du talent ? Espèce de petit connard arrogant. Tu crois que je ne le sais pas ? Tu crois que j'ai attendu cinq ans que Jacob Percival Russell vienne me le dire ?

– Je voulais seulement…

– Voilà comment ça va finir, Jake. Un jour tu vas faire une mauvaise expo. Peut-être pas la prochaine, ni la suivante, mais un jour un critique décidera qu'il t'a assez vu. *Son œuvre est devenue banale*, écrira-t-on, *il se parodie lui-même.* Un autre critique se fera l'écho du premier, jusqu'à ce qu'ils tombent tous d'accord et que tu deviennes de l'histoire ancienne. »

Marco reprend le cadre par terre, l'emballe et le fourre dans le carton.

« Dans le meilleur des cas ? Quand tu auras soixante-dix balais, quelqu'un écrira un article dans le *Times* sur les artistes tombés dans l'oubli. L'un de ces noms retrouvera la lumière, et si c'est le tien, ton travail recommencera à se vendre. Mais ne soyons pas naïfs, on sait très bien que ce ne sera pas toi. Parce que ce n'est pas l'art qui compte ici, mais l'artiste. Et toi, qu'est-ce que tu es ? Tu es un homme blanc, cisgenre et bourgeois. Tu ne corresponds pas à ce que recherche le monde de l'art en ce moment, et dans cinquante ans on aura encore moins besoin de toi. »

Marco emballe les trois derniers tableaux. À court de

cartons, il pose les toiles contre le mur, sans un regard pour Jake. Il en a trop dit, ou peut-être pas assez.

« Demande à Frank de te montrer la liste de ses clients, un de ces quatre, poursuit-il. Et demande aussi à voir celle des trente dernières années. Tu verras tellement de noms qui ne te disent rien que tu comprendras à quel point ce milieu est sans pitié. Peut-être alors songeras-tu qu'il n'y a rien de si extraordinaire dans le fait de choisir une ville où l'on se plaît, à s'y installer, et à peindre des tableaux qui se vendent. Parce que, crois-moi, dans vingt ans, quand tu seras fauché, quand tu ne sauras pas où aller et que les gens feront des blagues sur le fait que Jake Russell sonne comme le nom d'une race de clébards, moi je serai toujours là, heureux, à peindre des oiseaux. »

Marco se redresse et le dévisage.

Jake a aimé cet homme. Il l'aime encore. Il a envie de le serrer dans ses bras et en même temps de le frapper.

« Peins-les, tes oiseaux, dit-il. Mais fais de la vraie peinture aussi.

– *De la vraie peinture.*

– C'est pas ce que je voulais…

– T'inquiète. C'est plus fort que toi, tu es comme ça. Mais je vais te dire la vérité. J'ai essayé. J'ai vraiment essayé, et je n'arrive plus à peindre comme avant. Le pays rêvé où je vivais à l'âge de vingt ans, je ne le retrouve plus. Je ne m'attends pas à ce que tu comprennes. »

Jake voudrait lui dire qu'il comprend, qu'il n'a pas touché à un pinceau depuis des mois, mais cette honte-là est trop personnelle. Si elle est trop intime pour être partagée avec Thad, elle l'est aussi pour l'être avec Marco.

Celui-ci empile les cartons contre le mur et commence à

ouvrir ceux qui contiennent ses nouvelles toiles. Il déballe un premier tableau et le tend à Jake : un couple de rouges-gorges qui le regardent depuis leur nid. Puis il continue et accroche les toiles au fur et à mesure. Elles sont toutes uniformes, même cadre, même taille, ce qui facilite les choses. Sur un geste de Marco, Jake accroche les rouges-gorges à un crochet.

« C'est vraiment si dur de croire que je suis heureux ? » lui demande son ex.

Oui. Parce que Jake, lui, ne le serait pas à sa place. Il préfère encore suivre l'exemple de Michael et vendre des chaussures. Au moins, son travail serait sincère. Mais ça, cette galerie, ces tableaux au mur, ça n'a rien d'authentique.

« Je croyais que tu aurais changé, poursuit Marco. Quand j'ai repris contact, je croyais qu'on avait tous les deux grandi, mûri. Mais tu restes le même petit garçon en veste noire qui se prend pour un cador. Ça doit te ronger, de savoir que je ne t'envie absolument pas. »

Jake s'approche pour le toucher, mais Marco recule d'un pas. Tout autour d'eux, les oiseaux semblent battre des ailes, prendre vie et gazouiller.

« Regarde-toi. Comment fait Thad pour te supporter, je me le demande vraiment. »

Jake pose une main sur l'épaule de Marco, et celui-ci le laisse faire. Puis Marco fait pareil, pose la main sur l'épaule de Jake. Ils ne se prennent pas dans les bras. Ne le feront plus jamais. Ce sont des lutteurs qui chancellent, épuisés par le combat. Leurs fronts se touchent, et il n'y a pas d'amour dans ce geste. Mais ils restent ainsi longtemps, très longtemps.

25

Le matériel de pêche recouvre entièrement la table de la cuisine. Hameçons et cuillères, flotteurs et appâts, émerillons, plombs et poids. Ce matin, quand Richard a décidé de ranger son matériel, il était loin de se douter qu'il en avait autant. Même après avoir mis la rallonge, il n'y a pas assez de place pour disposer tous les accessoires.

Corbeille à papier près de lui, il jette tout ce qu'il peut. Un appât rose avec une moitié de hameçon. Un leurre cassé. Un *spinnerbait* sans la jupe et les palettes. Incroyable, tout ce qu'on peut accumuler en trente ans. Son père serait écœuré de voir ça. Élevé dans le dénuement, Richard a appris à mépriser le genre de personne qu'il est devenu : élitiste, universitaire, bourgeois – quelqu'un qui possède plus qu'il ne lui en faut et qui, la plupart du temps, ne sait pas apprécier ce qu'il a. Il y a là plus de leurres qu'il n'en utilisera dans cette vie, plus de romans noirs qu'il ne pourra en lire avant sa mort.

Ses fils sont pareils. Chaque Noël, Michael débarque avec le portable dernier cri le plus cher du marché. Alors qu'en parallèle il n'arrive pas à payer ses factures et continue à lui demander de l'argent. Thad, au moins, est économe, son sens de l'accumulation se limite aux livres et aux *comics* qu'il peut se payer. Ces achats sont le fruit d'une passion et Richard espère que cela durera, que les livres rendront Thad heureux toute sa vie. Quand il était petit, son cadet avait du mal à s'en tenir à ce qu'il entreprenait. D'abord, il s'était intéressé au dessin puis au sport, football et baseball. Au lycée, ce fut le théâtre et la musique. Il avait un groupe – comment s'appelait-il, déjà ? Thad était au clavier, le moins indispensable des instruments pour des lycéens répétant dans un garage, et ça n'avait pas raté : au bout d'un an, le groupe s'était passé de ses services.

Richard jette encore quelques leurres rouillés, un hameçon sans son ardillon. Diane le rejoint dans la cuisine et Richard lui fait de la place pour qu'elle puisse poser son assiette – un sandwich qu'elle s'est préparé pour le déjeuner.

« Ils sont beaux », dit-elle en passant le doigt sur les yeux exorbités d'une mouche aux allures de libellule. Durant tous ces étés qu'elle a passés avec eux au bord du lac, elle n'a jamais accompagné Richard lors de ses parties de pêche.

« Où est-ce qu'ils sont tous passés ? » demande-t-il. Lui même a fait la grasse matinée et a été surpris de se réveiller dans une maison à moitié vide.

« Michael est allé à Highlands et Lisa à la messe. Jake est parti tôt, je ne sais pas où, mais Thad n'a pas voulu lui prêter la voiture, je n'ai pas compris pourquoi, et donc il en a loué une. Si vous avez besoin d'aller en ville, vous pouvez peut-être quand même lui demander.

– Pas la peine, dit Richard. Une journée au lac m'ira très bien. »

À la fenêtre, les bateaux ont disparu, le soleil est au

zénith et l'eau lisse comme du verre. C'est la baie telle qu'il l'a toujours connue. Le lac comme il l'aime.

Puis Thad débarque. Le café est froid, alors il se verse ce qu'il reste dans une tasse qu'il met au micro-ondes. Il demande où est passé tout le monde et Diane lui fait le même topo qu'à Richard. Il sirote son café et tripote un leurre argenté, dont la surface est crénelée comme les poignées d'un casse-noisettes.

« Fais attention, mon grand », dit son père, qui s'en veut aussitôt. Depuis le début, il a laissé Diane manipuler ce qu'elle voulait sans faire la moindre remarque. Il tente d'éviter ça, traiter les conjoints de ses enfants avec plus de respect qu'eux, mais il a parfois du mal à s'en empêcher, à cause du comportement de ses fils et de leurs choix discutables. Il les aime comme ils sont, sans conditions, mais il lui est plus difficile de les respecter.

« Je crois que maman a jeté mes *comics*, lâche Thad.

– Mais non. Je suis sûr que tu vas les retrouver, dit Richard. Passe-moi le flotteur, là. »

Thad s'exécute. « Les boîtes étaient en carton blanc et contenaient chacune des centaines d'illustrés. Certains valaient cher, tu sais.

– Eh, dit Richard, j'en ai une bonne. »

Son fils n'est pas complètement stupide, il a bien remarqué que son père tente de faire diversion. Ça n'empêche pas Richard de ressortir de son vieux répertoire des blagues éculées.

« Pourquoi les pêcheurs ne sont pas gros ?

– Aucune idée, dit Diane.

– Parce qu'ils surveillent leur ligne. »

Diane rit de bon cœur, mais Thad la connaissait déjà. Il connaît toutes les blagues de son père.

« Ce groupe de rock dont tu faisais partie, reprend Richard, comment s'appelait-il, déjà ?

– T'étais dans un groupe de rock ? demande Diane.

– Papa utilise l'expression “groupe de rock” dans un sens très libre. Je parlerais plutôt de cinq lycéens enfermés dans un garage. On jouait un peu de Weezer, de Blink-182, pas mal de Green Day. C'était en 2004, alors on connaissait par cœur l'album *American Idiot.*

– Mais le groupe, comment s'appelait-il ? insiste Richard.

– Les Mauvaises Herbes.

– Voilà. C'est ça.

– Tu te souviens du jeu vidéo *La Piste de l'Oregon* ? demande Thad en s'adressant à Diane.

– Évidemment.

– Le nom venait de là. »

Richard est perdu. Il essaie de se rappeler s'il a déjà joué une seule fois à un jeu vidéo.

« On avait aussi des T-shirts, poursuit Thad. Avec le nom du groupe devant et une feuille de cannabis dans le dos. On a fait quelques concerts, des *battles* entre groupes, et à chaque fois on traînait avec nous une boîte de T-shirts sans jamais en vendre un seul. » Il se tourne vers son père. « Peut-être que cette boîte est encore là, elle aussi. Dans le garage avec mes *comics*… »

Une fois la table débarrassée de tout le matériel hors d'usage, Richard range ce qui reste dans les compartiments de sa boîte à leurres.

« Je pense que j'irai à la pêche cet après-midi, annonce-t-il.

– Et moi je vais au Nico's », dit Thad.

Diane ne dit rien, et Richard déteste l'idée qu'elle reste seule ici. Il voudrait bien savoir pourquoi Michael et elle sont en froid. Il aimerait pouvoir faire quelque chose.

« Si tu veux venir avec moi… ? » propose-t-il.

L'invitation ne manque pas de sincérité, mais Diane refuse d'un geste de la main et il se demande si elle a cru que ce n'était que par politesse. À moins qu'elle ait envie de rester seule. Il faut bien avouer qu'il n'a jamais été doué pour faire la conversation…

26

Il n'y a pas de bar digne de ce nom à Highlands, ni même de petit bar, et encore moins de bar sombre et bruyant comme au Texas. Le week-end ou après le boulot, le cul de Michael a réchauffé les tabourets de tous les rades de Dallas et Fort Worth. Il paie toujours en liquide pour que Diane ne puisse rien remarquer sur les relevés de carte bancaire, même si elle s'est déjà étonnée de le voir faire autant de retraits au distributeur.

Il y en avait pourtant un à Highlands l'an dernier. Pas mal, et bon marché. Le Henry's, peut-être ? Ou Harry's ? Quelque chose avec un H ou un W. Le Willy's ? Il ne sait plus. Il a bu de l'eau-de-vie ce matin, avant de partir, et il a du mal à démêler ses pensées.

Il passe devant le Nico's et s'engouffre dans Main Street, trois pâtés de maisons regorgeant de boutiques et de cafés. Il tourne dans une rue adjacente et gare sa Hyundai entre une Mercedes flambant neuve et une majestueuse berline Lincoln. Ils sont riches, les gens du coin. Michael vérifie son portefeuille – il a assez de liquide pour se payer trois verres, peut-être quatre –, puis descend de voiture et cherche le Henry's. Ou le Willy's. N'importe quel troquet fera l'affaire.

Les cloches de l'église sonnent onze heures. Merde, on est dimanche. D'après les lois de l'État de Caroline du Nord, il lui reste une heure à tuer avant de pouvoir s'en jeter un, à condition de trouver un endroit ouvert aujourd'hui. Le sang afflue dans ses mains, son visage, il panique à l'idée de ne pas avoir sa dose d'alcool. C'est pitoyable, et même lui en a conscience.

Il arrêtera de boire, bientôt. Pour l'instant il n'y arrive pas. Comme tous les jours à cette heure-ci, il a les mains qui tremblent. Puis viendront la migraine, les sueurs froides, les crampes abdominales.

Il se hâte sur le trottoir et scrute chaque devanture. Le temps est nuageux, comme si le ciel voulait qu'il pleuve sans que rien ne vienne. La rue n'est pas encore animée, la plupart des gens sont à l'église ou attendent l'ouverture des commerces.

Michael entre dans deux cafés proposant une formule brunch, avec l'idée de boire un mimosa, mais on lui donne chaque fois la même réponse – pas d'alcool avant midi – et il poursuit sa quête. Passe devant la boulangerie, le vieux cinéma Galaxy qui a accueilli au moins cinq commerces différents depuis son enfance. Mais la façade est restée la même, le G manquant sur l'enseigne, les lettres salies par la rouille.

Il longe ensuite la Highlands Gallery, puis revient sur ses pas. La vitrine est grande et ruisselle, lavée de frais. À l'intérieur, des toiles aux couleurs vives sont accrochées aux murs. Il ne sait pas ce qu'elles valent, n'a jamais rien compris à l'art abstrait. En revanche, il aime bien ce que fait Jake. Ses tableaux n'ont peut-être pas de sens, mais au moins les objets qu'il peint ressemblent à quelque chose.

Un jour, Michael lui a demandé ce que signifiait le tableau qu'il avait fait pour la maison du lac et Jake lui avait ri au nez. « Qu'est-ce qu'il signifie ? Et tes chaussures, qu'est-ce qu'elles signifient ? Et le soleil ? » Michael aurait voulu répondre que ces réponses-là coulaient de source. Les chaussures protègent les pieds, le soleil est essentiel à toute vie sur terre. Mais il avait compris la leçon. Quelle que soit sa gentillesse apparente, les cadeaux ou l'argent qu'il distribue autour de lui, son enfance et tout ce qu'il a surmonté, le petit ami de Thad reste un connard.

Et puis Jake n'a jamais été prodigue de son temps ou de ses conseils vis-à-vis de Diane, pas plus qu'il n'a demandé à voir son travail, et sa femme, tout ce temps, a été trop timide pour s'en ouvrir auprès de lui. Jake sait qu'elle sculpte et peint, mais il ne pourrait pas se montrer moins intéressé.

Qu'il aille se faire foutre. Michael a décidé d'être gentil avec Diane. De lui faire un cadeau pour lui signifier qu'il tient à elle et ne veut pas qu'ils se séparent.

La galerie est ouverte et il entre. Il ne sait peut-être pas ce qui est beau, mais il sait ce qui plaît à sa femme.

La pièce principale est vaste et découpée par des murs bas qui ressemblent à des box de bureau, un vrai labyrinthe d'œuvres d'art. Michael entend des voix et découvre un homme et une femme qui discutent. Le premier a un certain âge, les cheveux poivre et sel, un costume gris. La seconde a une quarantaine d'années, d'énormes lunettes en équilibre sur son nez, et une coupe au carré avec une frange jusqu'aux yeux.

L'homme tient un tableau encadré que la femme examine avec grand sérieux. La toile représente une aurore boréale au-dessus d'une chaîne de montagnes et c'est magnifique.

Michael est même abasourdi de voir tant de beauté dans ce lieu. La femme s'approche du tableau jusqu'à ce que son visage n'en soit plus qu'à quelques centimètres, puis elle recule et remonte ses lunettes sur son nez.

« Un original, demande-t-elle, ou… », puis elle ajoute quelque chose qui sonne comme *giclée.*

« C'est une giclée », confirme l'homme.

Ce doit être le propriétaire, ou le curateur, allez savoir comment on appelle la personne qui dirige une galerie. Il porte des lunettes rondes à monture de nickel et ne prête absolument pas attention à Michael. La femme non plus.

Celle-ci scrute la toile encore un moment. Tout dans la posture de l'homme, l'expression de son visage, dit qu'il n'est pas dans son habitude de tenir un tableau pour quelqu'un mais qu'il fait une exception pour cette cliente.

« J'espérais un original, pas une giclée, dit-elle.

– C'est une bonne impression, soutient l'homme. Elle porte le numéro quatre sur cinquante. Une série très limitée. Le seul original est le Reykjavik. »

Michael commençait à se diriger vers la sortie, mais au mot de *Reykjavik* il se retourne. La capitale de l'Islande, où Diane dit toujours qu'elle aimerait aller un jour. Il revient sur ses pas, et voit dans les mains de l'homme une toile qui représente la ville de nuit. Elle est dans des tons gris et verts, un peu fade, un peu bâclée comparée à l'impression.

La femme porte la main à sa joue et se malaxe l'oreille du bout du pouce. « Je préfère la giclée, mais j'aimerais beaucoup avoir un original. Je prendrais bien les deux, sauf que nous n'avons plus beaucoup de place aux murs. Je n'aurais jamais dû faire abattre la cloison de la cuisine. »

Michael rit malgré lui. Les deux autres se retournent.

« Je suis à vous dans un instant », lui dit l'homme.

La femme reporte son attention sur la toile. « Il faut que je réfléchisse. Pourriez-vous me les mettre de côté ?

– Absolument, mais rappelez-vous : pas plus de vingt-quatre heures.

– Bien sûr. Je ne ferai pas deux fois la même erreur. »

C'est seulement quand l'homme a raccroché la toile au mur et lentement raccompagné la femme à la sortie que Michael découvre le tableau qu'il veut. Ce n'est pas l'une des deux toiles que la cliente a fait mettre de côté mais un paysage. Rien de ronflant, ce qui est bien car Diane n'aime pas ça. Elle préfère la discrétion et adorerait cette toile, il en est convaincu. Une route noire entre deux collines verdoyantes, un ciel bleu, pas le moindre nuage.

Il le lui faut. Un tableau ne peut évidemment pas effacer les deux derniers mois, mais c'est quand même quelque chose. Ce tableau signifie : *Je sais que tu mérites mieux, et je ferai davantage d'efforts pour mériter ton amour.*

« Cette œuvre vous intéresse ? »

L'homme est de retour. Sa poche de veston, Michael vient de le remarquer, est garnie d'une pochette jaune, et en comparaison il se sent soudain très mal habillé avec son vieux jean et ses baskets.

« Que vous êtes-vous fait à la tête ? demande l'homme, dont le physique s'accorde parfaitement à son accent anglais.

– Mon cheval, répond Michael, qui fait de son mieux pour parler comme lui. Il a un sacré coup de sabot.

– C'est terrible.

– Rien de bien méchant. Et je me suis vengé comme il faut. »

L'homme écarquille les yeux, et Michael se rapproche du paysage qu'il a repéré.

« C'est l'Islande, là aussi ? » demande-t-il.

L'homme hoche la tête.

« C'est bien ce que je pensais. Mon épouse et moi avons traversé la campagne islandaise cet été, et je suis presque sûr que nous sommes passés devant ces collines. »

Michael s'éclaircit la gorge et voit que l'homme se déride. Peut-être est-il sceptique devant l'accent, l'histoire du cheval, mais il croit en l'argent de Michael et cela lui suffit.

« C'est une belle impression, dit le galeriste. Ma préférée de la série. »

Michael est perdu. Il pensait que le paysage était un tableau. « Ce n'est pas de la peinture ?

– C'est une giclée, le meilleur procédé de reproduction numérique à jet d'encre de haute définition qui soit. Meilleur que la sérigraphie et le laser. »

Michael meurt d'envie de passer le doigt sur la toile, rien que pour sentir. « Ce n'est donc pas de la peinture ?

– C'est de l'encre, mais à base de pigment. Pas de colorant. Et résistant à la lumière, garanti cinquante ans sans se ternir. C'est même mieux que de la peinture, à vrai dire. Ça ne s'écaille pas, ne craquelle pas, ne crevasse pas. Savez-vous que certains insectes sont connus pour ronger la peinture ?

– Sauf que l'artiste n'a pas peint ce tableau, dit Michael.

– L'artiste a peint ce paysage, si.

– Mais pas celui-là. »

L'homme semble s'agacer. Combien de fois par semaine a-t-il ce genre de conversation pour tenter de faire valoir les œuvres qu'il vend ?

« L'artiste n'a pas peint celui-là précisément, confirme-t-il, mais il l'a signé et numéroté.

– Avec le genre de peinture que les insectes rongent ? »

L'homme examine ses Richelieu, et soudain Michael comprend : il sera le personnage principal de l'histoire que ce type racontera à sa femme ce soir-là au dîner. Puis l'homme à l'accent anglais bidon et au pansement sur la tête deviendra un sujet de plaisanterie pour égayer les soirées avec leurs amis.

« Vous parliez d'un original ? demande-t-il.

– Il n'y en a qu'un dans toute la série. Il s'agit du paysage de Reykjavik. »

Michael s'approche du second tableau mis de côté par la cliente précédente et l'observe de plus près. À son étonnement, Reykjavik a autant l'air d'une capitale qu'Ithaca, la ville où il a grandi. Les bâtiments sont compacts, petits, et une église en béton s'élève au-dessus du reste. Il préfère de loin le paysage lumineux, et il est sûr que sa femme serait de son avis, mais il n'arrive pas à se faire à l'idée que l'encre de cette toile a été crachée par une machine sophistiquée. Non, ce cadeau, pour marquer le coup, doit être authentique.

Il s'approche encore plus près, mais l'homme lui demande de reculer. C'est de la vraie peinture sur celui-là, pas de doute, la bonne texture, en couche épaisse. Un poil de pinceau s'est même logé au bord d'un bâtiment. Michael obéit tandis que l'homme sort un mouchoir de sa poche revolver pour se moucher.

« Combien ? demande-t-il.

– Pardon ? » fait le type en remettant son mouchoir dans

sa poche, et Michael se dit qu'il doit mal s'y prendre. Il n'a encore jamais acheté d'œuvre d'art.

« La toile. Combien coûte-t-elle ?

– Comme elle est numérotée et signée, elle vaut six mille dollars. »

Michael recule encore d'un pas. Il ne s'attendait pas à ça, le tableau n'est pas plus grand que le couvercle d'une boîte à chaussures. « Six mille ? Pour ça ?

– Oui, monsieur, mais comme vous l'avez peut-être entendu, celle-ci a été mise de côté pour l'une de nos meilleures clientes. Je ne peux pas la vendre avant vingt-quatre heures. »

Il lance à Michael un regard qui signifie : *Tu n'as pas un rond, tire-toi d'ici*, ce qui le fait aussitôt enrager. Évidemment, il a mal géré son argent. Évidemment, il risque la saisie et le surendettement. Mais ce ne sont pas des choses que ce snobinard peut deviner d'un simple coup d'œil. Michael pourrait très bien être riche. S'il avait été un peu plus malin. Si à cause de lui tout leur argent ne passait pas dans le remboursement de leur prêt immobilier. S'il s'était mieux renseigné à l'époque sur le fonctionnement des taux d'intérêt, des cartes de crédit et des prêts évolutifs.

« Je vous en donne sept mille », dit-il.

Le galeriste hausse les sourcils. « Je regrette, monsieur, mais Mrs Lynn est l'une de nos meilleures…

– Huit mille. »

L'homme éclate de rire. « C'est extrêmement généreux, mais je crains que…

– Neuf, dit Michael. Je n'irai pas au-delà, car ce tableau est déjà largement surestimé. »

Surestimé. Il n'a jamais utilisé ce mot, mais il l'a entendu dans la bouche de Jake. Le galeriste tend la main vers le tableau, puis la laisse retomber le long de son corps.

« Vous êtes dur en affaires », dit Michael.

Il a laissé tomber son accent bidon. Il s'en fout, il a fait ravaler sa suffisance à ce connard.

« Alors douze mille, continue-t-il, et c'est mon dernier mot. C'est le double de ce que ça vaut. Je pourrai même vous faire deux chèques si vous voulez. Six mille au nom de la galerie, six mille à votre nom. »

Le type évite son regard.

« Ou à une association caritative de votre choix, lâche Michael en se disant que ça sonne comme le genre de trucs que disent les riches.

– Si seulement c'était possible, fait le galeriste. Nous pourrions utiliser cet argent à bon escient.

– Alors prenez-le. »

L'homme ferme les yeux, et ce n'est qu'au moment où il les rouvre que Michael sait qu'il a gagné. Il regarde le type décrocher la toile, puis le suit jusqu'au comptoir près de l'entrée.

« Une dernière chose, dit-il. Il faut que vous la préveniez.

– Prévenir… qui ?

– La cliente qui a fait mettre la toile de côté. Appelez Mrs Lynn.

– Je ne crois pas que ce sera nécessaire. » L'homme est agité, en nage. Il tire de nouveau son mouchoir de sa poche et se tapote le front. « Rien ne dit qu'elle veuille de cette toile, au final. Il n'y a pas de raison de la contrarier…

– Je ne peux en toute bonne conscience conclure ce marché avant d'être sûr que l'accord précédent a été rompu, dit Michael. Je ne peux accepter une transaction avec quelqu'un de malhonnête. »

L'homme rit de nouveau, mais Michael est très sérieux.

Les cloches de l'église sonnent dehors : il est midi. Derrière le comptoir, il y a un téléphone fixe à côté d'une soucoupe pleine de bonbons. Michael en prend un et le glisse dans sa bouche avant de jeter le papier d'emballage par terre.

« Je ne vois vraiment pas en quoi c'est nécessaire, insiste le galeriste.

– Je vous ai fait part de mes conditions. » Michael a la gorge qui brûle. À cette heure-ci, en général, il s'est déjà enfilé au moins un verre.

L'homme sort d'un tiroir un petit carnet d'adresses en cuir. Il feuillette quelques pages, puis décroche le combiné, mais il ne compose pas le numéro. Il regarde Michael, qui n'arrive pas à savoir si celui-ci a peur ou pitié de lui, s'il le prend pour un excentrique ou un cinglé. Mais le type veut cet argent. Ça, Michael en est sûr.

« Décidez-vous », dit-il.

L'homme hésite, puis fait le numéro

La suite est dure à écouter. Au téléphone, le galeriste annonce à sa cliente que la toile n'est plus à elle. Cette nouvelle n'est pas bien accueillie, et l'homme reste un moment au téléphone, promettant à la femme qu'elle reste sa cliente préférée. Après avoir raccroché, il est tout pâle. Il s'éponge une nouvelle fois le front et fuit le regard de Michael.

« La toile est à vous », dit-il.

Sur le comptoir à côté du bol de bonbons, Reykjavik jette des reflets argentés dans le ciel nocturne.

« Je regrette, dit Michael. J'ai changé d'avis. »

27

« Highlands Comics & Collectors » ne ressemble pas à l'idée que s'en faisait Lisa. Elle s'attendait à une grotte sombre, humide et tapissée de toiles d'araignée. À l'atmosphère d'une librairie d'occasion – moisissure et poussière, pages de livre jaunies par le temps. À des adolescents binoclards affublés d'appareils dentaires. Mais à la place elle découvre une femme qui n'a même pas trente ans en T-shirt Supergirl bleu et rouge. Ses cheveux bruns lui arrivent en bas du dos, comme Lisa à la fac, mais les siens sont rehaussés de mèches violettes et roses. Elle lit un *Superman* derrière la caisse. Sous le comptoir, une vitrine expose des rangées de *comics* et de figurines.

Le reste de la boutique est propre, bien rangé, et le visiteur est assailli de couleurs. Les marchandises remplissent chaque coin de la pièce et sont accrochées partout sur les murs : sculptures et posters, capes et déguisements. Des tables couvertes de boîtes étroites forment un îlot au centre du magasin. Celles-ci débordent d'illustrés, tous emballés dans des pochettes scellées pour les protéger.

Lisa ne sait pas si Thad collectionne toujours les *comics*, s'il veut récupérer ses vieux numéros pour les relire ou simplement pour les souvenirs qu'ils lui évoquent. Elle ne connaît pas son cadet aussi bien qu'avant, et elle le déplore. Les parents ne sont pas censés avoir un enfant préféré, mais si c'était le cas, alors ce serait Thad.

Pendant des années, elle n'était pas arrivée à le faire lire. Elle avait essayé la science-fiction, les westerns, les polars de Richard, les biographies, et même les magazines de supermarché. Elle-même était une grande lectrice et ne comprenait pas qu'il n'en aille pas de même avec son fils. Elle avait finalement tenté de l'amadouer en glissant des *comics* dans son sac à dos et sous la porte de sa chambre. *Batman*, *Les Quatre Fantastiques*, *Hulk*... Mais rien ne marchait. Jusqu'au jour où elle lui fit découvrir la série des *X-Men*.

Avec le recul, c'était le *comic* parfait. Une équipe de mutants dont les pouvoirs se manifestaient spontanément à la puberté ? Contrairement à d'autres super-héros, les X-Men étaient des incompris, craints et haïs pour ce qu'ils étaient autant que pour les circonstances de leur naissance. La métaphore n'était pas très subtile, mais Thad les dévora pendant toutes ses années de collège, puis de lycée, où il se sentit assez à l'aise pour faire son coming-out.

C'est une grand-tante qui lui avait offert un recueil de poésie comme cadeau pour son diplôme de fin d'études secondaires. Tout au long de ces années où Lisa l'avait encouragé à lire, elle n'avait jamais eu l'idée de lui proposer de la poésie. Qui aurait pu imaginer que ce garçon qui détestait lire finirait par devenir poète ? Quand il rentrait de l'université, Thad empilait ses livres partout dans la maison, de fins volumes signés par des auteurs dont elle n'avait jamais entendu le nom. Elle tentait de les parcourir, pour avoir un sujet de conversation avec son fils, mais trouvait ces recueils impénétrables pour la plupart, leurs poèmes déroutants, sombres et désespérants. Elle espérait qu'ils ne contribuaient pas à l'aggravation de sa dépression. Et l'espère encore aujourd'hui. Son garçon est doté d'une intelligence supérieure, il lui manque simplement la détermination qui va avec. Elle sait qu'il écrit. Elle le voit griffonner dans un carnet de notes de temps à autre. Mais il ne lui a jamais montré son travail, et elle a peur de lui demander. Ce serait trop blessant qu'il refuse.

La femme à la caisse glisse un numéro de *Spider-Man* dans une pochette. Thad aussi faisait ça, lisait chaque *comic* avec soin puis l'emballait, y glissait un dos cartonné et fermait la pochette avec du Scotch. Qu'est-ce qui a bien pu passer par la tête de Lisa, même dans sa précipitation à nettoyer la maison ? Comment a-t-elle pu jeter ses *X-Men* ?

La femme recule d'un pas derrière la caisse. « Je peux vous renseigner ?

– Je cherche des *comics*, mais je ne suis pas sûre de savoir précisément lesquels.

– Ce n'est pas grave. Je m'appelle Maya et je suis là pour vous aider. »

Dans la vitrine d'exposition, trois monstres sont allongés l'un à côté de l'autre. Trois exemplaires de la même limace de *La Guerre des étoiles*, celle que la princesse Leia étrangle de ses chaînes. Pour une raison qui échappe à Lisa, chacune est étiquetée à un prix différent.

« Je viens pour mon fils, explique-t-elle.

– Quel âge a-t-il ? » La vendeuse a des ongles rouges et bleus assortis à son T-shirt, les deux couleurs alternant sur chaque doigt. Elle les tapote sur le verre de la vitrine, au-dessus des grosses limaces.

« Il a trente ans et il aime bien les *X-Men*. Enfin, il les aimait bien quand il était plus jeune. Aujourd'hui je ne sais pas si c'est encore le cas.

– Je suis sûre que oui, dit Maya. Les fans de *X-Men* sont des inconditionnels.

– En fait, ce qui s'est passé, c'est que j'ai jeté tous ses vieux *comics.* »

Maya éclate de rire. Puis regarde Lisa et se calme aussitôt. « Attendez, vous êtes sérieuse ? »

Dehors, une voiture klaxonne. Sur le trottoir d'en face, des gens font la queue devant une pizzeria réputée.

« Excusez-moi, dit la jeune femme. J'en ai pour une seconde. »

Elle traverse la boutique en courant, disparaît au fond derrière un rideau, et revient avec un autre employé. Il porte un T-shirt Superman trop moulant et pas aussi seyant que sur Maya, mais il est plutôt mignon avec ses grands yeux sombres. Il a une vingtaine d'années, il est noir et porte une coupe afro.

« Je vous présente Ken, dit la jeune femme. Vous voulez bien lui répéter ce que vous venez de me dire ? »

Lisa n'est pas très à l'aise. « J'ai jeté les vieux *comics* de mon fils. »

Ken se couvre la bouche, et son effroi n'est pas feint. Il est horrifié.

« Oh, merde, dit-il. Combien ? »

Lisa fait un geste en direction des tables au centre de la boutique. Il y a là deux types de boîtes différents, et elle reconnaît la taille de celles qu'elle a traînées sur le trottoir. « Les petites, là. Combien de volumes contiennent-elles ?

– Trois cents, dit Ken. Peut-être quatre cents.

– Trois ou quatre cents, alors, dit Lisa.

– Putain, lâche Ken. Ne bougez pas. »

Il se dirige vers l'arrière-boutique, puis revient avec un troisième employé. Ce qui soulève la question suivante : combien de personnes une petite boutique de *comics* peut-elle se permettre d'embaucher ?

Ce type-là est plus vieux que les deux autres – cinquante ans, peut-être. Il a une épaisse barbe grise, et au lieu d'un T-shirt Superman il porte une chemise hawaïenne. Un poisson rouge en caoutchouc est suspendu à sa ceinture et lui arrive à hauteur de genou.

« Désolé, dit Ken. Juste une dernière fois. »

Mais Lisa ne veut plus jouer à ce petit jeu. Si on la force à répéter, elle va se mettre à pleurer. Et le type en chemise hawaïenne doit le sentir, parce que très vite il la conduit dans l'arrière-boutique, derrière le rideau, où il l'invite à s'asseoir sur une chaise pliante et lui propose du thé.

« Je suis vraiment désolé », dit-il.

La chaise est face à une table de jeu sur laquelle il pose une tasse fumante. Les feuilles de thé flottent dans un infuseur en forme de logo Batman, les ailes de la chauve-souris accrochées au bord.

« Moi aussi, dit Maya. C'est juste que ça fait des années qu'on attend ce jour. La mère qui balance les *comics* de son fils. Le cas d'école. Vous êtes une légende.

– L'équivalent maternel de la carte Pikachu Illustrator 98 », complète Ken.

Le plus vieux des trois, qui est le propriétaire de la boutique et s'appelle Matthew, se racle la gorge. « Ce qu'ils veulent dire, c'est que nous sommes contents de faire votre connaissance. Nous n'avons jamais eu l'occasion de reconstituer une collection. Or c'est un peu le Graal, dans notre métier. »

Ils se joignent à elle, approchent des chaises de la table, qui est recouverte de cartes à jouer. Sauf que les cartes ne sont ni des rois ni des reines, mais des créatures. Sous chacune d'elles, il y a des chiffres, comme des statistiques sportives, mais celles-ci sont indéchiffrables.

« Vous avez choisi le bon jour pour venir, dit Maya. On ne fait l'inventaire que deux à trois fois par an, c'est pour ça qu'on est là tous les trois aujourd'hui. »

L'arrière-boutique ressemble pour le coup à ce qu'imaginait Lisa : mal éclairée, avec du lino qui colle bizarrement à ses chaussures. Partout, des piles d'illustrés emballés dans des pochettes plastiques, et partout ces mêmes boîtes blanches – certaines pleines et d'autres à moitié vides, avec ou sans couvercle.

Lisa sirote son thé, qui est trop chaud et trop léger. L'infuseur Batman cliquette contre ses dents.

« Alors, dit Ken, de quels titres parle-t-on ?

– *X-Men*, dit Lisa. Tous.

– Facile. Quelles années ?

– Environ de l'an 2000 à 2010, mais seulement les numéros de l'été. Le reste, il l'a chez lui à New York. »

Matthew scrute le plafond. « Ça veut dire Whedon, Casey, Austen, Claremont, Brubaker et… Fraction.

– N'oublie pas Grant Morrison », lui lance Ken.

Maya prend une carte, examine les statistiques et la repose sur la table. « Grant Morrison a tout foutu en l'air.

– Qu'est-ce que tu racontes ? dit Ken. Grant Morrison est incroyable.

– Avec lui, Magneto a fait semblant d'être chinois pendant deux ans ! Imagine que tu sois un lecteur chinois. Tu te dis : *Cool ! Un X-Man chinois !* Sauf qu'en réalité c'était Magneto depuis le début.

– C'était…

– Raciste, dit Maya. C'est le mot que tu cherches : raciste. »

Ken secoue la tête. « Tu vas vraiment me faire la leçon sur la question raciale ?

– Et toi, tu vas vraiment expliquer ce qu'est l'identité à une femme ?

– C'est bon, on a compris », les coupe Matthew. Il se tourne vers Lisa, l'implorant du regard de les excuser.

« Ne vous en faites pas, dit-elle. Je comprends, je travaille à Cornell. »

Lisa essaie de rester à la page. Elle est de gauche, progressiste, féministe, mais la langue qui n'arrête pas de changer, bon sang… C'est déroutant de se faire traiter d'*intolérante* par un thésard pour avoir appris trop tard le sens du mot *non binaire*. Elle aime bien cette génération, vraiment. Elle admire sa compassion, son désir d'inclusion, de justice sociale, d'égalité des droits. N'empêche, ils pourraient faire preuve d'un peu plus de patience, montrer davantage de respect envers ceux qui étaient là avant eux. Ils n'étaient même pas encore nés qu'elle défilait déjà dans les manifs. Ses étudiants lui manqueront mais pas les donneurs de leçon, ceux qui sont persuadés d'avoir tout compris à vingt-deux ans.

Ken et Maya ne sont pas comme ça. Ils sont véritablement passionnés par l'art qu'ils défendent, et c'est autre chose que de rabaisser quelqu'un qui ne connaît pas le sens d'un mot. À voir sa tête, Lisa n'est pas sûre que Matthew apprécie leurs petites prises de bec, mais il s'en accommode. Il décroche le poisson en caoutchouc de sa ceinture et le pose sur ses genoux.

« C'est un ami qui les fabrique, explique-t-il. Je suis sûr que bientôt ça va faire un malheur. »

Ken et Maya se regardent et oublient aussitôt leur différend, se retenant visiblement d'éclater de rire au nez de leur patron.

Celui-ci se lève, et ils le suivent jusqu'aux boîtes au centre de la boutique.

« Ça prendra du temps, dit-il, mais je crois que je peux reconstituer la collection de votre fils. L'ennui, ce sont les dates. Celles qui figurent en couverture sur les numéros Marvel ne correspondent pas toujours à la date de sortie réelle. Il peut y avoir marqué août sur un numéro du mois de juin.

– J'achèterai les numéros de juin à septembre, alors, dit Lisa. Par sécurité.

– On parle de quatre cents numéros, là. Et certains peuvent avoir de la valeur. Je vous ferai une ristourne puisque vous les achetez en lots, mais ça risque de chiffrer à plus de mille dollars. À supposer qu'on trouve tous les numéros, ce qui n'est pas certain.

– Tout ce que vous trouverez, je le prendrai. Et il faudra les réemballer. Pas d'étiquette. Pas de prix sur la couverture. Je veux qu'il croie que ce sont les siens.

– Vous êtes une super-maman », dit Maya.

Lisa aimerait s'en convaincre. Mais si elle était vraiment

une super mère, Thad serait-il si inadapté à la société et si triste ? Elle n'est pas stupide, elle connaît les mécanismes de la dépression, l'emprise de la nature sur l'éducation, mais en tant que mère, il est difficile de croire qu'on n'est pas responsable du chagrin de son enfant. Les *comics* ne guériront pas Thad de sa dépression, bien sûr, mais ils le rendront peut-être heureux le temps d'une journée, ou de plusieurs, et pour Thad, quelques jours de bonheur c'est beaucoup.

« Très bien », dit Matthew. Il se tourne vers ses employés avec le sérieux d'un entraîneur qui galvanise ses joueurs un jour de finale. « Maya, tu t'occupes de *X-Force*, *X-Factor*, *Excalibur* et *Generation X*. Et pour toi Ken, ce sera *Wolverine*, *Cable*, *X-Man* et *Deadpool*. » Une pause. « Votre fils collectionnait *Deadpool* ? » demande-t-il à Lisa.

Pour tous les pics à bec ivoire du monde, elle serait bien incapable de répondre. « *Deadpool*, ça fait partie des *X-Men* ?

– Ça se discute, dit Ken, mais c'est dans la ligne.

– Je ne comprends pas ce que ça veut dire.

– Par sécurité, mieux vaut les acheter aussi, dit Matthew. Je m'occupe de *X-Men*, *Uncanny* et *Astonishing*. Ken, trouve-moi quelques vieux *Wizards* pour servir de référence. Je ne veux pas passer à côté d'un numéro. »

Visiblement, ils sont surexcités.

« Je vous invite à vous installer dans l'arrière-boutique et à vous resservir du thé, dit Matthew. Ça risque d'être long.

– Merci, dit Lisa. Je vous suis vraiment reconnaissante de me consacrer tout ce temps. »

Il sourit, et c'est rafraîchissant de voir quelqu'un qui aime autant son boulot et qui le fait si bien. C'est ce qu'elle voudrait pour ses fils. Elle se fiche pas mal qu'ils ne soient pas professeurs ou scientifiques. Qu'ils ne gagnent pas beaucoup d'argent, tant qu'ils peuvent vivre un tant soit peu confortablement. Elle leur souhaite simplement de rentrer chez eux heureux à la fin de la journée, avec la satisfaction d'avoir bien travaillé.

« Une dernière chose », reprend Matthew. Il semble hésiter. « Pour que ce soit bien clair.

– Oui ? fait Lisa.

– Tout achat est définitif. »

28

Main sur la barre, Richard longe le rivage, attentif à maintenir l'hélice du moteur loin des rochers. Devant lui, un tronc d'arbre fait barrage sur le plan d'eau et il le contourne. La journée est venteuse, ce qui va lui compliquer la tâche, le vent et les branches basses étant les pires ennemis de la ligne du pêcheur en haut-fond.

Richard ralentit, coupe le moteur et jette l'ancre. C'est ici, dans cette crique, que son père lui a appris à pêcher.

Ce lac n'a pas été choisi au hasard lors des vacances où Lisa et lui ont jeté leur dévolu sur la maison. Quand il était petit, Richard et ses parents venaient tous les étés passer une semaine à Lake Christopher. Seulement trois heures de route, de la Georgie à la Caroline du Nord. Son père était prof au lycée, ne roulait pas sur l'or, et chaque année ils venaient ici faire du camping. À l'époque, il y avait encore suffisamment de terrains libres au bord du lac pour pouvoir y planter sa tente. Le leur appartenait sans doute à quelqu'un qui venait y chasser de temps à autre, mais personne ne semblait remarquer leur présence, ou du moins tout le monde s'en fichait. De nos jours, les gens ne s'en fichent plus. On achète des terrains, on élabore un projet immobilier, on fait venir des bulldozers, et de nouvelles maisons sortent de terre chaque année.

Richard vérifie le câble de l'ancre. Le fond du lac se trouve à deux mètres au-dessous du bateau, et à moins d'un mètre à l'endroit où il s'apprête à lancer sa ligne. Tout se passe selon ses vœux, en tout cas pour le moment. S'il n'arrive pas à imposer sa discipline à sa famille, qu'il puisse au moins imposer ses règles au lac. Qu'on le laisse jeter l'ancre là où il l'a déjà fait un millier de fois, attacher le premier ver de terre bien gras de la journée sur son hameçon, et lancer sa ligne comme son père le lui a appris il y a soixante ans.

Mais qu'a-t-il fait des vers de terre ? La bassine en plastique bleu émet un bruit de succion sous son talon, et Richard soulève le couvercle piqué de trous d'épingle. Les asticots grouillent, intacts. Il en hameçonne un, le lance, et regarde son bouchon heurter la surface de l'eau. Celui-ci reste immobile. Le poisson ne mord pas. Impatient, Richard mouline et relance sa ligne. Il aime la regarder décrire une figure en l'air et entendre ensuite le bruit sourd du bouchon qui tombe à l'eau. Il aime voir le flotteur plonger avant de se remettre d'aplomb. Une économie de lignes, une seule façon de le faire correctement. Ce n'est pas comme en physique, où tout n'est que chaos. Sa spécialité, la physique mathématique, est l'art de trouver un fil directeur à l'intérieur de ce chaos. Ou du moins de tenter d'y parvenir. Tenter, échouer, et se remettre inlassablement à la tâche.

Richard lance une nouvelle fois sa ligne. Il aurait fait un bon pêcheur à la mouche s'il avait pris le temps de connaître les rivières de Caroline du Nord ou les habitudes de la truite. Mais il est ce qu'il est : un pêcheur de bar et de friture. Pas de mouches ou de cuissardes sophistiquées pour lui, un simple petit rafiot et un bouton-poussoir Zebco, tous deux inélégants mais suffisants pour ce qu'il a à faire.

Une tension dans la ligne, et le flotteur disparaît sous l'eau. Richard actionne le frein et commence à mouliner. La canne plie. Le poisson tire fort, et Richard lâche le frein. Une fois n'est pas coutume, il pêche avec la même ligne que l'été dernier et il espère que celle-ci tiendra. Elle peut résister à un poisson de trois kilos et demi, mais le crapet arlequin est rusé. Il en a déjà vu des petits briser une ligne.

Il s'agenouille à la proue et sort de l'eau le moteur de traîne. Le poisson tire un peu plus sur la ligne, filant vers le tronc d'arbre tombé en travers du lac. S'il atteint les branches, c'est foutu. Il se prendra dedans, et Richard aura beau tirer, il sera impossible de l'en sortir. Il n'y a rien d'autre à faire qu'actionner le frein en espérant que la ligne tienne le coup.

Richard mouline encore un peu, plonge le filet, et attrape le poisson. C'est bien un crapet, mais pas n'importe lequel : c'est le plus gros qu'il ait jamais vu. Le record du monde, s'il se souvient bien, faisait un peu plus de quatre kilos. Celui-là n'est pas aussi gros, mais suffisamment pour avoir l'air disproportionné. Il a le front bossu, un énorme ventre, des écailles aussi grandes que des ongles. Si on lui attachait une ficelle à la queue, on obtiendrait un ballon de baudruche.

Le crapet est son poisson préféré parce qu'il est toujours surprenant. Quand il apparaît à la surface, il peut être vert ou bleu, ou bien semer dans l'eau des écailles citrouille.

Ses branchies peuvent être pleines ou à lamelles, ses ouïes noires ou rouges. Richard Starling ne se laisse pas émouvoir facilement, mais il peut avoir la larme à l'œil devant un poisson. Rien ne l'oblige à cuisiner ce crapet. Rien ne l'oblige à le prendre en photo ni à le faire empailler pour l'accrocher au mur. Alors il le remet à l'eau, range sa canne et lève l'ancre.

La jauge d'essence est presque vide, mais heureusement la marina n'est pas loin.

Depuis que Richard possède une maison à Lake Christopher, Clyde travaille comme pompiste au port, ravitaille les bateaux, et aujourd'hui encore il est là. Grand, voûté par l'âge, il porte toujours une chemise écossaise à manches longues, qu'il retrousse jusqu'aux coudes, les bras couverts de taches de soleil.

Le port est petit, seulement quelques dizaines d'embarcadères et une demi-douzaine de bateaux amarrés. Les pompes à essence sont d'antiques modèles au devant bombé, alignées comme des machines à sous. Un freezer argenté permet de s'approvisionner en glace. Sur la rive ouest du lac, un nouveau port tout moderne est en construction. Aucun doute, il mettra Clyde au chômage d'ici quelques années.

« Comment ça va, Rich ? » Clyde est le seul à l'appeler ainsi, et Richard n'a jamais éprouvé le besoin de le corriger.

« Bien, répond-il. C'est une belle journée à passer sur le lac. »

Clyde l'amarre et se dirige vers la pompe la plus proche. Pas besoin de demander quel indice d'octane, il fait le plein de *La Vache des mers* depuis plus de trente ans.

« Comment va la famille ? » demande Richard.

Il ne les a jamais rencontrées, mais il sait que Clyde a une femme, Nadine, et une fille prénommée Cece qui a le même âge que Thad. C'est la rebelle, celle qui s'est enfuie à Asheville. Pendant un temps, Clyde ne voulait plus entendre parler d'elle. Et puis Cece a eu un fils et tout fut pardonné, comme souvent à l'arrivée d'un petit-enfant, c'est du moins ce qu'on dit. Richard ne pense pas devenir grand-père un jour, aucun de ses fils n'ayant exprimé l'envie d'avoir des enfants. Il le déplore, mais c'est peut-être mieux comme ça. Il a du mal à les imaginer pères de famille.

« Tout le monde va bien », dit Clyde. Il enfonce le pistolet de la pompe dans le flanc du bateau et ouvre la valve, puis s'assoit sur une chaise de jardin délabrée dont les lanières de vinyle rouge sont devenues roses sous l'effet du soleil. « On a survécu à une tornade l'an dernier. La maison a été emportée, du toit au cellier.

– Nom de Dieu.

– On a eu de la chance. L'assurance nous a remboursés, et la nouvelle maison est plus belle que l'ancienne. On a juste perdu le pick-up, qui lui n'était pas assuré. Nadine a eu le temps de prendre le chat et les albums photo dans le cellier, mais ma médaille Purple Heart est restée là-bas. Ça, j'ai du mal à m'en remettre. »

Compte tenu de sa génération, Richard a vu la plupart de ses amis partir au combat. Que lui n'y soit pas allé le met parfois mal à l'aise. De toutes les histoires que Clyde a partagées avec lui au fil des ans, il n'a jamais été question de la guerre.

« Et comment va ta fille ?

– Toujours à Asheville. Elle confectionne des vêtements,

maintenant, qui sont vendus un peu partout dans la ville. Tu n'imagines pas le prix d'une robe de nos jours.

– La vie devient chère. »

Clyde secoue la tête. « J'ai honte d'avoir contribué à l'élection de l'autre cinglé en croyant que ça changerait les choses. J'ai l'impression d'être un abruti fini. »

Richard ne dit rien. Il n'a jamais choisi ses amis en fonction de leurs opinions politiques, et il n'est vraiment pas d'humeur, après ce qui s'est passé au dîner la veille, à se relancer sur le sujet.

« Comment va Lisa ? Pas de rechute ? poursuit Clyde.

– Non, non, tout va bien. La santé est bonne et elle est à un an de la retraite. J'ai pris la mienne le mois dernier. »

La valve cliquette, et Clyde retire le pistolet du réservoir. « La retraite. On t'a offert quoi pour l'occasion, une montre ou un truc du genre ? »

En dehors du statut de professeur émérite et des avantages salariaux classiques, il n'y a eu ni cadeaux ni départ en fanfare pour Richard. Une réception toute simple, un gâteau, quelques mots du doyen et d'amicales tapes dans le dos – une petite douche froide après tant d'années de service. Non qu'il se fût attendu à beaucoup plus, mais il avait espéré que Katrina serait là. Il avait espéré la voir une dernière fois.

« Pas de montre, non. Et toi, quoi de neuf ? Tu t'inquiètes à cause du nouveau port ?

– On survivra, dit Clyde en détournant le regard, ce qui ne lui ressemble pas. Comment vont tes garçons ? »

S'abstenant de dire vraiment ce qu'il pense de ses fils, aussi paumés l'un que l'autre, Richard se contente de répondre qu'ils vont bien.

Sauf que ce n'est pas vrai, et Richard, en tant que père, se demande à quel moment il a fait fausse route.

Clyde lui annonce le montant à payer et Richard, comme toujours, règle en liquide en lui disant de garder la monnaie.

« Embrasse ta fille et le petit de ma part. »

Clyde retire la ligne d'ancrage du taquet et le bateau se met à tanguer. « C'est terrible, ce qui est arrivé à ce gamin.

– J'ai appris, oui, répond Richard, qui ne tient pas à développer.

– Comment un truc pareil a-t-il pu arriver ? »

Comment ? Des noyades, il y en a chaque année des milliers aux États-Unis, d'après les données qu'a trouvées Richard sur Internet. Elles sont même plus fréquentes que la mort subite du nourrisson. Ce n'est pas une consolation, bien sûr, mais cela ne fait pas de Lake Christopher un lieu maudit. Vu la superficie du lac, cela devait arriver un jour. C'était statistiquement inéluctable.

Clyde pose un pied sur le bord du bateau, prêt à pousser.

« Attends, dit Richard. Avant de partir, j'aimerais te raconter l'histoire de ma fille. De ma toute petite fille. »

29

Il n'y a pas de bar à l'endroit indiqué. Ce qui était autrefois un troquet est désormais un antiquaire. Devant la boutique, un type lit le journal sur un banc.

« Henry a déménagé à Asheville », dit celui-ci sans lever les yeux, et Michael se hâte de passer son chemin.

Il traverse deux rues, tourne deux fois au coin, et se retrouve sous un auvent vert où est écrit *Winter Wine Bar* en lettres rouges. Il n'est pas d'humeur à boire du vin mais s'en contentera. Il prendra deux verres, peut-être trois. En tout cas pas plus d'une bouteille. De quoi arrêter le tremblement de ses mains, sans pour autant l'empêcher de prendre le volant pour rentrer.

À l'intérieur, les tables sont vides et Michael se dirige directement vers le comptoir.

« Bienvenue au Winter », dit le barman, qui s'est visiblement aspergé d'eau de Cologne pour tenter sans succès de masquer son odeur de cigarette. Sa moustache en guidon de vélo pend mollement aux coins de ses lèvres et un tablier blanc recouvre sa chemise, le faisant davantage ressembler à un barbier des années vingt qu'à un barman.

Il pose devant lui un verre qui brille dans la lumière,

puis le retourne et l'inspecte sous tous les angles. Le verre a beau être immaculé, il décroche du mur un torchon blanc pour l'astiquer consciencieusement.

Michael n'a pas besoin de regarder la carte pour savoir que la seule chose qu'il peut s'offrir ici est le rouge maison. Il commande une bouteille et demande des noix.

« Des noix ? fait le barman.

– Des noix de cajou ? dit Michael. Des cacahuètes ? »

Le barman tient la bouteille d'une main et un tire-bouchon de l'autre. Il l'enfonce comme un expert, sans regarder, en un geste un peu prétentieux.

« Un petit quelque chose à grignoter ? insiste Michael. Des bretzels ? Des chips ? Pour tapisser un peu l'estomac.

– Nous avons un très joli brie rôti au four, dit le barman. Nous proposons aussi un assortiment de fromages et une assiette de fruits. Ou un combo, avec un peu de chaque. »

Le bouchon sort de la bouteille avec un *pop !* humide. Le barman verse une larme dans le verre devant lui, mais Michael lui fait signe de continuer jusqu'à ce qu'il soit rempli à ras bord.

Michael le lève et hume le vin. Son nez est âcre, à la fois trop boisé et trop doux. C'est parfait, se dit-il. Il va le boire comme si ce n'était qu'un simple procédé d'acheminement d'alcool. Il a envie de le siroter, mais quelque chose le retient un instant – un instant qui se prolonge. Michael se délecte de ce suspense, puis il incline son verre et le boit cul sec.

Il ferme les yeux. Sent la chaleur l'envahir.

« Ne vous inquiétez pas », dit-il en voyant l'air effaré du barman.

Il pose son verre vide, et l'homme le remplit à nouveau.

Le voyant regarder son front, Michael tapote son pansement. Il aurait bien aimé reprendre l'accent britannique, mais c'est trop tard maintenant.

« Morsure de serpent, explique-t-il. Un cobra. Grand comme ça, l'enfoiré. Les gens pensent qu'il n'y a pas de serpents en Islande, mais croyez-moi il y en a. »

Ça l'amuse de regarder le barman hésiter sur le comportement à adopter, se demander le mal qu'il est prêt à se donner pour un pourboire.

Michael entame son deuxième verre, et le vin commence déjà à le brûler de l'intérieur. Ce n'est toutefois pas aussi fort que le feu de l'eau-de-vie maison ou l'effet chalumeau du scotch. Non, ce feu-là est plus sournois, un bouquet de fleurs légèrement imprégné d'essence. Qu'on se penche pour en sentir l'odeur, et c'est comme si le vin rouge craquait une allumette. Il faut qu'il mange quelque chose pour apaiser ce bouillonnement d'acidité, alors il commande l'assiette de fromages en espérant qu'elle soit servie avec des crackers.

Mais il n'y a pas de crackers dans l'assiette que lui sert le barman, rien que du fromage coupé en fines tranches et arrangé en motifs géométriques. L'homme lui demande d'où il vient en Islande.

« Reykjavik.

– Vraiment ? Vous êtes la première personne originaire de là-bas que je rencontre.

– Sans doute pas. On est partout, mais on se fond dans le décor. Comme des caméléons. »

Michael sent qu'il sourit. Il est envahi d'un étrange sentiment de bien-être, comme si tout allait finir par s'arranger. Peut-être vont-ils draguer le lac et retrouver le gamin vivant. Peut-être Diane va-t-elle faire une fausse couche et alors tout rentrera dans l'ordre. Il pense à ça sans éprouver la moindre culpabilité. Puis une minute après, il se sent coupable de ne pas s'être senti coupable.

Il vide son verre, et le barman le ressert. On dit qu'une bouteille permet de servir cinq verres, mais quand on s'y prend comme il faut, ce n'est pas plus de trois.

« Il doit faire froid, là-bas, reprend le barman.

– C'est une idée reçue, rétorque Michael. Le Groenland est couvert de glace, mais l'Islande, elle, est verdoyante. L'été, on se balade en short. Quand les serpents sont de sortie. Et on a des requins, aussi. On les harponne, on les laisse pourrir pendant six mois, et puis on les mange. En Islande, le requin pourri est une grande spécialité gastronomique. »

Cette dernière partie, la plus tirée par les cheveux, est véridique. Et c'est cette vérité-là qui fait décrocher son public : le barman se tait et détourne les yeux en tripotant sa moustache.

Michael reprend du fromage. Regarde son verre, déterminé à le faire durer aussi longtemps que possible. Ça y est, il commence à se sentir partir. Un bourdonnement amical lui électrise le cerveau. Il ferait mieux de rentrer. Il y a de la gnôle à la maison et des poissons dans le lac, qu'il pourrait aider son père à pêcher.

Au lieu de quoi il demande : « Une autre bouteille, s'il vous plaît. »

Le barman hésite, attrape une deuxième bouteille derrière lui, mais s'interrompt en voyant entrer une femme aux cheveux noirs.

« Merde, Lou, dit-elle, ne lui sers pas ça. »

La femme se glisse sur un tabouret à côté de Michael. Elle porte un collier en argent et une robe noire à paillettes qui semble ondoyer sous l'éclairage du bar comme la surface du lac sous la lune. Elle est trop élégante pour aller à la messe ou à un enterrement, et trop habillée pour un rade comme celui-ci en plein milieu de journée.

« Ne buvez pas ce rouge, dit-elle. Si vous voulez une bouteille pas trop chère, prenez plutôt le pinot. Le vin de table, c'est de la piquette, ici. »

Michael acquiesce, et le barman change de bouteille. S'il est vexé par le mot *piquette*, il ne le montre pas, et Michael sent que ces deux-là se connaissent bien.

Le rouge à lèvres de la femme est trop rouge et ses joues sont trop fardées, comme si elle tentait de faire jeune, sauf qu'elle l'est encore, jeune, trente ans tout au plus.

« Je n'ai pas saisi votre nom, reprend-elle.

– C'est parce que je ne vous l'ai pas donné », répond Michael. Il ne cherche pas à flirter avec elle, il se sent juste agité. Ça lui faisait plaisir de boire avec ce malheureux moustachu et l'arrivée de cette femme chamboule toute sa journée.

« Je vous présente Miss Gwendolyn DeMarco, dit le barman. Gwen, je te présente un Islandais.

– Je m'appelle Michael », lui dit-il.

Lou sourit à Gwen, mais celle-ci ne quitte pas Michael du regard.

« Incroyable ! Mon père aussi est islandais », dit-elle.

Lou sourit et donne une petite tape à Michael sur le bras. « Ah, c'est donc vrai ! dit-il. Vous aviez raison, vous êtes vraiment partout ! »

Il lui verse un verre, puis un autre à Gwen, et trinque avec eux. Ce vin-là a un meilleur nez que le premier, un mélange de framboise et de lavande, et il passe en douceur.

« Vous venez de quelle région d'Islande ? lui demande la jeune femme.

– Reykjavik », répond-il. La seule ville islandaise dont il connaisse le nom.

« Quel quartier ?

– Le quartier ?

– L'est ou l'ouest de la ville ? »

Michael ferme les yeux. Le bourdonnement est un peu trop fort. Il n'a pas l'énergie de continuer son petit jeu.

« Je ne suis pas islandais.

– Mon père non plus. Je vous faisais marcher, pour voir jusqu'où vous étiez prêt à aller. »

Elle sourit, son maquillage est vraiment excessif, mais le sourire semble sincère. Lou ne sourit pas, lui. Il se tourne vers l'évier derrière le bar et passe son éponge sous l'eau.

« Il est du genre émotif », murmure Gwen.

Ils boivent un moment en silence, et Michael lui propose du fromage, ce qu'elle accepte bien volontiers.

Lou ferme le robinet, se retourne et remplit leurs trois verres.

« À quoi on boit ? » demande la jeune femme.

Michael voudrait boire à la mémoire de l'enfant, mais lorsqu'il tente de se rappeler son nom, la seule chose qui lui revient, ce sont les brassards orange tournoyant dans l'eau et venant heurter la coque du bateau.

« À l'Islande », dit Michael.

Gwen rit, mais pas Lou. « À l'Islande. »

Le barman sort un paquet de Marlboro de la poche de

son tablier et leur demande de l'excuser quelques instants, avant de sortir par la porte de derrière.

Michael continue de boire. Ça l'apaise, d'être loin de sa famille, mais Diane lui manque. Il est sûr qu'elle l'aime encore. Son père a raison, il faut qu'il arrange ça. Il serait fou de la perdre. Mais chaque fois qu'il a l'occasion de lui prouver sinon son amour, du moins son affection, qu'est-ce qu'il fait ? Il fout tout en l'air. Allant jusqu'à renoncer à la lithographie bon marché que Diane aurait adorée pour se payer la tête d'un inconnu qu'il ne reverra jamais. Tout ça parce qu'il était persuadé que ce type se croyait mieux que lui. Et qui sait d'ailleurs si c'était vraiment le cas ? Peut-être bien que tous les gens aisés ne le regardent pas de haut et qu'il est juste plus facile de se convaincre du contraire plutôt que d'accepter l'idée qu'il se fait de lui-même.

Derrière le bar il y a un miroir qui lui renvoie le reflet de Gwen. Celle-ci se tourne vers lui en faisant grincer son tabouret. Sa robe est échancrée, et elle ne porte pas d'alliance. Elle pose les mains à plat sur le comptoir, comme pour souligner ce qu'elle s'apprête à dire.

« Sérieusement, vous venez d'où ? » lui demande-t-elle.

Du Texas, lui répond-il. Il lève son verre, s'aperçoit qu'il est vide, et le remplit à moitié. Le niveau de sa deuxième bouteille a déjà terriblement baissé.

Gwen pose deux doigts sur son poignet, comme pour lui prendre le pouls et Michael la laisse faire une seconde, une seconde de trop, avant de retirer son bras. Il ferait mieux de partir. Il n'a jamais trompé sa femme, et le mieux serait de régler la note et de s'en aller tout de suite. Ou alors, il pourrait continuer à boire pour voir où ça le mène. Il n'éprouve pas de désir pour Gwen, mais l'attention qu'elle lui porte est flatteuse, comme s'il se retrouvait dans la peau d'un autre. La vie de Michael ne ressemble pas à ça. Malgré tous les après-midi et toutes les soirées qu'il a passés à écumer les bars, aucune femme ne lui a jamais fait du rentre-dedans.

Est-ce que ça s'est passé comme ça pour son père ? L'attention qui devient flatterie puis indiscrétion sans même qu'on s'en aperçoive ? Il a du mal à imaginer, à comprendre qui voudrait coucher avec son père.

« Et qu'est-ce que vous faites au Texas, Michael ? reprend Gwen. Attendez, laissez-moi deviner. Vous êtes architecte ! »

Michael secoue la tête. Si l'hématome et le pansement sur son front ne l'ont pas fait fuir, peut-être sa profession y parviendra-t-elle.

« Avocat.

– Non plus.

– Vous êtes médecin. Non. Directeur financier ! Vous êtes responsable du service financier d'une des cinq cents plus grandes sociétés du pays.

– Arrêtez, dit-il. Plus vous continuerez, et plus vous serez déçue. »

Gwen fronce les sourcils. « Je suis sûre que vous exagérez. Ça ne peut pas être si terrible que ça.

– Je suis marchand de chaussures. » Ça fait longtemps qu'il ne l'a pas dit à haute voix. « À Fort Worth, il y a une galerie commerciale miteuse qu'on surnomme “La Galerie triste”. La moitié des magasins ont mis la clé sous la porte, même le marchand de bretzels a fermé. Il ne reste plus qu'un Home Depot, une pizzeria, un opticien. Et un Foot Locker, mon magasin. »

Gwen sourit. « Donc vous êtes commerçant. Quel mal y a-t-il à cela ?

– Je ne suis pas propriétaire de la boutique, dit Michael.

– Gérant ?

– Pas gérant, non. Et autant vous épargner votre peine. Je ne suis ni chef d'équipe, ni chef de rayon, ni vendeur, ni stagiaire.

– Qu'est-ce qu'il y a en dessous de stagiaire ? »

Il boit une gorgée de vin. « Assistant stagiaire. Et vous voulez savoir le plus drôle ? C'est moi le plus ancien. Tous ceux qui sont au-dessus de moi, c'est moi qui les ai formés. »

Le tabouret de Gwen couine, elle se tourne vers le bar. L'assiette de fromages est toujours bien pleine, les tranches commencent à suer sous l'éclairage au néon, et elle prend un nouveau morceau.

« Vous imaginez un peu ? poursuit Michael. À trente-trois ans, recevoir des ordres de types qui n'ont même pas la vingtaine ? Passer la journée à genoux, à faire les lacets de paires de baskets qu'on n'a pas les moyens de s'offrir soi-même pour les mettre aux pieds d'un client ? Avez-vous idée de la puanteur des pieds des gens, Gwen ? »

La jeune femme se regarde dans le miroir et fait bouffer ses cheveux.

« Ma vie est une blague dont je suis la chute ! »

Fini le flirt. Elle est passée à autre chose, et une fois de plus Michael ne peut échapper à sa propre existence.

« Et les gens, mon Dieu. Vous n'imaginez pas comment ils traitent les salariés. »

Lou est de retour, il empeste la clope.

« Lui sait de quoi je parle ! continue Michael. Pas vrai, Lou ? Dites à Gwen que les gens sont odieux.

– Les gens ne sont pas odieux, fait Gwen.

– Si. Y a pas pire. Ce que cette fille a dit. Cette jeune juive, comment elle s'appelait, déjà ? La fille qui s'est cachée des nazis et qui a écrit un journal.

– Anne Frank ?

– Anne Frank ! Ce qu'elle a écrit : “Malgré tout...” C'était quoi, déjà ?

– Je vois la phrase à laquelle vous pensez », dit Gwen.

Michael sait qu'il est ivre et qu'il ferait mieux de se taire.

La jeune femme regarde Lou. Peut-être couchent-ils ensemble, ou peut-être sont-ils simplement de vieux amis. Quelle que soit la nature de leur relation, c'est exactement comme à la galerie : Michael deviendra un sujet d'anecdote pour faire rigoler leurs copains.

Il sort malgré tout son téléphone de sa poche et cherche la citation sur Google. C'est de pire en pire, le tabouret sous ses fesses devient instable.

« “*Malgré tout, je continue de croire que les gens ont bon cœur.*” Voilà la citation, dit-il. Et vous savez quoi, Gwen ? C'est des conneries. Ça sonne bien, mais c'est des conneries.

– Taisez-vous, s'il vous plaît.

– Je vais vous dire. Anne Frank n'a jamais travaillé une seule journée dans un Foot Locker. »

Michael ne voit pas le poing venir. Un instant il est sur son tabouret, l'instant d'après il est par terre.

Brièvement, alors qu'il est au sol, il voit flotter le corps du gamin. Celui-ci dérive, les yeux fermés, hors d'atteinte. Il a les bras et les jambes écartés. Le visage apaisé. Puis le gamin disparaît et Michael voit Lou au-dessus de lui.

Il a déjà reçu des coups de poing, mais il n'avait pas l'impression que c'était le genre de ce type. Peut-être celui-ci est-il juif. Peut-être cherchait-il à protéger Gwen. Bref, ce n'est pas un hasard si Michael connaît tous les troquets de la région de Dallas et Fort Worth. C'est parce qu'il boit rarement sans finir par se faire mettre à la porte. La plupart du temps, il a de la chance s'il arrive à passer une semaine sans foutre personne en rogne.

« Désolé », dit Lou. Il lui tend la main, et Michael le laisse l'aider à se relever. La pièce tournoie. Gwen le dévisage depuis son tabouret.

Il sort son portefeuille. Il ne sait pas combien coûte le vin et de toute façon il a trop bu pour faire le calcul. Il laisse tous ses billets sur le bar, sachant que ce n'est pas assez. Puis il se dirige vers la porte mais s'arrête quand il entend la voix de Lou.

« Qu'est-ce que vous vous êtes vraiment fait à la tête ? »

Michael effleure son pansement, qui est toujours là. Il a la mâchoire endolorie.

« J'ai voulu sauver la vie de quelqu'un, dit-il, mais je n'ai pas réussi. »

30

Quand Thad arrive au Nico's, la boutique est vide. C'est ouvert, mais il n'y a personne derrière le comptoir. Il appelle Teddy, sans succès. La Blue Cross que celui-ci lui a vendue le rend anxieux, à moins que ce soit le week-end en famille sur lequel plane la mort et que la Blue Cross ne soit pas assez forte pour l'apaiser. Il lui faut peut-être autre chose que de la sativa, mais c'est Teddy l'expert, et Teddy saura quoi lui donner. Ce qu'il lui faudrait vraiment, c'est une modification de son traitement médical. Ça se produit tous les cinq ans environ : 2005, 2008, 2013. On est en 2018, c'est le moment. En attendant, l'herbe de Teddy devra faire le job.

Plus tard dans la journée, le magasin de glaces fera le plein de gens du coin et de vacanciers, et les chaises de la terrasse seront toutes occupées. Pour l'heure, c'est le moment préféré de Thad, le creux de l'après-midi entre le déjeuner et l'affluence du soir. Il s'attarde encore un instant dans la salle, puis va jeter un œil à la terrasse. Il descend les marches, suit le sentier entre les arbres jusqu'au rocher où il est allé vendredi soir quand il cherchait Jake. Lisse et large, celui-ci surplombe la rivière comme une langue qui hésite à goûter quelque chose. Teddy est assis dessus, occupé à fumer un joint.

Il fait signe à Thad. Sur son T-shirt, élimé et trop petit, est imprimée la phrase : *L'AMOUR EN ASCENSEUR*[1]. Thad n'a même pas besoin de regarder pour savoir ce qu'il y a écrit dans le dos : *S'ENVOYER EN L'AIR QUAND ON EST AU 36e DESSOUS.*

Teddy lui tend son joint, qu'il accepte avant de changer d'avis. Il veut avoir les idées claires quand Jake rentrera. À supposer qu'il rentre. Il n'avait pas prévu de lui fixer un ultimatum la veille, et ne s'attendait pas à ce que son petit ami parte si tôt ce matin sans même dire où il allait. Asheville, très certainement, mais pour annoncer à Marco qu'ils ne se reverront plus ou pour se jeter sous la couette avec lui ? Thad l'ignore. En tout cas, il n'a pas envie d'être défoncé en pleine journée. Il veut avoir l'esprit clair en attendant de parler à Jake.

Teddy prend une autre taffe. « Où sont les autres ?

– À droite à gauche, dit Thad. Maman est à la messe, et papa est parti à la pêche.

– Il pêche quoi ?

– Comme d'hab'. Du bar et du crapet.

– Le lac en est plein, y a rien de plus facile à attraper. Il suffit de quelques heures pour remplir le congélo. »

C'est vrai. Un soir, Thad et son père en ont attrapé tellement que, au bout du trente ou quarantième, la pêche avait perdu de son intérêt et ressemblait à un travail, du moins pour Thad.

« Le crapet, putain, reprend Teddy. J'ai pas confiance

1. « Love in an Elevator », chanson du groupe Aerosmith.

en un animal qui s'approche spontanément. Ce poisson est bête comme un âne. Il suffit de le siffler quand on aperçoit son petit cul tout mouillé pour qu'il saute dans le bateau. »

Teddy est un gros fumeur, certes, mais parfois c'est aussi un génie. Ce ne sont pas les arguments qui manquent pour contredire cette hypothèse, mais *siffler un poisson quand on aperçoit son petit cul tout mouillé* ? Aucune herbe n'est aussi bonne que celle-ci visiblement, et Thad ressent soudain un pincement au cœur semblable à ce qu'il éprouve quand un simple collage littéraire offre un meilleur résultat que tout ce qu'il peut coucher sur le papier.

« Qu'on me donne ma liberté, poursuit Teddy, et qu'on me donne une truite. Arc-en-ciel, mouchetée, brune. Ça, c'est difficile. Tout pêcheur devrait se fixer des objectifs nobles. La composition, une variété d'espèces, ce genre de trucs. »

Il prend une nouvelle taffe et Thad n'y tient plus, la fumée, l'odeur, la rivière, la journée lumineuse et chaude. Il prend le joint et tire dessus.

« Une noblesse d'objectifs, dit Teddy. Ça fait des années que je n'ai pas attrapé une truite brune. Mais si les planètes s'alignaient, si j'attrapais trois sortes de truites le même jour dans cette rivière – une arc-en-ciel, une mouchetée et une brune –, je remiserais ma canne pour toujours et je pourrais mourir serein. »

Thad prend une autre taffe. Déjà il sent qu'il est en train de partir. Sur la rive, les feuilles dansent et les arbres tendent leurs longues branches au-dessus de la rivière comme pour lui serrer la main. Il se couvre le visage de sa chemise.

« J'aurais dû te prévenir, dit Teddy. Elle est forte, celle-là. »

Thad sort la tête de sous sa chemise. De l'autre côté de la rivière, les arbres ne sont plus que des arbres, et les branches des branches.

Il a tenté d'appeler Jake deux fois sur son portable depuis ce matin. Les deux fois, il n'a pas répondu. Thad voudrait que cette journée finisse. Il a besoin de savoir s'ils vont rester ensemble, s'ils opteront pour une relation libre ou exclusive.

« Il y a une truite mouchetée qui vit là-dessous », dit Teddy en tirant une dernière taffe, avant de balancer le mégot dans l'eau d'une chiquenaude. Le courant défile sous leurs yeux, mais au-delà de la rivière le monde semble tourner au ralenti.

Il se met à plat ventre sur le rocher. On dirait une otarie avec des mains et des pieds, vêtue d'un T-shirt Aerosmith taché de sueur. Voyant qu'il lui fait signe d'approcher, Thad s'allonge à ses côtés.

« Là, regarde », dit Teddy. Il a un bras dans l'eau, le visage collé au rocher. « La petite truite et moi, on a appris à se connaître. »

Thad l'imite et le regarde faire.

« Je t'aime bien, Thad.

– Moi aussi, je t'aime bien », répond Thad en sentant une vague de gratitude déferler dans son dos. Il ne se rappelle même plus la dernière fois qu'on lui a dit ces mots.

« Tu n'es pas comme mes autres clients. Toi, tu prends le temps d'échanger.

– Parce que c'est facile de parler avec toi. »

Teddy tend le bras et l'agite dans l'eau. « En quoi tu crois, Thad ? » La peau de son visage écrasé contre la pierre est légèrement craquelée.

« Tu veux dire, quelle religion ? C'est ma mère la croyante de la famille. Moi, je n'ai pas la foi. » Ce qui n'est pas entièrement vrai, mais quel nom donner à quelqu'un qui allait de temps en temps à la messe avant de devenir athée puis de devenir ce que Thad est désormais ? Depuis sa seconde tentative de suicide, il cherche à croire en quelque chose qui le dépasse, sans trouver quoi. Il espérait l'avoir trouvé avec Jake, mais aujourd'hui rien ne semble moins sûr.

« Tu ne crois vraiment en rien ?

– Si, je crois en quelque chose, dit Thad, mais je ne sais pas comment appeler ça. L'amour, peut-être.

– J'appellerais pas ça l'amour.

– Alors quel nom tu lui donnerais ?

– Moi, ce en quoi je crois, je l'appelle l'univers. L'univers sait ce qu'on veut et ce qu'on pense. Il n'y a qu'à lui qu'on est redevable. Les gens te diront que l'univers n'a pas d'importance, mais ne les écoute pas. Le secret d'une vie réussie, c'est d'ignorer ce que les gens disent. Toi et moi, on n'a pas à se justifier. Il n'y a qu'à l'univers qu'on doit répondre de nous-mêmes. Et quand on le fait, l'univers nous répond et s'aligne. Certains appellent ça le chaos, ou bien Dieu. Toi tu appelles ça l'amour. D'autres s'en fichent et passent leur chemin. Mais on parle de l'univers, là, putain. Il connaît nos besoins. Et on lui est redevable, ce qui veut dire que lui aussi nous est redevable. »

Thad se hisse sur ses coudes et décolle sa joue du rocher.

« Teddy, je ne comprends pas ce que tu cherches à me dire.

– La vérité, c'est tout. »

Mais Thad trouve sa vérité cruelle. S'il a raison, si c'est l'univers qui gouverne tout, alors l'univers a regardé un enfant se noyer sans rien faire. Pourquoi faudrait-il écouter un univers pareil et de quoi lui serait-on redevable ?

On entend un *plouf*, et Teddy sort de la rivière un poisson qui gigote.

« L'univers, dit-il.

– Oh, putain. »

C'est une petite truite mouchetée, à en juger par sa tête verte et sa queue rouge. La pupille est noire et cerclée d'or. Teddy relâche un peu sa prise, et Thad distingue des points dorés et rouges entre ses doigts, lesquels forment un motif sur le dos du poisson et se fondent dans le rouge de son ventre. Il est habitué à voir des truites arc-en-ciel, la bande rose, le dos tacheté de noir, mais il n'avait jamais vu une truite mouchetée de si près. C'est un poisson magnifique, et il se demande comment une chose aussi belle peut naître d'un univers aussi laid.

Teddy embrasse le poisson sur la tête et le tend à Thad pour qu'il fasse pareil.

« Ça ira », dit-il, et Teddy remet le poisson à l'eau, où il disparaît aussitôt.

Ils restent allongés encore un moment sur le rocher. Les branches des pins se balancent au-dessus de leurs têtes.

« L'univers, dit Teddy. Penses-y.

– D'accord », répond Thad.

Il ne le fera pas, mais Teddy lui a donné à réfléchir. Si l'univers est impitoyable, alors Thad ne doit attendre aucune pitié. Il faut qu'il agisse. Qu'il ajuste son traitement médical, réduise sa consommation d'herbe et s'investisse sérieusement dans l'écriture, ou sinon qu'il laisse définitivement tomber. Il doit accepter l'idée, une fois que Jake aura fait son choix, de passer à autre chose. Il faut qu'il apprenne à affronter sa tristesse et à vivre avec.

Teddy se lève. « Je dois retourner à la boutique. »

Thad ne le verra pas l'été prochain. Il devrait le lui dire, le remercier pour toutes ces années, mais il n'a pas le temps car soudain résonne comme un petit gazouillis, le bruit que fait son téléphone quand il capte un signal, puis le *ding* de deux appels manqués, deux messages qui attendent une réponse, et Thad consulte son répondeur dans l'espoir d'avoir enfin des nouvelles de Jake.

Le premier message est de Michael, mais c'est confus. Thad ne comprend rien et passe au suivant.

Le second message est clair. C'est encore Michael, mais cette fois-ci c'est pour dire à Thad qu'il s'est fait arrêter par les flics.

31

C'est Richard qui a trouvé June.

Elle s'était étouffée dans son sommeil, le visage plaqué contre son canard en peluche. Ou pas. Ils n'avaient pas emmailloté l'enfant, ne l'avaient pas endormie sur le dos. Les urgentistes et les médecins avaient été incapables de déterminer la cause de son décès. Une brève mais douloureuse enquête fut menée, au cours de laquelle Richard et Lisa furent interrogés séparément. Étaient-ils sûrs que leur conjoint n'avait pas étouffé l'enfant ? Richard comprenait bien que c'était une obligation légale, mais ça ne l'avait pas empêché de menacer le flic de lui mettre son poing dans la figure.

L'année suivante fut un défi fait de mille petites blessures : le démontage du couffin, qu'il fallut ranger au grenier ; le thermomètre ou la tétine qui réapparaissaient là où on ne s'y attendait pas et gâchaient la journée de Richard ; les montées de lait de Lisa, qui tachaient ses chemisiers.

Richard n'en avait pas parlé pendant trente ans. Il ignore pourquoi il a raconté cette histoire à Clyde, toujours est-il qu'ils se sont retrouvés tous les deux assis sur l'embarcadère et qu'il a parlé longtemps. Quand un bateau s'arrêtait pour faire le plein, Richard marquait une pause et Clyde s'acquittait de sa tâche, puis Richard reprenait son récit. Il lui a raconté chaque détail, tout ce dont il se souvenait. À la fin, Clyde a dit : « Je suis vraiment désolé. » Il lui a serré la main, puis l'a aidé à pousser son bateau, avec une telle tendresse dans le regard que Richard avait failli pleurer.

« C'est normal de pleurer, disait Lisa. Ça fait du bien. » Mais Richard n'en est pas sûr. Mieux vaut aller de l'avant en gardant les yeux secs. Et pêcher quelques heures de plus pour profiter pleinement de ses derniers jours sur le lac.

Il se trouve à un kilomètre de la baie quand il aperçoit les navettes de police, sans sirène ni gyrophare. Le gros bateau n'est pas là, le dragueur avec ses poulies et son crochet. Richard rétrograde, passe au point mort. Les policiers ont coupé leur moteur, et entre leurs bateaux il y a un corps qui flotte.

Richard détourne le regard. Il sait déjà que c'est le fils de Glenn et Wendy.

Données concrètes et ordonnées. Toujours le réconfort dans les chiffres :

20 : le nombre de secondes nécessaires pour que se remplissent d'eau les poumons d'une personne qui se noie.

4 : le nombre de minutes avant qu'un cadavre commence à se décomposer. Dioxyde de carbone. Mort cellulaire. Le corps se détruit de l'intérieur.

10 000 milliards : le nombre de microbes dans le côlon d'un enfant de la taille de Robbie. Les bactéries prolifèrent, la peau se décolore. Le méthane et le sulfure d'hydrogène font gonfler la cavité abdominale et la cage thoracique.

2 à 22 : le nombre de jours qu'il faut à une bactérie pour

produire du gaz et provoquer un emphysème. Les situations varient selon l'indice de masse corporelle et la température de l'eau. Plus l'eau est froide, plus le processus est lent.

0,21 : le réchauffement, en degrés Celsius, de la température de l'eau des lacs dans le monde tous les dix ans depuis quarante ans.

54 : le nombre d'heures depuis que l'enfant est tombé du bateau.

48 : le nombre d'heures qu'il faut à un corps pour remonter à la surface quand l'eau est chaude.

Richard découvrira ces chiffres dans la nuit, quand l'insomnie le conduira à chercher tout ça sur Internet. Pour l'instant, il n'y a qu'un corps blanc dans l'eau bleue. Mais ce n'est peut-être pas celui de l'enfant, se dit-il. Peut-être n'est-ce même pas un corps. Il regarde, distingue un maillot de bain argenté et tourne aussitôt la tête.

Il n'existe pas de bonne façon de faire, mais il peut agir. Supposons qu'il entre en contact avec la famille du petit avant la police. Ne vaudrait-il pas mieux apprendre la nouvelle d'une personne pleine de compassion, d'un homme qui a fait l'expérience de leur chagrin ?

Il se souvient de leur adresse. Le flic sur le bateau, le jeune, l'avait fait répéter à Glenn. Leur rue n'est pas bien loin, et il devrait pouvoir trouver leur maison. S'il se dépêche, il peut y arriver avant la police.

Il embraye et accélère en direction de la baie la plus proche. Pas de mobil-home ici, mais des maisons immenses dotées de pontons étincelants en plastique et aluminium. Les bateaux suspendus au-dessus de l'eau dans des ascenseurs hydrauliques.

Richard fait le tour de la baie à la recherche de leur

hors-bord. Ces pauvres gens, ce sera le pire jour de leur vie. Mais quel est son plan, exactement ? Amarrer son bateau devant leur ponton, frapper à leur porte. Et ensuite ? Admettons qu'ils lui ouvrent, que dira Richard ? Quels mots pourraient jamais contenir l'horreur de la découverte du corps de leur fils ?

Mais peu importe, car il arrive trop tard.

Il reconnaît l'Ambassador, observe la maison au-dessus. Un véhicule de police se gare dans leur allée, et la mère de l'enfant se précipite à sa rencontre. Un homme en uniforme descend et la mère trébuche, puis son mari et sa fille la rejoignent. Leurs corps s'entremêlent dans l'allée, et Richard ne peut pas regarder. Il n'a plus rien à faire ici, n'a aucune raison de partager leur douleur.

Le soleil se couche. Il devrait être auprès de sa famille. Il quitte la baie et prend la direction de chez lui.

32

Michael ne devrait pas être étonné d'avoir atterri là. C'est un petit miracle qu'il ne se soit encore jamais fait arrêter. Ivre, combien de fois a-t-il sorti les poings ? Et combien de fois a-t-il pris le volant sans être légalement *en état de conduire* ?

Il n'est pas saoul. Enfin, il l'est, mais sans être ivre mort. Il aurait pu rentrer chez lui sans encombre. Mais il a refusé de se soumettre à l'éthylotest parce que, techniquement, il dépasse sans doute le seuil réglementaire, ce qui ne veut pas dire qu'il n'était pas capable de prendre le volant. S'ils veulent voir à quoi ça ressemble, de ne pas être *en état de conduire*, il peut très bien leur montrer. Leur soumettre un échantillon des grandes heures de son quotidien. Deux bouteilles de vin, ce n'est rien. Pour ne pas être en état de conduire, il lui faudrait en boire une ou deux supplémentaires. Puis dégobiller pour faire un peu de place avant de s'en jeter quelques-uns de plus, se réveiller en ayant oublié comment il est rentré chez lui, se lever et aller vérifier qu'il n'y a pas de sang sur la calandre de sa voiture.

Soufflez, ou vous êtes en état d'arrestation.

Qu'ils aillent se faire foutre. Il n'a pas eu d'accident,

n'a pas franchi de ligne blanche. Il n'y avait aucune risque qu'il se fasse repérer, à moins qu'un flic ait fait le planton devant le bar à l'affût de clients en état d'ivresse. *Incitation au crime.* Est-ce que ça existe ou c'est seulement à la télé ? Ou bien c'est Lou qui a appelé la police. Ou Gwen. Ou la femme qu'il a bousculée sur le trottoir alors qu'il tâchait de regagner sa voiture. La façon dont elle avait tiré son gamin contre elle et avait traversé la rue. Dont elle s'était retournée pour le regarder. Qu'elle aussi aille se faire foutre.

Il se souvient d'avoir appelé Thad, se souvient qu'il lui avait paru très important sur le moment que son frère sache qu'ils avaient eu une sœur, il se revoit le lui dire au téléphone, transformant la messagerie de Thad en bombe à retardement, sans possibilité de revenir en arrière.

Et puis il s'était retrouvé devant la portière de sa voiture, à tâtonner pour introduire la clé dans la serrure. Puis au volant, à tenter tant bien que mal de mettre le contact.

Il n'avait pas atteint le coin de la rue que la sirène retentissait – un staccato, inflexible.

Il a eu droit à un seul appel, ça, ce n'est pas qu'à la télé. Il a essayé de joindre son frère, a laissé un second message, et très vite Thad a appelé le commissariat pour dire qu'il était en route. Mais c'était il y a des heures.

Peut-être Michael est-il à sa place ici. Sur le banc d'une cellule de dégrisement. Dans un minuscule commissariat équipé d'une horloge murale au tic-tac trop bruyant.

Il n'est pas seul. Le flic qui l'a arrêté est à son bureau, et une autre personne en état d'ébriété partage sa cellule. La pièce est toute petite, avec des chiottes basses dans un coin sans porte ni cloison. Le type est dans les vapes, à moins qu'il dorme. Il est allongé de tout son long sur le banc opposé, ce qui est impressionnant vu que celui-ci est à peine plus large qu'une poutre de gymnastique. Il dort sur le dos. Il a la peau pâle, deux yeux au beurre noir, et du sang coule de sa bouche.

Pourquoi Thad met-il si longtemps à arriver ?

Le type allongé sur son banc change de position et se gratte le visage.

Le moment de changer de vie est venu pour Michael. Il a touché le fond, non ? Sauf qu'il n'est même pas ivre, juste un peu éméché. Et il s'est fait arrêter parce que le montant de la caution et de l'amende financeront la fête de Noël du commissariat. Voilà pourquoi il a dû se ranger au bord de la route, pourquoi on lui a passé les menottes, pourquoi on l'a poussé avec une violence inutile sur la banquette arrière du véhicule de police. Parce qu'il n'est pas d'ici et qu'on veut lui prendre le peu d'argent qui lui reste.

Il n'avait même pas fait d'embardée.

« J'ai même pas fait d'embardée ! gueule-t-il.

– Il fallait vous soumettre à l'éthylotest, alors, répond l'officier.

– Je me fous de ce que disent les chiffres. Je sais quand je suis capable de prendre le volant. »

Le flic hoche la tête, il connaît sans doute la musique. Il y a sur son bureau une photo encadrée de sa femme et de ses enfants. De ce qu'en voit Michael, la famille pose derrière une citrouille fraîchement sculptée et le policier y apparaît plus jeune, plus mince, en tenue de ville.

« Je ne suis pas un poivrot, insiste-t-il.

– Dormez un peu, ça va passer », répond le flic, qui a l'air plus fatigué qu'en colère. Comme Michael, il préférerait sans doute être chez lui avec sa famille. Il habite probablement en ville dans une jolie maison, avec une bonne petite retraite en perspective. Il bénéficie probablement d'une assurance maladie financée par l'État, d'avantages sociaux, et… *qu'est-ce qu'il fait, des mots croisés ?* Pendant ses heures de bureau ? Michael aurait dû être flic.

Le type sur le banc exhale un souffle d'air chargé de sang. Sa chemise est déchirée et il a de la pisse sur son pantalon. Pièce à conviction n° 1 : Michael n'est pas ivre. Pour ce qui est de toucher le fond, il y a bien pire.

« Qu'est-ce qu'il a fait ? demande-t-il à l'officier.

– Ed ? C'est un habitué. Il a fini par chercher des noises à la mauvaise personne. Un conseil ? Même ivre mort, mieux vaut éviter de tirer sur le chien du voisin.

– Merde, fait Michael. Et l'autre type, alors, celui qui l'a tabassé, où est-ce qu'il est ? »

L'agent semble déconcerté. « Ed a tiré sur son chien. Moi aussi, je lui aurais cassé la gueule. »

La justice en Caroline… Le policier s'est replongé dans ses mots croisés. La grille occupe une page entière d'un de ces magazines de jeux qu'on vend au supermarché à côté des sudokus et de la Bible en édition de poche.

Le téléphone du commissariat sonne, et le flic discute pendant une minute. « Très bien, dit-il avant de raccrocher. Votre frère est en route.

– Pour de bon, cette fois ?

– Je ne fais que répéter ce qu'il m'a dit. »

Quoi qu'il en soit, le flic s'approche, ouvre la porte de la cellule et autorise Michael à s'asseoir sur une chaise dans le hall. De sous le bureau il sort une panière jaune, et Michael récupère sa montre, ses clés et son portefeuille plein de cartes de crédit pour lesquelles il a déjà atteint le plafond autorisé. Il n'y a pas son portable, mais il se souvient de l'avoir laissé dans la voiture. Il se lève et remet sa ceinture.

« Rasseyez-vous, lui dit le policier, et il s'exécute. Deux conseils : d'abord, avant de rentrer chez vous, achetez du shampoing contre les poux. Le meilleur c'est RID, mais n'importe quelle marque fera l'affaire. Vous y échapperez peut-être, mais il y en a souvent ici. Alors autant prendre les devants. »

Michael a des démangeaisons rien que d'y penser et se retient de se passer les doigts dans les cheveux.

« Ensuite, je sais que c'est pas mes affaires, mais des gens comme vous, j'en vois tous les jours. J'ai moi aussi été comme vous. Ivre avant même le coucher du soleil. La gueule de bois chaque matin. Tout ce que je dis, c'est qu'il y a mieux à faire dans la vie.

– Vous avez raison, répond Michael, avant de lâcher à voix basse : Mais c'est pas vos affaires, putain. »

Sauf qu'il l'a dit trop fort, et le policier se relève. « Vous voulez retourner dans votre cellule ? »

Qu'il aille se faire foutre. Michael n'est pas l'ivrogne qu'il croit. Physiquement, il est peut-être dépendant à l'alcool, il a peut-être besoin d'un verre toutes les deux ou trois heures pour éviter d'avoir les mains qui tremblent et plusieurs autres pour tenir jusqu'au soir, mais il n'est pas un poivrot. Il n'est pas Ed.

« Quoi ? dit Michael, plus en colère qu'il ne le pensait. Qu'est-ce que vous allez faire, m'arrêter une deuxième fois ? Ma caution a été acceptée ou pas ?

– Michael ! dit Thad depuis la porte du commissariat.

– Un mot de plus et..., dit le flic.

– Occupez-vous plutôt de vos mots croisés. »

Le policier sort les menottes d'une pochette accrochée à sa ceinture et les tapote dans le creux de sa main. Mais Thad intervient tout de suite et le prie d'excuser son frère, qu'il force à se rasseoir. Il baratine le flic un moment, et pour finir dépeint Michael en héros local, raconte la noyade et sa tentative de sauver l'enfant. Il montre le pansement.

« Merde, fait le policier. C'était vous ?

– Depuis sa blessure à la tête, il n'est plus vraiment lui-même », dit Thad.

Michael éclate de rire : il n'a jamais été autant lui-même. Il n'est jamais autant lui-même que lorsqu'il est en colère et qu'il a quelques verres dans le nez.

« Je peux le laisser sortir avec un avertissement, concède le flic, mais il va falloir remplir un peu de paperasse. »

La conversation est interrompue par un bruit de chute et un fracas métallique. Michael se tourne et voit Ed sur le sol en béton de la cellule, face contre terre. Celui-ci crache des dents, la bouche pleine de trous curieusement réguliers. Un gémissement en sort et se transforme vite en hurlement.

« Et merde, dit le policier. Je crois que je vais devoir appeler un dentiste. »

De toutes les personnes qu'il a asticotées aujourd'hui, c'est lui qui fait soudain le plus pitié à Michael. Cet homme a sans doute choisi ce métier pour porter secours aux gens, contenir la vague de douleur qui submerge le monde, mais malgré tous ses efforts, malgré toutes les vies qu'il a sauvées et tous les automobilistes relâchés avec un simple avertissement, la vague reviendra déferler inéluctablement.

Tous les soirs, un autre Michael, un autre Ed, une autre flaque de sang à nettoyer à la serpillière.

« Laissez tomber la paperasse, dit-il. Filez. »

Michael voudrait lui dire qu'il regrette de s'être comporté comme il l'a fait, mais il n'est pas facile de s'excuser et il se laisse pousser dehors par son frère, les cris de son compagnon de cellule toujours plus forts dans l'air du soir.

Le soleil est sur le point de se coucher. C'est le crépuscule, à moins que ce ne soit l'aube – Michael n'a jamais su faire la différence. Ils montent en voiture, mais Thad ne met pas le contact. Il pose la tête sur le volant. Puis il finit par se redresser et Michael voit les pupilles dilatées, les yeux injectés de sang.

« Oh, putain, dit-il. T'es défoncé. »

Thad démarre. « J'arrive pas à croire que tu m'aies obligé à venir jusqu'au commissariat, à prendre ta défense auprès d'un flic, et maintenant à te raccompagner à la maison. La prochaine fois que ça arrive, je te laisse en taule.

– J'étais pas en taule, et puis j'ai pas trop bu. »

Michael baisse le pare-soleil et se regarde dans le miroir. Sa lèvre est enflée, la mâchoire violette à cause du coup de poing du barman. Il se passe la langue sur une molaire qui bouge depuis peu, puis rabat le pare-soleil. Il ne peut pas se regarder.

« Tu m'as laissé là pendant des heures.

– J'avais peur de monter en voiture. Je n'ai jamais conduit en étant défoncé.

– Je peux prendre le volant si tu veux. »

Thad rit, un rire teinté de mépris. Il fait une marche arrière, mais il met trop longtemps à passer la première, trop longtemps à s'engager dans la rue.

« Non, sérieux, dit Michael. Je peux prendre le volant.

– T'es bourré.

– Pas du tout. »

Thad cogne du poing sur le volant. La voiture fait un écart sur la gauche, et il se démène pour redresser les roues. « Si tu n'es pas bourré, alors qu'est-ce que tu foutais en taule ?

– J'étais pas en taule, je te dis. C'était une cellule de dégrisement.

– Et pourquoi ?

– J'ai refusé de souffler dans l'éthylotest.

– Mais si tu n'es pas bourré, pourquoi tu as refusé ?

– Parce que l'éthylotest aurait dit que je l'étais. »

Thad tourne la tête, et Michael regarde la route pour deux.

« Tu sais que tu parles comme un débile ? lâche son frère.

– Ne me traite pas de débile. Et mate plutôt la route. »

Ils se taisent. Ils sont à seulement quinze kilomètres de Highlands, et à trente kilomètres de chez eux, mais ce sont des routes de montagne sinueuses, piégeuses même dans les meilleures conditions qui soient. À la vitesse à laquelle roule Thad, ils en ont pour une bonne heure avant d'arriver.

Les arbres défilent lentement. Ils parviennent au sommet d'une colline, puis s'engagent sur une ligne droite, passent devant des murs de roche dynamitée pour élargir la route.

« Il faut que tu arrêtes de picoler autant, Michael. »

Le fait d'être démasqué le refroidit. C'est son frère qu'il a choisi d'appeler depuis le commissariat, alors il va être difficile de continuer à lui cacher la vérité. Et plus il y réfléchit, plus il se dit que personne ne pouvait être dupe.

Et s'il était vraiment alcoolique ? Et si toute la famille était au courant depuis le début ?

« En tout cas si tu bois, reprend Thad, évite de prendre le volant. Qu'est-ce que tu éprouverais si ton alcoolisme entraînait la mort de quelqu'un ? »

Michael sait exactement ce qu'il éprouverait. Deux jours plus tôt, s'il n'avait pas eu la gueule de bois, s'il avait nagé un peu plus vite... Mais il y a trop d'arbres, trop de branches qui défilent. S'il ouvre la bouche pour parler, il se peut qu'il vomisse.

« Arrête-toi », dit-il. Les pins virevoltent au bord de la route. Sa tête le démange à l'idée de la vermine qui y pullule.

« Arrête-toi, je te dis.

– Que je m'arrête où ?

– S'il te plaît », insiste Michael, qui ouvre la portière avant même que la voiture soit à l'arrêt.

Il expulse tout, la gnôle de ce matin, le vin, le fromage. Ce n'est pas beau à voir, et il reste un moment appuyé à la portière ouverte jusqu'à ce qu'il soit sûr de s'être entièrement purgé.

Il s'essuie la bouche, se rassoit et remet sa ceinture de sécurité.

« Redis-moi, déjà ? dit Thad. En quoi tu n'as aucun problème avec l'alcool ? »

33

À la fenêtre, le soleil est toujours visible mais il plonge vite. Bientôt, il touchera l'eau et se dissoudra à l'autre bout de la baie dans une explosion d'orange, de bleu et de rose. Diane l'a déjà vu cent fois, et chaque fois elle en a le souffle coupé. Ces reflets d'argent qui engloutissent le soleil, les nuances arc-en-ciel de l'eau pareilles aux traces de gasoil dans le sillage d'un bateau – cela ne cesse jamais d'être beau. Elle comprend Monet. Meules de foin, châteaux et nymphéas, tous transformés selon l'heure du jour. Avec la bonne quantité de lumière, Diane est convaincue que tout peut être beau.

Elle regarde le lac depuis la fenêtre, telle une intruse postée à côté du lit de Thad et Jake. Il n'est pas fait, la couverture est en boule et les oreillers épousent encore la forme de leurs têtes. Elle est seule, Richard est parti pêcher et les autres sont sortis pour la journée. Ce matin, elle a changé le pansement de Michael, nettoyé sa plaie, et il est parti, se contentant de dire qu'il serait à Highlands si elle avait besoin de lui.

Elle est venue dans cette chambre parce qu'elle s'ennuyait. Et le sac au milieu du lit était à moitié ouvert quand elle est entrée. Elle l'effleure et se dit que Jake ne lui en voudrait pas. C'est évidemment faux, mais elle est trop curieuse pour s'en soucier. En deux ans, il ne lui a jamais montré ses outils ni les toiles sur lesquelles il travaille. Elle ne le lui a jamais demandé non plus. Elle veut être respectueuse, ne pas se comporter comme tous ces amateurs ou aspirants qui doivent le presser de questions. Mais elle a tant de choses à lui demander !

Sauf que Jake est célèbre, et il est peu probable qu'il ait un jour pour elle le respect qu'elle a pour lui. Elle le sait. Et elle sait aussi qu'on ne peut pas perdre le respect qu'on n'aura jamais, alors elle commence à farfouiller dans le sac.

Les pinceaux sont de bonne qualité, pas comme ceux qu'elle achète pour trois fois rien chez Michaels ou Jo-Ann quand ils sont en solde. Même les viroles sont immaculées, ce qui signifie que les pinceaux sont neufs ou que Jake est particulièrement méticuleux lorsqu'il les nettoie. Elle retourne le sac, et les tubes de couleur tombent sur le lit. Quelque chose accroche à l'intérieur : elle le sort, le déballe, et voit qu'il s'agit d'un chevalet de voyage fait de pieds creux semblables à des sardines de tente attachées par des tendeurs.

Les toiles de Jake, qu'il a fait envoyer ici en amont, sont posées contre le mur. Elles font toutes la même taille, cinquante par soixante, parfaitement adaptées à ce qu'elle-même peint. Il y en a deux toujours vierges. Combien de temps Jake et Thad vont-ils encore rester ? Vingt-quatre heures ? Quelques jours tout au plus ? Impossible, à ce rythme, qu'il utilise les deux. C'est du moins ce qu'elle se dit quand elle rassemble ce qu'il lui faut. Il y a aussi une palette, mais elle préfère se servir d'une assiette. Elle aime bien la manière dont les couleurs se mélangent sur la porcelaine et forment des tourbillons chatoyants. C'est comme si la porcelaine agissait directement sur la peinture, quand le bois donne l'impression de s'en détacher. Elle compte une vingtaine de tubes et se dit que huit suffiront sans doute.

Soudain, un coup de pied dans son ventre.

Enfin, pas vraiment. C'est encore trop tôt. *Coup de pied fantôme*, on appelle ça. Elle en a déjà senti, s'en est inquiétée, a cherché sur Internet, et ça l'a rassurée.

Elle enfile une vieille chemise, prend une assiette dans la cuisine, puis descend tout le matériel sur l'embarcadère. Elle le fait en deux trajets, alors que le temps est compté. Le soleil ne s'est pas encore couché, mais une flopée de nuages s'amoncellent et la lumière n'est déjà plus aussi intense. La surface de l'eau ne scintille plus, désormais couverte d'une brume diaphane.

Il y a deux chaises Adirondack sur le ponton. Diane dispose les tubes sur l'une d'elles et met un peu des huit couleurs sur son assiette. Puis elle oriente le chevalet vers le soleil, à l'opposé du lieu où s'est produite la tragédie vendredi. Elle n'arrive toujours pas à regarder dans cette direction.

Diane observe la toile un moment, redoute de se lancer. Chez elle, quand elle peint, une à deux fois par semaine, elle utilise de l'acrylique ou de l'aquarelle, qui sont bon marché et ont vite fait de sécher. Là, c'est de la peinture à l'huile, autrement dit onéreuse, longue à sécher, et qui bave facilement. La dernière fois qu'elle en a utilisé, elle était encore étudiante.

Un temps, puis elle y va et tente un mélange sur l'assiette

– raté. Elle n'a pas l'habitude de ces pigments. Elle essaie d'obtenir du violet en mélangeant le cadmium et le cobalt, mais il y a trop de reflets jaunes dans son rouge, ce qui donne une teinte proche de l'ecchymose. Elle ajoute un peu de carmin et finit par obtenir la couleur qu'elle recherche.

Quand elle lève les yeux, la surface de l'eau a de nouveau changé. Le lac est déjà moins pourpre, les nuages moins roses, le soleil plus bas dans le ciel. Elle n'a jamais peint de coucher de soleil et ne sait pas comment s'y prendre. Comment peindre quelque chose qui change constamment de couleur ?

Diane pose l'assiette en équilibre sur un accoudoir du fauteuil. Puis elle regarde à nouveau l'horizon et prend un autre pinceau. Le passe sur la toile pour sentir les ondulations et la texture de ses poils. Elle a peint pas plus tard qu'il y a une semaine, mais a soudain l'impression de n'avoir jamais tenu de pinceau et le repose.

À quoi joue-t-elle ? Ce n'est pas pour rien qu'elle enseigne dans une école primaire. *Ceux qui n'ont pas de talent…* tout ça. Chaque fois qu'elle enduit une toile de gesso ou plonge les mains dans l'argile, elle accepte ce qu'elle est, le chemin parcouru et tout ce qui lui reste encore à accomplir. Certains jours, elle fait de l'art. D'autres fois, elle rate son coup et se dit : *À quoi bon ?* L'enseignement n'est pas chose facile. Initier les enfants à l'art est un travail important et elle en est fière. Mais quand elle mourra, que deviendront les tableaux et les poteries qui remplissent la chambre d'amis et encombrent le garage ? Imaginons qu'elle soit la première à disparaître. Michael conservera-t-il ses œuvres ou les donnera-t-il à l'Armée du Salut ? S'interroger là-dessus revient à se demander si son mari lui reconnaît ou non du talent, et elle préfère ne pas y penser.

Diane reprend le pinceau.

« Ne fais pas ça. »

Elle se retourne et découvre Jake qui la regarde, sourcils froncés.

Elle n'a pas réfléchi à ce qu'elle lui dirait s'il la prenait sur le vif. Dans son fantasme, le tableau qu'elle peignait était si réussi que Jake était trop sidéré pour lui reprocher d'avoir emprunté son matériel. Au moins, elle n'a pas eu le temps de donner le moindre coup de pinceau. Tout ce qu'elle a fait, c'est gâcher un peu de peinture.

« Je suis désolée, dit-elle. J'aurais dû te demander.

– Ce n'est rien. Autant que ça serve à quelqu'un. »

Il s'approche, prend un autre pinceau sur le fauteuil, le lui tend, et elle se sent comme une enfant surprise à voler un billet de vingt dollars dans le tiroir à chaussettes de son père, sauf que, au lieu de l'engueuler, son père lui tend la liasse.

« Je voulais dire : Ne fais pas le soleil, reprend Jake. Enfin, on peut peindre un coucher de soleil, mais ça a déjà été fait tellement de fois. C'est comme les oiseaux. Tout le monde peint des oiseaux aujourd'hui. Ça n'empêchera pas quelqu'un d'en tirer quelque chose d'intéressant, mais...

– Ce ne sera pas mon cas.

– Ni le mien. »

Diane ne sait plus quoi faire. Elle a toujours envie de peindre le coucher de soleil, mais la présence de Jake l'intimide tout autant que ses réflexions. Celui-ci se recule et s'assoit dans l'autre fauteuil, qui donne l'impression de l'engloutir. Alors elle se tourne à nouveau face au chevalet, trempe le pinceau dans la peinture, et barre la toile d'une traînée violette. Sauf que la couleur est trop violente, comme une bouche qui veut hurler.

« Diane, dit Jake. Toi et moi, on est amis ? »

Elle a envie de répondre que non. De lui faire remarquer que c'est la conversation la plus longue qu'ils aient jamais eue. Au lieu de quoi elle dit : « Bien sûr. »

Jake se relève et attrape un pinceau courbé.

« Je peux ? » demande-t-il.

Diane lui tend l'assiette et le regarde tremper son pinceau dans le carmin. Puis il le plonge dans le doré et esquisse un éclatant cercle jaune par-dessus sa bande violette, avant d'enchevêtrer le doré et le rouge en dessous. Ça lui prend dix secondes en tout, et quand il recule, Diane reconnaît sur la toile l'horizon qu'elle a sous les yeux.

« Et voilà », dit Jake.

Elle aimerait lui demander comment il a fait, mais elle l'a vu en action. Si le voir ne lui a pas permis de comprendre, elle ne sait pas comment elle pourrait y arriver avec des mots.

« Ça semble si facile quand on te regarde », lui dit-elle.

Elle est sincèrement impressionnée, et secoue la tête quand Jake lui répond : « Je n'essayais pas de faire le malin.

– Ce n'est pas ce que je sous-entendais, réplique-t-elle, mais il repose déjà l'assiette.

– T'en fais pas. Je sais que je me la raconte, et je ne suis même pas si doué que ça. »

– Ne dis pas ça. Tu es un peintre très talentueux. Ne laisse pas les jaloux comme moi prétendre le contraire. »

Jake cligne des yeux, comme pris de court, et Diane se

demande combien de personnes dans la vie de cet homme lui disent la vérité et non ce qu'il souhaite entendre.

« Pourquoi tu veux savoir si on est amis ? » demande-t-elle.

Jake va se poster au bord du ponton et regarde l'horizon. Elle aimerait avoir son œil, rien que pour un jour. Afin de percevoir comme lui la couleur et la lumière.

« En fait, je viens juste de réaliser qu'on a quelque chose en commun. Thad et Michael se doivent d'être là, ils accourent dès que leurs parents appellent et c'est bien normal. Mais nous ? » Il se retourne, le soleil se couche dans son dos. « Toi et moi, on n'est pas des Starling. Rien ne nous oblige à subir ça et on peut partir quand on veut.

– Tu ne les apprécies pas ?

– J'apprécie Thad. Non, Thad, je l'aime. Mais j'ai parfois du mal avec sa famille. Moi, ça fait huit ans que je n'ai pas vu la mienne. »

Diane connaît l'histoire. Pas dans les détails, mais suffisamment pour savoir qu'un jour le père de Jake l'a tenu en joue avec son fusil de chasse, et que sa mère a été témoin de la scène sans moufter. Aux yeux de ses proches, on n'a pas le droit d'être comme lui.

« Les Starling pourraient devenir ta famille, si tu le voulais.

– Tu veux dire que je devrais épouser Thad, réplique Jake en riant.

– Si tu en as envie, mais ce n'est pas le sujet. C'est juste que Lisa et Richard t'aimeraient comme un fils si toi tu leur donnais un peu d'amour. »

Jake choisit un nouveau pinceau sur le fauteuil. Il a de la peinture sur les mains, une trace sur sa chemise blanche en lin. Diane aimerait lui demander où il a passé la journée, mais elle ne veut surtout pas le braquer.

« Ils t'aiment déjà, d'ailleurs, reprend-elle.

– Ce n'est pas toujours l'impression que me donne la mère de Thad... »

Jake est de nouveau posté devant la toile. Il peint d'un geste vif, remplit le ciel, puis passe au lac. Ce qu'il recherche, ce n'est pas tout à fait l'horizon qui lui fait face mais une chose plus grande, plus riche, illuminée d'une gamme de couleurs plus vaste que celles qu'il a sous les yeux.

« Tu as déjà demandé à Lisa de te parler d'elle ? »

Jake reste silencieux. Il tourne la tête vers elle, mais elle ne comprend pas l'expression de son visage. A-t-il honte de ne jamais s'être intéressé à l'existence de Lisa, ou bien est-il déconcerté à l'idée de pouvoir y prêter la moindre attention ?

« Voilà exactement pourquoi il lui arrive d'être froide avec toi, continue Diane. Tu viens de dédaigner sa vie entière d'un seul regard. »

Jake fuit ses yeux et pivote vers la toile. « Pas du tout.

– Si, même si c'était involontaire. Et ce n'est pas grave. Mais un jour, tu seras bien obligé de t'intéresser à la vie des autres, à commencer par celle de Lisa. »

Jake continue à peindre. La peinture gicle sur les bords de la toile et il s'en moque.

« Tu sais que c'est la première fois que je tiens un pinceau depuis des mois ?

– Je ne te crois pas. »

Un autre coup de pied qui n'en est pas un. Elle aurait dû manger davantage au déjeuner.

« Pourtant c'est vrai. Je suis à la ramasse, en ce moment. Je gamberge trop. »

Elle aimerait en savoir plus mais se méfie de ses propres arrière-pensées. Veut-elle lui apporter son soutien ou cherche-t-elle quelqu'un avec qui partager ses doutes ?

« Je n'arrive pas à croire que je viens de te confier ça. Même Thad n'est pas au courant. »

Le soleil se couche vite, et Jake se dépêche de le capturer, bousculant le chevalet, heurtant la toile. Il est si brusque comparé à elle, mais le résultat est bien meilleur.

« Parfois, je me dis que c'est Dieu qui guide ma main, dit-il. C'est idiot, je sais.

– Ça n'a rien d'idiot. »

Jake se recule, plisse les yeux.

« Chez moi, continue-t-il, chaque fois que je prends un pinceau pour peindre, j'ai la sensation que la toile est un aimant qui le repousse. Le pinceau plane au-dessus, comme si mon bras était possédé et que Dieu m'empêchait de peindre. Mes parents voulaient que je sois pasteur. Mon père disait que Dieu lui avait annoncé que j'aurais ma propre église. Je sais que c'est des conneries, mais une part de moi est convaincue que j'ai été puni. Puni parce que je peins et que j'aime Thad. Comme si j'avais raté ma vocation et renié le destin voulu par Dieu. »

La surface du lac scintille. Le soleil a totalement disparu.

« Tu crois en Dieu ? » demande Jake.

Diane ne sait pas, et c'est ce qu'elle lui dit.

« Là où j'ai grandi, Dieu était partout, poursuit Jake. Dans l'air qu'on respirait. Dans les hymnes qu'on chantait. On remerciait Dieu pour toutes les bonnes choses qui nous arrivaient et aussi pour les mauvaises. »

Il donne encore quelques coups de pinceau, mais le tableau est terminé. S'il continue d'y toucher, Diane craint qu'il ne gâche tout.

« Hier, j'ai laissé un homme que j'ai aimé dans le temps me faire une fellation. Et aujourd'hui, j'ai découvert qu'il peint des imitations d'Audubon et qu'il me hait. La vie est quand même un sacré bordel. »

Diane vacille. Elle tâche de contenir sa surprise mais n'y arrive pas.

« Pardon, dit Jake. Je ne voulais pas te choquer. Ça fait simplement du bien d'avoir quelqu'un à qui parler. »

Il pose l'assiette et le pinceau. S'éloigne du tableau à reculons, penche la tête à gauche, à droite. « Tu aimes Rothko ? Tu sais, ces grandes toiles avec les aplats de couleur ?

– Je sais qui est Rothko. » Elle adore ce peintre et voudrait le lui faire savoir mais se retient, consciente qu'elle recherche un peu trop son approbation.

« Rothko s'est suicidé, dit Jake. Quel gâchis. »

Au loin, un bateau entre dans la baie, et Diane reconnaît *La Vache des mers.* Richard est de retour.

« À Los Angeles, poursuit Jake, au musée d'Art contemporain, il y a une salle Rothko. Je serais prêt à payer dix mille dollars pour pouvoir y passer une heure tout seul. Et me plonger véritablement dans ses tableaux. »

Il fait deux pas en arrière et écarte les bras.

« Et voilà. Un putain de coucher de soleil. »

Le tableau est superbe. C'est bien plus qu'un coucher de soleil, et Diane comprend que son erreur est d'avoir tenté de peindre ce qu'elle voyait. Jake comprend trop bien les notions de lumière et de motif pour se faire avoir par ce qu'il a sous les yeux. Ce qu'il a fait est stylisé, impressionniste. C'est toutes les couleurs du *Cri* de Munch fondues et réagencées en quelque chose de neuf. Que Jake ait peint ça en un quart d'heure à peine inspire à Diane trop d'admiration pour qu'elle continue à l'envier.

Quand il se retourne, il est en nage. Il y a du chagrin dans ses yeux, mais aussi de la joie. Surtout de la joie. Diane comprend alors qu'elle ne sera vraiment jamais comme lui, parce que l'art n'est pas plus important que tout dans sa vie. La vie, pour elle, prime tout le reste – les gens. Michael, sa mère, ses élèves. Jusqu'au petit être qui grandit en elle. Si on lui donnait le choix entre les gens et la peinture, elle choisirait les gens, sans la moindre hésitation. Et elle n'est pas convaincue que Jake en ferait autant.

Celui-ci s'éponge le front avec sa manche de chemise, y laissant une traînée de peinture.

« Allez, dit-il. On le signe. »

Il trempe le pinceau dans la peinture noire et inscrit son nom en bas à droite. Puis il tend le pinceau à Diane.

« Travail d'équipe, dit-il. Je ne l'aurais pas fait si tu n'avais pas commencé. »

Pourquoi son instinct la pousse-t-il à croire qu'il la prend de haut ? Il n'y a pourtant rien de condescendant dans le regard exalté de Jake.

« S'il te plaît, dit-il. Je suis sincère. » Et Diane s'exécute.

En haut de la colline, une voiture se gare. Lisa en descend et leur fait un petit signe de la main. Puis elle sort une longue boîte blanche du coffre et disparaît à l'intérieur de la maison.

Coup de pied, coup de pied.

Il y a quelque chose qui ne va pas. Une espèce de crampe

ou de compression qui n'est pas normale. Diane se tient le ventre. Tandis que *La Vache des mers* approche et que Lisa descend la colline pour les rejoindre, les spasmes s'intensifient et Diane pose un genou à terre.

Puis Lisa est à ses côtés sur le ponton, elle lui demande où elle a mal, mais Diane peine à parler. La douleur est trop intense.

« Merde, dit Jake. Qu'est-ce qui t'arrive ?

– Je suis enceinte », lui répond-elle.

Jake semble sonné, puis fou de joie. « Félicitations. Bon sang, c'est génial !

– Il faut l'emmener à l'hôpital, dit Lisa. Aide-moi à la relever. »

Après ça, tout se précipite. Lisa et Jake la soutiennent jusqu'en haut de la colline. « Qu'est-ce qui se passe ? demande Richard depuis le lac, où il amarre le bateau. Bon Dieu, qu'est-ce qu'il y a ? » Mais personne ne lui répond. Lisa installe Diane à l'arrière de la voiture, puis prend place à côté d'elle. Jake se glisse derrière le volant et attend Richard, qui grimpe péniblement la colline. « Dépêchez-vous ! » crie-t-il, et Richard fronce les sourcils, accélère et monte en voiture. « Qu'est-ce qui se passe ? répète-t-il. Où va-t-on ? » Jake ne répond pas. Et n'attend pas que Richard attache sa ceinture. Il quitte l'allée en marche arrière et fonce sur la route. Après avoir pris plusieurs inspirations, Diane sort son téléphone de sa poche et compose le numéro de Michael, sans succès.

34

Sur le siège passager, Michael tripote le bouton de la clim' d'une main et se malaxe la joue de l'autre. Il appuie la tête contre la vitre. « Il faut que je récupère ma voiture.

– Demain, dit Thad. Tu es ivre, et moi je suis défoncé. On rentre.

– J'ai laissé mon portable à l'intérieur. Laisse-moi au moins le récupérer, c'est sur le chemin. Ah, et si on passe devant une supérette, j'ai besoin de shampoing contre les poux. »

Mentalement, Thad tente de déterminer qui, entre son frère et lui, mène la pire existence. *Ce n'est pas un concours.* La voix de son père résonne dans sa tête. *Vous me décevez autant l'un que l'autre.* Non qu'il ose un jour formuler ces mots, mais il est là, le jugement, dans les yeux de cet homme quand il demande à son fils ce qu'il a fait depuis un an et que Thad lui répond : « J'ai écrit des poèmes. »

« Tu as déjà essayé de voir un psy ? » demande-t-il.

Michael rabat le pare-soleil. « Je m'en fous pas mal, des psys.

– Mais tu es dépressif.

– Pas du tout.

– On est tous dépressifs dans la famille, insiste Thad. Mais je suis le seul qui consulte et qui se fait aider. »

Michael baisse sa vitre. « Papa n'est pas dépressif.

– Bien sûr que si, mais il est d'une autre génération. Les hommes de son âge le montrent moins et acceptent leur petite vie malheureuse en serrant les dents.

– Et maman ?

– Je ne sais pas, ça a l'air d'aller. De nous quatre, c'est elle qui se porte le mieux. »

Michael regarde par la fenêtre. La route zigzague et Thad préférerait qu'il regarde devant lui pour éviter d'être à nouveau malade.

« Qu'est-ce que ça a de si bien, la thérapie ? demande son frère.

– Ça te permet de te shooter légalement, pour commencer.

– Ton psy te file de la drogue ? »

Thad n'arrive pas à savoir si Michael plaisante ou si vraiment il est déconnecté à ce point.

« Des médicaments sur ordonnance, explique-t-il. Enfin, c'est un psychiatre qui les prescrit. Mon psychothérapeute n'est pas habilité à me faire des ordonnances.

– Quel type de médicaments ?

– Dans mon cas ? Je vénère la sainte trinité : Xanax, Paxil, Seroquel. »

Ils approchent d'un virage serré, et Thad ralentit. Quand on est au bord du lac, on a tendance à oublier qu'on se trouve au milieu des montagnes, mais en voiture c'est impossible.

« Pourquoi trois ? demande Michael.

– Un pour les angoisses, un autre pour la dépression, et le dernier pour la psychose.

– Attends un peu, tu es psychotique ?

– Je suis bipolaire. Et donc susceptible de faire des crises psychotiques. »

Un crachin se met à tomber et Thad actionne les essuie-glaces.

« Tu crois vraiment que moi aussi je suis dépressif ? demande Michael.

– Je suis pas toubib, mais je crois ce que je vois. Et ce que je vois, c'est un dépressif qui boit de l'alcool – ce qui favorise la dépression, d'ailleurs – pour tenir le coup. »

La pluie s'intensifie.

« Ça fait combien de temps que tu es sous traitement ?

– Celui-là, ça fait un moment. J'en change environ tous les cinq ans, quand il cesse de faire effet et que je recommence à vouloir me suicider.

– Merde, fait Michael. Je ne savais pas. Je savais que c'était grave, mais pas à ce point. J'imagine qu'au fond de moi je me disais que tu voulais juste...

– Attirer l'attention ? »

Thad étrangle le volant. Il aimerait coller son bras et son orteil manquant sous le nez de son frère, mais ils n'ont encore jamais parlé de ça, ni de près ni de loin. Il desserre peu à peu sa prise.

« Y a pas de mal, finit-il par dire. J'ai accepté le fait que ce soit difficile à comprendre pour les gens qui n'ont pas des idées noires comme moi. »

Un panneau annonce : *Highlands, 3 kilomètres.* Plus loin, un autre virage, une paroi rocheuse côté droit, un double rail de sécurité côté gauche. Thad ralentit à vingt, puis quinze kilomètres-heure.

Dans une thérapie, Steve dit que la meilleure façon d'encourager la vulnérabilité est de partager la sienne, mais Thad ne sait pas quels mots pourraient pousser Michael à admettre qu'il boit trop.

« Steve dit que...

– C'est qui, Steve ?

– Mon psy.

– Ton psy s'appelle Steve ? »

Dix kilomètres-heure. Ils prennent le virage, et Michael éclate de rire. Thad ne comprend d'abord pas ce qu'il y a de si drôle. Puis il pense à son thérapeute qui s'appelle Steve. Et à ses chemisettes qui laissent voir ses bras poilus. Quel genre de médecin porte des chemises à manches courtes ? Alors il se met à rire, lui aussi, et soudain c'est comme quand ils étaient petits. Ils redeviennent des frères qui remplissent l'habitacle de leur hilarité à la seconde même où Thad percute un cerf.

En fait, le cerf est déjà mort, et Thad le percute moins qu'il ne lui roule dessus. Il pile, fait marche arrière. Ses entrailles sont répandues sur la route.

C'est une biche adulte, un déploiement de brun et de rouge à cheval sur la ligne blanche. Thad a déjà vu des animaux écrasés en Caroline du Nord, et aussi dans le nord de l'État de New York, mais il est plus fréquent de voir un cerf abîmer une voiture qu'une voiture tuer un cerf. Le véhicule qui a percuté cet animal était en tout cas massif et il ne s'est pas arrêté. Pourtant, ce n'est pas la bête morte qui a attiré l'attention de Thad : c'est le faon. Avec son derrière à pois blancs et ses pattes frêles, il est posté à côté du rail de sécurité, museau ensanglanté, oreilles dressées, les yeux rivés sur sa mère.

« Putain de merde », fait Michael.

Ils attendent un moment sans bouger et, tandis qu'ils observent la scène, le faon s'approche de sa mère. Lui donne de petits coups de museau dans le cou, la tête.

« Putain », répète Michael.

Thad sort de la voiture, et le faon ne bronche pas. Croit-il que sa mère va se relever ? Les animaux comprennent-ils ce qu'est la mort ?

« Non, non, non, souffle son frère en se prenant le visage à deux mains.

– Ça va aller », dit Thad, s'adressant à lui autant qu'au faon.

– Je veux rentrer », lâche Michael.

Thad s'accroupit à côté de la portière ouverte, mais ne veut pas trop s'approcher. L'odeur est forte, les mouches sont déjà là. Le faon lèche le visage de sa mère.

« Ramène-moi à la maison, insiste son frère. S'il te plaît. »

Ils ont été des enfants dans une baignoire, jadis, chantant et se savonnant mutuellement le dos. Des enfants qui se sont battus pour un pyjama rouge – trop petit pour Michael, trop grand pour Thad – imprimé d'une locomotive et d'un rail noir qui faisait le tour de la taille. Ils ont été des enfants bien au chaud sous leur couverture, à qui leur mère lisait l'histoire de l'araignée et du cochon. Et où est leur père dans tous ces souvenirs ? Dans son bureau. Au labo. Au travail. Ils avaient besoin de lui, mais ils avaient appris à ne pas déplorer son absence. L'absence était le domaine des pères, et ils le laissaient travailler tranquille. Une fois bordé, le ventre plein et les cheveux encore mouillés, son frère à ses côtés et leur mère flottant au-dessus d'eux tandis qu'il se laissait sombrer dans le sommeil, Thad n'aurait pu être plus heureux. Et ne s'attend pas à être de nouveau aussi heureux un jour. Le monde était différent, à moins que ce soit lui qui ait changé. Ce qui est sûr, c'est qu'ils ne vont pas rentrer tout de suite à la maison.

Michael descend de voiture, claque sa portière, et voit le faon bondir de l'autre côté de la route, par-dessus le rail de sécurité, puis disparaître. Thad court dans sa direction, mais ce qui ressemblait à une falaise depuis la voiture n'est qu'une petite pente plantée de pins que l'animal n'a aucun mal à sillonner.

Thad se retourne. Son frère fait peur, avec sa lèvre gonflée. Il le rejoint et, ensemble, ils font basculer la biche sur le bord de la route.

De retour dans la voiture, Thad s'essuie les mains sur son pantalon, mais l'odeur est tenace, mélange de fer, d'herbe et de musc animal. Elle les accompagne tout au long du dernier kilomètre qui les sépare de Highlands, et quand Thad se gare derrière la voiture de Michael, elle n'a toujours pas disparu.

Il ne mangera plus jamais de gibier. Et ne racontera jamais cette histoire à quiconque, car un miracle perd un peu de sa dimension miraculeuse chaque fois qu'on le raconte.

Une fois la voiture à l'arrêt, il se tourne vers son frère.

« Tu vas récupérer ton téléphone ?

– Diane est enceinte », lâche Michael.

Thad pense d'abord avoir mal entendu, puis comprend que ce n'est pas le cas. *On n'aura jamais d'enfant*, disait toujours son frère. Tu parles ! Thad va bientôt être tonton.

« C'est formidable, dit-il. Qui d'autre est au courant ?

– Juste maman pour l'instant.

– Et Diane est enceinte de combien ?

– Dix semaines. Onze, peut-être.

– Le médecin ne lui a pas dit ?

– Elle n'est encore allée voir personne. »

Thad n'y connaît pas grand-chose en matière de grossesse, mais il a suffisamment d'amis qui ont des enfants pour savoir qu'on n'attend jamais si longtemps avant de consulter. Quand on découvre qu'on est en cloque, on appelle son toubib et on se prépare à changer de vie.

« C'était pas prévu, si tu veux tout savoir », reprend Michael.

De l'autre côté du pare-brise, le soleil se couche, et la cime des arbres flamboie comme des têtes d'allumettes. Bientôt la chaîne des Blue Ridge scintillera, telle une mer à l'intérieur des terres.

« Mais tu es impatient ? demande Thad. Tu arrives à te projeter ?

– On va le garder », répond Michael, qui descend de voiture pour aller chercher son portable.

Thad en profite pour vérifier sa messagerie. Les deux mêmes messages. Il tente de réécouter le premier, et maintenant qu'il n'est plus si défoncé et qu'autour de lui tout est silencieux, il comprend ce que lui dit son frère. Et ce qu'il entend le remue au plus profond de lui. Michael parle d'une voix pâteuse, mais impossible de ne pas comprendre le sens de ses mots : ils ont eu une sœur. Qui s'appelait June et qui est morte.

Michael est de retour. « Je l'ai trouvé ! dit-il en brandissant son téléphone.

– C'est vrai ? » lui demande Thad, brandissant le sien.

Le visage de Michael s'affaisse. « Merde. Je n'ai pas… Je voulais…

– Réponds-moi. C'est vrai ? » Et le silence de son frère est la seule confirmation qu'il attendait.

Les questions se bousculent dans sa tête. Cette sœur, à quel âge est-elle morte ? Depuis combien de temps Michael est-il au courant, et pourquoi lui-même ne savait-il rien ? Mais l'heure n'est pas aux questions, parce que Michael lâche un juron, les yeux sur son portable.

« Je crois qu'il y a un problème, dit-il.

– Quoi ?

– Des appels manqués.

– Combien ? »

Michael lui montre son écran.

Appels en absence : 22.

35

Dans la salle d'attente, Richard fait les cent pas et Jake l'observe. Lisa de son côté garde la tête baissée. Peut-être qu'elle prie. Thad a raconté à Jake que lorsqu'ils étaient petits, elle traînait ses deux fils à l'église de temps à autre, même si aujourd'hui elle est moins pieuse.

La salle d'attente est modeste, le sol en stratifié, le plafond bas. Une dizaine de chaises en plastique orange sont alignées contre le mur, où Jake et Lisa sont assis. Dans un coin, le manche à balai d'une serpillière dépasse d'un seau jaune rempli d'eau grisâtre. Un panneau *Attention : sol glissant* est posé à côté d'un distributeur de boissons chaudes, du genre à proposer un ersatz de café dans des gobelets en carton en échange de vingt-cinq *cents.*

Personne d'autre dans la salle. Petite ville, petit hôpital. La standardiste a tout de suite reconnu Diane lorsqu'ils sont arrivés. « Comment ça va, le crâne de votre mari ? » lui a-t-elle demandé, avant que Lisa ne lui explique la situation. La femme a donc prévenu un médecin et depuis ils attendent.

« Qu'est-ce qui se passe ? finit par demander Richard.

Pourquoi personne ne veut rien me dire ? Qu'est-ce qui ne va pas avec Diane ?

– Elle a des crampes, explique Jake.

– On est venus jusqu'ici pour des crampes ? »

Jake et Lisa échangent un regard.

« Qu'est-ce qu'on me cache, bon sang ?

– Diane est enceinte, lâche Lisa. Elle ne l'avait encore dit à personne. »

Richard se laisse tomber sur une chaise de tout son poids, et sa femme se lève pour aller s'asseoir près de lui.

« Elle ne l'avait encore dit à personne, mais elle vous l'avait dit à tous les deux. »

– Elle vient juste de me l'apprendre, dit Jake. Quand on était sur le ponton.

– Je suis le seul qui n'était pas au courant ? » Richard prononce ces mots d'une voix un peu trop forte, et Lisa lui pose la main sur la nuque.

« Chéri, dit-elle, la seule chose qui devrait te préoccuper pour le moment, c'est de savoir si tout ira bien pour Diane.

– Des crampes, fait Richard. C'est mauvais signe.

– Ne paniquons pas », dit Lisa.

Jake sort prendre l'air. Il déteste les hôpitaux, la maladie. Cette conversation à propos de Diane, l'idée qu'elle fasse une fausse couche, c'est trop pour lui. Dehors il fait nuit à présent, et le bitume du parking luit sous l'éclairage des réverbères comme de la réglisse entrelacée de verre.

Merde. Michael devrait être là avec sa femme, et Thad devrait être là avec lui. Lisa leur a parlé, elle dit qu'ils sont en route, mais Jake aimerait qu'ils se dépêchent. Il ne peut pas retourner seul dans cette salle d'attente, ne peut pas affronter le chagrin de Richard et Lisa quand on leur annoncera qu'ils ne seront pas grands-parents. Et que dire à Thad quand il arrivera ? Admettons qu'il demande à Jake où il était passé, que lui répondra-t-il ? Et si l'ultimatum est toujours d'actualité, quelle décision prendra-t-il ? Faut-il vraiment qu'il fasse un choix ?

Au moins aujourd'hui il a peint. Ce n'est pas rien.

Il regarde sa montre. Appelle Frank.

« Jacob ? » Le galeriste a la voix rauque, et lourde de sommeil bien qu'il ne soit même pas vingt-deux heures.

Quand Jake l'a rencontré pour la première fois, il a été intimidé. Un homme charismatique, tactile, toujours une main posée sur votre bras, mais une excellente réputation. Il n'a jamais fait d'avances à un artiste dont il vend les œuvres. Dans sa galerie, c'est un féroce négociateur, mais avec ses peintres c'est un meneur, un confident et un ami.

« Pardon, dit Jake. Je ne voulais pas te réveiller. »

Frank tousse et c'est comme si on avait mis des pinceaux dans un broyeur, un bruit de crécelle, résultat de décennies de cigarettes.

« C'est pas grave, dit-il. Comment va ma petite rock star ?

– Pas terrible. Un enfant s'est noyé, le frère de mon petit ami a failli se noyer en essayant de le sauver, et maintenant sa femme est à l'hôpital. Mais ce n'est pas pour ça que j'appelle.

– Merde. Où es-tu ?

– Au milieu des montagnes. Tu ne connais pas cet endroit. »

Frank garde le silence si longtemps que Jake se demande s'il ne s'est pas rendormi.

« Il faut que je t'avoue quelque chose, reprend-il. Ça fait des mois que je ne peins plus. Tu ferais mieux d'annuler ma prochaine expo. Je ne sais pas si j'arriverai à m'y remettre un jour. »

Frank tousse à nouveau. À moins qu'il ne tente de contenir un éclat de rire.

« Écoute, Jacob », dit-il, retrouvant sa voix ferme, celle qui réussit à convaincre des millionnaires d'acheter des tableaux qu'ils n'auraient sans lui jamais envisagé d'acquérir. C'est une voix-baïonnette, qui fait couler le sang. « Tu viens de faire une expo où tous tes tableaux sont partis comme des petits pains. Le *Times* a été dithyrambique. Évidemment que tu ne peins plus. Parce que tu n'es pas censé peindre mais fêter ça. Et tu es aussi censé flipper. Douter de tout ce que tu as fait et te demander ce que l'avenir te réserve. Colère et larmes ! Tu as vingt-cinq ans !

– Vingt-six.

– Vingt-six ! C'était inévitable. Tu es une putain de machine et il y a longtemps que tu aurais dû faire un burn-out. Prends du temps pour toi. Je te le promets, tu repeindras.

– Et si je n'y arrive pas ?

– Tu y arriveras.

– Et si…

– Fais-moi confiance.

– Mais ma prochaine expo ?

– Reportée. Fais-les mariner un peu. Fais-leur croire que tu prépares un truc exceptionnel, ce qui sera bientôt le cas. »

Un silence s'abat.

« À ce propos, Jacob, reprend Frank d'une voix polie

comme l'acier. Y a intérêt à ce qu'elle le soit, exceptionnelle. »

Jake ne sait vraiment pas quoi répondre à ça. Cela fait des semaines qu'il redoute cet appel et, en deux minutes, il est passé de l'angoisse au soulagement et du soulagement à la terreur.

Frank tousse et rit en même temps. « Je plaisante ! Et maintenant va te coucher, et serre ton adorable petit ami dans tes bras de ma part. »

Il raccroche, et Jake range son téléphone dans sa poche au moment même où Thad et Michael arrivent en voiture. Ils se garent et Michael descend d'un bond, passant devant Jake en courant. Thad le rejoint sans se presser.

« Salut », dit Jake, mais son compagnon l'ignore et entre dans l'hôpital.

Il aurait dû appeler. Il n'aurait pas dû le laisser sans nouvelles toute la journée. Il craint qu'il soit trop tard pour se rattraper et le suit à l'intérieur.

Dans la salle d'attente, Lisa jette un regard noir à son cadet. *Où étiez-vous ? Pourquoi vous ne répondez jamais quand on vous appelle ?* Pendant ce temps, quelqu'un accompagne Michael jusqu'à la salle de consultation où a été conduite sa femme.

Thad s'assoit, et quand Jake le rejoint, il se décale d'un siège.

« Et toi, tu étais au courant ? demande Richard à son fils depuis l'autre bout de la salle.

– Au courant de quoi, papa ?

– Pour Diane. Elle est enceinte. Tu savais ? » De nouveau il parle trop fort, et de nouveau Lisa lui caresse la nuque. « Michael me l'a appris il y a une demi-heure. »

Richard secoue la tête, se lève, et se dirige d'un pas lourd vers la machine à café, cherchant une pièce au fond de ses poches. Lisa va s'asseoir sur la chaise entre Jake et Thad et leur passe un bras autour des épaules. Ce dernier ne fait pas un geste, ce que Jake trouve bizarre. Thad serait-il en colère non seulement contre lui mais aussi contre sa mère ?

Le grincement du distributeur s'éteint dans un râle, et Richard attrape son gobelet. Il boit une gorgée, grimace, et jette le gobelet dans le seau de la serpillière.

« Pour que tout soit bien clair, dit-il. Qui, ici, était au courant ?

– T'es sérieux ? dit Thad. C'est toi qui me fais la leçon parce que j'ai gardé un secret ? »

Il se lève, et Jake le suit dehors.

« Il ne s'est rien passé, dit-il. Je suis allé à Asheville et il n'y a plus de Marco. C'est fini. C'est toi que j'aime. »

Thad ne répond rien et, quand il lève enfin la tête, il pleure.

« J'ai une sœur.

– Quoi ? Je ne comprends pas.

– Maman l'a dit à Diane, qui l'a dit à Michael qui me l'a dit. Une grande sœur, qui s'appelait June et qui n'a vécu qu'un mois.

– Je suis désolé », dit Jake. Il s'avance, et Thad le laisse le prendre dans ses bras. Puis il se redresse, s'éclaircit la gorge et sèche ses joues.

« Je ferais mieux de retourner à l'intérieur. »

Thad est toujours dans les bras de Jake, et il y a tant de choses que celui-ci aimerait lui dire. Il voudrait lui parler de Marco, des oiseaux, du coucher de soleil et de son appel à Frank. Il voudrait aussi que Thad lui raconte sa journée et lui dise ce qu'il a sur le cœur. Thad compte tellement à ses yeux. Il est plus important que lui-même et il paierait cher en cet instant pour pouvoir lire ses derniers poèmes.

Mais il ne dit rien de tout ça. Il dit : « Va les rejoindre », et le laisse partir.

36

Diane tient la main de son mari.

Elle est allongée sur une grande table d'examen et, dans sa blouse en papier, elle a froid. L'éclairage de la petite pièce est tamisé, les murs sont baignés de gris, et un comptoir occupe un mur sur toute sa longueur. Une machine qui lui rappelle les projecteurs de l'école primaire est suspendue au-dessus de sa tête, et Michael est debout à côté d'elle. Il a vraiment mauvaise mine et sent le vin.

Aux pieds de Diane, une femme remplit des documents sur une écritoire. Elle porte une blouse blanche mais pas de stéthoscope, et Diane ignore si elle est médecin ou infirmière. Elle n'était pas de garde vendredi quand Michael a fait soigner sa blessure à la tête. Elle lui pose des questions et note les réponses sur son bloc.

À combien de semaines de grossesse est-elle ? Dix.

A-t-elle déjà passé une échographie ? Non.

Qui est son médecin traitant au Texas ? Elle n'en a pas.

Qui suit sa grossesse ? Elle-même.

S'ensuit un long silence.

La femme doit penser qu'elle est folle, ou alors elle voit ça tout le temps : des grossesses non désirées, des couples refusant de prendre une décision et se disant que s'ils attendent assez longtemps, le problème se réglera tout seul.

De fait, peut-être le problème est-il en train d'être résolu et expulsé de son ventre. Sauf que le problème n'en est pas un, n'en a jamais été un, du moins pas pour Diane, et elle ne veut pas qu'il se règle.

La femme retire une feuille de l'écritoire et la retourne. Barre quelque chose. Il n'y a aucune hâte dans ses gestes, l'attente est insoutenable. Et si c'était une question de minutes ? Comment cette femme peut-elle être si lente ?

« S'il vous plaît, dit Diane, vous pouvez aller un peu plus vite ?

– Oh, ma jolie, rien ne presse. Vous saignez ? » Elle ne saigne pas. « Vous avez des crampes ? » Elle n'en a plus. La douleur, de fait, a diminué depuis qu'elle s'est allongée.

« Votre utérus est simplement en train de s'élargir et c'est plus sensible chez certaines femmes que chez d'autres. Nous allons vous faire passer les examens de routine, mais a priori tout va bien. »

Michael presse la main de Diane dans la sienne.

« Je vais demander une échographie, continue la femme. Je reviens tout de suite. »

Elle sort et Michael demande à Diane ce qui s'est passé. Il a les yeux hagards, comme vidés de toute lueur.

« Des contractions, dit-elle. Comme au début de mes règles.

– Ça fait très mal ? » demande-t-il, et elle voudrait savoir, sur une échelle de un à dix, quel est le degré de sincérité de son inquiétude. Après tout, ne préférerait-il pas qu'elle perde le bébé ?

« J'aimerais voir ma mère, lâche-elle.

– Je vais l'appeler », dit Michael, mais Diane secoue la tête.

Si elle fait une fausse couche, mieux vaut que sa mère n'en sache rien. Elle est fragile, pleine de bonnes intentions mais trop sensible. *Pourquoi tu ne me l'as pas dit plus tôt ?* lui demanderait-elle, et Diane serait obligée d'argumenter et de se défendre. Elle n'a vraiment pas besoin de ça en ce moment.

Michael lui lâche la main. Il s'agenouille, et sa tête est à la hauteur de son ventre.

« Il faut que je te demande quelque chose, murmure-t-elle. M'aimes-tu au point d'accepter d'élever cet enfant avec moi ? »

Michael ouvre la bouche pour parler, et elle lui couvre les lèvres de la main.

« Ne réponds pas tant que tu n'es pas sûr. Parce que c'est soit le début, soit la fin. Je ne peux pas continuer à vivre comme on a vécu ces deux derniers mois, ni même ces deux dernières années. Je t'aimerai toujours, Michael, mais je ne supporte plus que tu me traites comme tu le fais. Si cet enfant est toujours en moi, je vais le garder. À toi de décider si tu veux t'investir pleinement à mes côtés. C'est fini la tiédeur, et j'ai besoin de savoir si tu comptes rester ou non. »

Diane retire sa main, et Michael enfouit son visage dans son ventre.

« Je reste », dit-il, et il faudra qu'elle s'en contente pour l'instant. Il prend la main de Diane dans les siennes et l'embrasse. Elle lui caresse les cheveux de sa main libre et c'est leur premier geste d'intimité depuis des mois.

« Je me suis fait arrêter par les flics aujourd'hui », dit-il.

Diane ne répond rien, mais sa main s'immobilise. Il tourne la tête pour qu'elle puisse voir son visage.

« J'ai peut-être un problème avec l'alcool, continue-t-il. Enfin, ce n'est pas peut-être, c'est sûr. Parfois, je me lève en pleine nuit et j'ai besoin d'un verre de vodka pour me rendormir.

– On n'a pas de vodka à la maison. » Elle ne voit pas quoi dire d'autre. Elle ne le savait pas. Elle savait que son mari aimait bien boire, mais ça, l'addiction, elle n'en avait aucune idée.

« Dans le placard de la chambre, tiroir du bas : deux bouteilles. Au sous-sol sous l'escalier, avec les décorations de Noël : trois bouteilles. Et une autre au garage, derrière la chaudière. »

Diane ne pleure pas. La stupéfaction l'en empêche.

« Ça fait combien de temps que ça dure ?

– Trois ans. »

Trois ans ? « Je ne sais pas ce qui me met le plus en colère, le fait que tu me l'aies caché ou que je ne m'en sois pas rendu compte.

– Il ne faut pas que tu t'en veuilles, dit-il.

– Je nous en veux à tous les deux. » Elle lui prend la main. Elle peut écouter, essayer de comprendre. Elle dit : « Parle-moi encore. »

Et c'est ce qu'il fait. Il lui raconte qu'il s'est mis à boire après le boulot, de plus en plus, et qu'au bout d'un moment il a commencé à boire toute la journée pour tenir jusqu'au soir. Il lui parle de tous les bars d'où il s'est fait jeter et lui dit qu'il a déjà pris le volant alors qu'il était ivre. Il lui parle de la cellule de dégrisement, du type sur le banc et de Thad qui est venu à son secours.

« Il faut que tu en parles avec tes parents, dit-elle. Et pour t'en sortir, il va peut-être falloir que tu quittes ton travail, ou qu'au moins tu prennes du recul. On va avoir besoin d'argent pour que tu te fasses aider.

– Je ne peux pas encore une fois demander à mon père.

– Alors c'est moi qui le ferai.

– Diane, s'il te plaît », dit-il, et elle voit qu'il se sent humilié. Pire, qu'il a honte.

« Très bien. C'est toi qui vois. Mais je refuse que mon enfant soit élevé par un père alcoolique. Si tu n'as pas arrêté de boire dans six mois, il faudra que tu partes. »

Michael fait oui de la tête. Ce n'est pas ce qu'il voulait entendre, elle le sait et aurait préféré qu'il en soit autrement. Mais c'est la seule façon de faire.

« Il n'y a pas de compromis possible, continue Diane. Mon père aussi avait un problème d'alcool et ma mère m'a élevée seule. Je ferai pareil si tu ne te soignes pas.

– Bon sang, dit Michael. Je t'aime tellement. »

Voilà les mots qu'elle avait besoin d'entendre. Ils arrivent comme une pluie rafraîchissante après une journée de canicule, et elle l'attire à elle pour l'embrasser.

« Eh, dit-elle, tu veux que je te raconte une blague ?

– Oui.

– Pourquoi les pêcheurs ne sont pas gros ? »

Michael sourit. Il connaît toutes les blagues de son père par cœur, mais il se prête au jeu.

« Je ne sais pas. Pourquoi ils ne sont pas gros, les pêcheurs ?

– Parce qu'ils... Merde ! » Elle a oublié la chute.

Michael éclate de rire. Il se lève en riant et s'appuie sur la table d'examen. Diane ne se souvient pas de la dernière fois qu'elle l'a entendu rire, et ce rire semble libérer quelque chose à l'intérieur de lui.

« C'est quoi, déjà, la chute de cette blague ?

– Parce qu'ils surveillent leur ligne », dit Michael, lui caressant les cheveux et déposant un baiser sur son crâne.

Puis la femme en blouse blanche revient. D'une boîte posée dans une panière en fil de fer à côté de l'entrée, elle tire une paire de gants d'examen qu'elle enfile.

« Excusez-moi, vous êtes médecin ?

– Non, je suis technicienne en échographie, corrige la femme. Le médecin ne va pas tarder. »

Elle s'installe sur un tabouret à roulettes et sort son matériel du meuble contre le mur. Diane sait ce qui l'attend et soulève son chemisier. *Mon Dieu, faites que mon bébé aille bien*, ne peut-elle s'empêcher de penser.

« Ce ne sera pas très sophistiqué, explique la femme. Si vous voulez des images en 3D, il faudra aller à Asheville ou Atlanta. »

Il y a un écran suspendu au mur face au lit. Ce qui y apparaîtra, ou n'y apparaîtra pas, changera la vie de Diane à jamais.

La femme enduit son abdomen d'un gel froid et transparent avant de poser la sonde de l'échographe. Après quoi elle tapote quelques boutons sur la machine près de la tête de Diane, et l'écran au mur devient blanc, puis noir. Michael lui prend la main. Un frémissement, et soudain surgit l'image lumineuse de son ventre.

La technicienne continue à déplacer la sonde et on entend un souffle, comme des vagues se brisant sur une rive lointaine. L'eau les entoure. Elle enveloppe la pièce.

Mais que regardent-ils ? Une palpitation, un mouvement, rien de clair ni de discernable. Diane n'arrive plus à respirer.

« C'est cette petite forme ? » demande-t-elle.

La technicienne sourit. « Ce sont ces deux petites formes, là.

– *Deux ?* » dit Michael.

Diane scrute l'écran et, en regardant bien, distingue en effet deux fœtus blottis l'un contre l'autre. Michael lui lâche la main et fait trembler la table en s'y agrippant pour garder l'équilibre.

« Des jumeaux, poursuit la femme, mais il est encore trop tôt pour connaître leur sexe. Ce qui est sûr, c'est que vous êtes à dix semaines. » Elle tapote l'épaule de Diane. « Ça se voit aux bourgeons de bras et aux jambes. »

Bourgeons. Diane visualise des tulipes émergeant d'un parterre de fleurs, leurs pétales s'ouvrant pour goûter au soleil.

« Des jumeaux ? » répète Michael.

Avant que la technicienne puisse répondre, un nouveau bruit résonne dans la salle.

« Qu'est-ce que c'est ? demande-t-il.

– Cent soixante-dix-huit, c'est parfait. »

La femme trouve le second fœtus et esquisse avec sa sonde des cercles concentriques toujours plus larges, avant de la diriger vers le flanc de Diane.

« Qu'est-ce qui ne va pas ? »

La technicienne ne dit rien. Elle replace la sonde sur le ventre de Diane, et on entend un battement de cœur.

« C'est encore le premier fœtus, dit-elle. Je crois.

– Vous croyez ? » Michael lève la main de la table. En un clin d'œil, il est déjà devenu un père.

Diane ferme les yeux. La salle est plongée dans le silence, à l'exception du bourdonnement de la machine. Le bruit est celui des vagues et elle est la rive.

« S'il vous plaît », implore Michael.

Diane aimerait se lever, poser sa main sur le visage de son mari et lui dire que ce n'est pas grave, mais il reste une chance, même infime, que le second fœtus aille bien, que son battement de cœur soit fort. Alors, en attendant de le savoir, elle ne bougera pas, ne toussera pas, ne pliera pas le doigt ni n'ouvrira les yeux. Elle restera allongée sur cette table d'examen une éternité s'il le faut pour entendre le premier battement du cœur de son enfant.

« S'il vous plaît, répète Michael.

– Le voilà, dit la technicienne. Le second fœtus. »

Diane ouvre les yeux. Michael est en larmes.

« Des jumeaux, dit-il.

– Des jumeaux, répète-t-elle.

– Bon sang. Il va falloir que j'en vende, des chaussures. »

IV.

DIMANCHE SOIR

37

Le Nico's est bondé en cette fraîche soirée – les chauves-souris descendent en piqué, les étoiles brillent, les arbres oscillent dans l'éclat de la lune. Cris, rires, hululements de chouettes. Une ribambelle d'enfants sur la terrasse.

Il est tard pour manger une glace mais, après avoir déposé Michael et Diane à la maison, Lisa a suggéré à son mari qu'ils laissent respirer un peu les futurs parents, d'où leur présence ici. Cornet de glace à la main, ils traversent la terrasse et descendent l'escalier.

Sous un arbre, un garçon gratte une guitare et, à quelques pas de là, deux filles examinent leurs coups de soleil. Quelqu'un a planté des torches en bambou sur la rive moussue. Parfumées à la citronnelle, celles-ci jettent une lumière vacillante sur le patio, dont les tables soudées à leurs bancs rappellent à Richard les pique-niques qu'ils faisaient autrefois dans les parcs nationaux.

L'une d'elles est inoccupée et il s'y installe tandis que Lisa observe la rivière. Au-dessus de sa tête, entre les lattes de la terrasse, il épie les baskets qui passent, une patte de chien, une pièce de cinq *cents* restée coincée là. Il savoure sa glace, et son cœur bat la chamade à l'idée de tout ce qu'il a appris aujourd'hui. Il est entré dans une telle colère à l'hôpital, a tellement eu l'impression qu'on ne lui faisait pas confiance lorsqu'il a réalisé qu'il était le seul à ne pas être au courant de la grossesse de Diane. Et puis Michael était revenu dans la salle d'attente et leur avait annoncé que c'étaient des jumeaux. En un instant, le ressentiment incrusté dans son cœur s'était évanoui.

Mais il reste le cadavre dans l'eau. Il n'arrive pas à oublier l'image du petit garçon qu'il a vu aujourd'hui, la pâleur de sa peau.

« Tout va bien, mon chéri ? » demande Lisa. Elle a détourné le regard de la rivière et le scrute.

« Ça va », dit-il. Il est le seul à pouvoir gérer son chagrin. Il n'a jamais montré ses émotions, et ils ont bien failli divorcer à cause de cela, il y a longtemps, après la mort de June. Mais il n'y a pas de mauvaise façon de faire son deuil. Ils ont appris ça ensemble et sont restés mari et femme de cette façon.

« Pardon de ne pas te l'avoir dit plus tôt, reprend Lisa. Je voulais que ce soit Diane ou Michael qui te l'annoncent. Moi-même, je ne suis au courant que depuis hier.

– Tout va bien, ne t'inquiète pas.

– Sache simplement que ça n'avait rien à voir avec toi, insiste Lisa. Ils avaient prévu de n'en parler à personne avant d'être sûrs de le garder.

– Le garder ?

– Je veux dire…

– C'est absurde. Un couple marié, ça n'avorte pas. »

Lisa l'a toujours dit : pour quelqu'un d'aussi intelligent, Richard peut parfois se montrer horriblement bête, et la tête qu'elle fait lui rappelle qu'il y a bien des choses en ce monde qui lui échappent.

« Ils l'ont retrouvé, lâche-t-il alors.

– Retrouvé qui ? demande Lisa, mais il n'a pas besoin de répondre pour qu'elle comprenne.

– J'ai voulu prévenir les parents. Je me disais que ce serait peut-être plus facile de l'entendre de ma bouche, mais la police est arrivée avant moi.

– Tu étais là ? Tu as vu le corps ? »

Richard acquiesce. Tout ce sucre lui donne mal au ventre. Sa langue est comme ankylosée et sa main, gelée.

À deux tables de là, un petit garçon aux cheveux bleus demande une autre glace, *tout de suite.* Du remue-ménage, des éclats de voix, et bientôt le gamin et son père se disputent. Celui-ci finit par se lever, arrache le téléphone des mains de son fils et le jette à l'eau. Le garçon hurle, en rage, et court sur la rive.

Le brouhaha sur la terrasse baisse soudain d'un cran et tout le monde est comme fasciné par la scène. Puis la famille disparaît d'un coup et les conversations reprennent autour des tables.

« Tu crois qu'ils savent ce qui les attend ? demande Richard.

– Je suis sûre que ce n'est pas la première fois que ce gamin fait son cinéma.

– Michael et Diane, je veux dire. Tu crois qu'ils sont prêts ?

– Personne ne l'est jamais tout à fait, je crois.

– Et nous, on l'était ? demande-t-il, regrettant ses paroles à la seconde où elles sortent de sa bouche.

– Où veux-tu en venir, Richard ? »

Il a le choix, rétropédaler ou enfoncer le clou. « On était

mariés depuis combien de temps, un an ? Parfois, je me demande si on n'a pas eu des enfants trop tôt. »

Lisa marque une pause. « Tu aurais préféré que June ne soit jamais née, c'est ça ?

– Ce n'est pas ce que j'ai dit. »

Certains jours, pourtant, il échangerait bien les cauchemars, l'angoisse et ce tout petit mois d'amour contre un peu de paix et trente ans de sommeil tranquille.

« Alors où veux-tu en venir ? » insiste Lisa.

Richard n'en sait rien. Il est fatigué et triste, il a envie de rentrer.

« Pardonne-moi, dit-il. Je ne sais pas ce que je raconte. »

À l'hôpital, quand Diane lui avait mis l'échographie dans la main, pourquoi avait-il enragé, quand bien même cette colère n'avait duré qu'un instant ? Cela fait une heure qu'il se pose la question et il vient de comprendre. Parce que sa belle-fille en a deux, alors que lui n'a même pas pu garder son premier. Et dire qu'elle avait envisagé de se débarrasser de ces deux-là.

« Parle-moi, fait Lisa. Dis-moi ce que tu ressens. »

Et Richard aimerait bien mais n'y arrive pas. Soudain, il se sent lourd du poids de tout ce qu'il ne peut formuler. Il se lève et va jeter le reste de sa glace avant de revenir à la table.

« Chéri ? » insiste Lisa.

L'idée de dire à sa femme ce qu'il a fait, c'est inimaginable pour lui. Mais continuer à vivre ainsi encore un jour est plus qu'il ne peut le supporter.

« Pourquoi tu me tortures ? » demande-t-il.

Il ne crie pas. C'est inutile. Ce n'est pas un gamin irascible aux cheveux bleus mais un homme assez vieux pour savoir que son rôle dans l'univers est minime et négligeable.

Rendre heureuse la femme assise de l'autre côté de la table, l'aimer et s'en faire aimer, voilà le but de sa vie, mais il ne peut y parvenir seul.

Leurs regards se croisent. Il n'y aura pas de confrontation. Pas d'éclats de voix ni de hurlements. Ce n'est pas leur genre.

« Une fois qu'on aura tout réglé, continue Richard, qu'on aura vendu les deux maisons, qu'as-tu prévu de faire ?

– Comment ça ?

– Tu as prévu de me quitter ou pas ?

– Te quitter ? »

La glace de Lisa lui glisse des doigts et s'écrase sur la table. Elle ferme les yeux.

« Comment tu as su ? » demande-t-il.

Lisa tourne la tête. Écoute la rivière. « Elle ne savait pas faire les nœuds papillon comme moi.

– Quoi que tu me fasses, je le mérite, dit Richard.

– Comment savoir ce que quelqu'un mérite ? Moi, tout ce que je sais, c'est ce que je veux.

– Et que veux-tu ?

– Que ce qui est arrivé ne soit jamais arrivé. En dehors de ça, j'aimerais qu'on trouve un moyen d'aller de l'avant. Tu veux bien essayer, Richard ?

– Oui, bien sûr. »

Lisa rouvre les yeux. Elle est calme.

« C'était une de tes étudiantes ?

– Non.

– Dans ce cas, je ne veux rien savoir de plus. Si tu ressens le besoin de te libérer de ce poids, parles-en à quelqu'un. Tu as fait ton choix. Ne m'accable pas de détails. »

Lisa tend le bras par-dessus la table, la flaque de glace, et lui prend la main.

« Comment fait-on pour aller de l'avant ? demande Richard.
– On passe à autre chose, voilà tout.
– Comme si rien n'était arrivé ?
– Bien sûr que non. Il est impossible d'effacer ce que tu as fait et je te déteste pour ça, mais en même temps je t'aime. »

Pendant un an, Richard a appelé l'absolution de ses vœux. Mais ça, c'est encore mieux. L'amour consiste à traîner des choses derrière soi – des enfants morts, des maisons tombées en décrépitude, des infidélités attrapées au lasso – et à continuer malgré tout.

« J'ai l'impression de m'en tirer un peu trop facilement », dit-il.

Lisa sourit. « Ce n'est pas faux. »

Elle regarde la rivière.

« On n'est pas obligés de partir en Floride, dit-elle.
– Non, c'est bien, la Floride. Tu te souviens de ce que tu m'as dit quand on s'est connus ? Je me suis présenté, j'ai dit : “Je m'appelle Richard Starling”, et tu m'as répondu : “Les *starlings* sont d'horribles oiseaux[1].” »

Lisa acquiesce. « C'est vrai. Les étourneaux constituent une espèce invasive, non indigène. Ils détruisent les exploitations agricoles, couvrent les champs de leurs déjections, tuent les autres oiseaux et s'emparent de leurs nids. Mais quand ils volent en formation c'est merveilleux, je leur reconnais ça. On appelle ça une “murmuration” d'étourneaux. Il n'empêche, ce sont des oiseaux horribles. Au point que j'ai envisagé un moment de garder mon nom de jeune fille. »

1. *Starling* signifie « étourneau » en anglais.

Elle sourit. Se lève.

Il aimerait lui dire qu'il regrette ce qu'il a fait, mais le temps des excuses est passé. Il se lève à son tour, et Lisa s'avance dans ses bras ouverts.

« Eh, dit-elle, on va être grands-parents. »

C'est au tour de Richard de sourire. Et c'est là qu'il l'aperçoit, à la lumière des torches. Sous l'eau, niché entre deux pierres, le portable du gamin luit. Une partie de jeu vidéo est en pause, et prendra fin lorsque le téléphone s'éteindra ou que le courant l'emportera.

38

Thad conduit, tous phares allumés, et voit l'hôpital disparaître peu à peu dans son dos.

Ils approchent de la maison, traversent le pont et le barrage qui régule le niveau de la rivière. Puis Thad tourne sur le vieux parking bordé de réverbères qui domine le ravin. Au fond, une poignée de boutiques condamnées se désintègrent dans la brique et la poussière, les fenêtres obstruées par des rectangles d'aggloméré que la pluie a gauchis. Au bout de la rue, les nouveaux RaceTrac, Pizza Hut et Walgreens qui ont mis en faillite ces petits commerces familiaux brillent de tous leurs néons.

« Qu'est-ce qu'on fait là ? » demande Jake.

Thad se gare et descend de voiture, puis se dirige vers le rail de sécurité qui sépare le parking du ravin. À l'ouest, la surface du lac est lisse comme du verre. À l'est, le sol escarpé de la vallée est couvert de pierres et de rochers. Entre les deux se dresse le barrage, tour de ciment haute de plusieurs dizaines de mètres. Cette nuit, tout est éclairé par les étoiles : le pont, le rail, le ravin. C'est un rail d'autoroute en tôle ondulée et rivetée, balafré aux endroits où les voitures ont dérapé et rebondi. Chaque bosselure représente une voiture empêchée de plonger, chaque rayure un cœur qui aujourd'hui continue de battre.

Jake le rejoint près du rail. En contrebas, des arbres poussent entre les rochers, et des herbes entre les pierres. Le rail ne monte pas plus haut que la taille. Qu'il serait facile à quelqu'un de l'enjamber, de faire un pas en avant, puis un autre.

Plus loin, un buisson de gui étrangle les branches d'un arbuste qui a poussé de guingois sur la falaise. Les feuilles du parasite brillent au clair de lune, ses fruits pareils à une floraison de perles rosées.

« Mon amour, qu'est-ce qu'on fait ? » La voix de Jake est tendre, adoucie par tout ce qu'ils ne se disent pas depuis trop longtemps.

Thad longe le rail jusqu'à un cercle de lumière qui tombe d'un réverbère fatigué et son compagnon le suit.

« J'ai vu que tu as effacé tout mon porno, dit celui-ci. Mais tu sais depuis le début que je ne peux pas t'offrir ce que tu veux. Tu agis comme si je te devais quelque chose, sauf que je ne fais rien de mal en voulant ce que je veux. Je ne suis pas un sale type.

– Je n'ai jamais dit ça. »

Thad s'agrippe au rail et le serre fort.

« Pas besoin de le dire, reprend Jake. Chaque fois que tu me regardes, je le sens. Tu me juges parce que je couche avec d'autres hommes et que je le fais souvent. Je ne peux pas être avec quelqu'un à qui mon corps appartient. Mon cœur, très bien. Mon âme, si une telle chose existe, oui. Mais pas mon corps. »

Thad lâche le rail, qui laisse une profonde marque sur ses paumes.

« Que tu couches avec d'autres mecs, ça me met mal à l'aise, c'est vrai, dit-il. J'ai su la première fois qu'on a tenté l'expérience que ce n'était pas pour moi et j'aurais dû te le dire. Sauf que tu le sentais très bien et que tu t'en fichais. Pour toi, j'ai essayé de changer. J'essaie encore, mais je ne suis pas ouvert à ça. Je regrette que ça fasse de moi une espèce d'anomalie à tes yeux. Moi je veux une relation exclusive.

– Et c'est précisément ce que je ne peux pas te donner.

– Mais ce n'est pas seulement les autres hommes, le problème, dit Thad. On avait fixé des règles. C'étaient tes règles à toi, et tu les as bafouées. »

Thad se penche et ramasse une pierre à ses pieds qu'il jette par-dessus le rail.

« Ce n'était que du sexe, dit Jake.

– Non. Tu voulais me comparer à Marco. Ton passé et ton présent côte à côte. Aie au moins la décence de le reconnaître. »

Thad a conscience qu'il s'y prend mal. À moins qu'il soit sincère pour la première fois depuis deux ans. Il veut reconquérir Jake, que tout redevienne comme au début, avant leur conversation sur l'amour libre. Il veut retrouver le garçon en veste de velours noir.

« Je ne peux pas t'offrir ce que tu veux, dit celui-ci, mais je peux t'assurer que je ne vais nulle part. Laisse-moi racheter la maison.

– Quoi ?

– C'est bien ça le fond du problème, non ? Tu es triste, et Michael est en pétard. La maison me coûterait combien, l'équivalent de quatre ou cinq tableaux ? Laisse-moi faire ça pour ton frère et toi. Ou rien que pour toi. Elle ne sera même pas à mon nom.

– Arrête, Jake.

– Tout le monde sera content comme ça. Tu gardes la maison et moi je reste.

– Jake, tu ne peux pas acheter mon amour.

– Alors épouse-moi. »

Thad marque un temps. Écoute le chant des cigales et le coassement des grenouilles.

« As-tu seulement envie de te marier ? demande-t-il.

– Tu veux une garantie et je t'en propose une. Épouse-moi.

– Non, parce que ce n'est pas juste. C'est encore toi qui fixes les règles. Il faudrait que je continue à coucher avec d'autres mecs, ou du moins que je te laisse faire de ton côté. Tu ne me proposes pas de devenir ton mari. Tu proposes de m'entretenir. »

Il ne partagera pas Jake, pas maintenant, et certainement pas une fois qu'ils seront mariés. On peut trouver ça vieux jeu, mais Thad ne cédera pas là-dessus. Ça fait trop mal.

« Tu as pris tes médicaments ? demande Jake.

– Ça n'a rien à voir avec ça.

– Mais est-ce que tu les as pris ?

– Je les prends toujours, sauf que ça n'a rien de magique. Les médicaments aident simplement à rendre supportable une mauvaise journée. Quand ils n'y parviennent pas, l'herbe la rend tolérable. Mais rien ne fait disparaître la douleur. »

Jake se laisse tomber au sol, dos appuyé contre le rail. « Je suis pris au piège.

– Je ne comprends pas ce que tu veux dire.

– Si je reste, c'est à tes conditions. Mais si je pars, tu te tueras. »

Thad s'agenouille à côté de lui. « Je ne vais pas me tuer.
– Si je pars maintenant, tu vas me dire que tu n'y penseras pas ?
– J'y pense toujours. » Il sait que c'est triste à dire, mais ne veut pas mentir. Fini les mensonges entre eux. « Je suis malade et le serai toujours. C'est comme ça avec moi, ça fait partie du deal et je ne vais pas m'excuser d'être qui je suis.
– Je ne te demande pas de t'excuser, dit Jake.
– Quand je rentrerai à New York (Quand *on* rentrera, aimerait-il dire, car il espère qu'ils rentreront ensemble.), j'irai voir Steve, et puis mon médecin traitant, et on ajustera mon traitement. Mais si tu veux me quitter, je te donne ma parole que je ne tenterai pas de me tuer. Je t'aime. Je te promets que tu n'es pas pris au piège. »

Il tient la tête de Jake entre ses mains, qui semble soudain si fragile. Ses mains triturent le bord de sa chemise.

« Tu parles d'accepter celui que tu es, dit-il. Et moi, alors ?
– Je ne te demande pas de changer. Je dis simplement que moi, j'ai fini d'essayer.
– Mais si je veux rester avec toi, il faut que je change.
– Non, il faut que tu fasses un choix.
– Je ne peux pas être avec quelqu'un qui exige autant de moi.
– Et moi, je ne peux pas être avec quelqu'un à qui je ne suffis pas. »

Jake baisse la tête et ils restent ainsi un moment, sans dire un mot. Quand il finit par lever les yeux, un sourire éclaire son visage et c'est le plus bel homme que Thad ait jamais vu.

« On a fait à ma façon pendant deux ans, dit Jake. J'imagine que c'est la moindre des choses qu'on essaie maintenant la tienne. »

Reconnaissance n'est pas le mot adéquat pour décrire ce que ressent Thad, car cela va bien plus loin que ça. Dans leur relation, Jake n'a guère fait de sacrifices jusqu'ici. Qu'il soit enfin capable de faire passer les besoins de Thad avant les siens, ça ne règle pas tout, mais l'idée qu'ils essaient est plus qu'il n'osait l'espérer.

« Ce ne sera pas parfait, poursuit Jake. Je te préviens, je vais déconner. Mais si tu es patient, moi je vais tout faire pour que ça marche. »

Et il n'y a rien d'autre à dire, rien d'autre à faire pour Thad qu'ouvrir les bras et étreindre l'homme qu'il aime.

39

Michael rejoint Thad et ses parents à la table de la cuisine tandis que Diane va retrouver Jake sur le ponton. Il est tard, près de minuit, mais personne n'a envie d'aller se coucher.

« Je me suis dit que ce serait bien qu'on se parle tous les quatre, dit Lisa. Mais d'abord, dit-elle à l'intention de Thad, j'ai quelque chose pour toi. »

Elle disparaît dans la chambre, puis revient en traînant une longue boîte blanche. Thad soulève le couvercle, et Michael se lève pour voir : il y a à l'intérieur des centaines de *comics* dans leur pochette plastique. Thad en sort un précautionneusement, tourne chaque page avec lenteur.

« Je les ai retrouvés, dit sa mère. Ils étaient au garage.

– Je l'ai fouillé de fond en comble, s'étonne Thad.

– Tu as dû mal chercher. »

Leurs regards se croisent, et Michael sent qu'il y a l'équivalent d'une conversation entière dans leurs yeux. Ce ne sont pas les *comics* de son frère, celui-ci le sait et pardonne à sa mère de les avoir jetés. Qu'elle se donne tout ce mal, rassemble tous ces numéros, compte bien plus que si elle avait gardé les siens. Mieux vaut faire la paix, passer à autre chose. Mieux vaut vivre et mourir sans questionner les secrets de polichinelle qui existent dans chaque famille.

Michael quitte la table un instant. Il ne faut pas s'attendre à ce qu'il cesse de boire du jour au lendemain, mais ce soir en tout cas, il essaie de ne pas penser à l'alcool. Il ouvre un placard de la cuisine, prend une tasse et le décaféiné instantané que seule sa mère boit. Puis il remplit la bouilloire et attend devant la cuisinière que l'eau bouille.

Toute la soirée, il a pensé à ce que lui a dit Diane à l'hôpital. Il n'a pas *besoin* de parler de son addiction avec ses parents, mais plus il y réfléchit, plus il veut qu'ils le sachent. Il n'aime pas les secrets, et rien ne l'oblige à porter le poids de celui-là sur ses seules épaules.

« Maman, papa, dit-il en revenant à table. J'ai déconné. »

Puis il leur raconte son alcoolisme et voit que sa mère est sous le choc. Son père acquiesce à tout ce qu'il dit, et Michael se demande s'il ne le soupçonnait pas depuis le début.

Quand il a fini, sa mère est en larmes.

« Si tu as besoin de partir en cure de désintoxication, dit son père, je paierai.

– Si on en arrive là, j'accepterai peut-être », répond Michael.

– Tu crois que tu réussiras à arrêter avant la naissance des jumeaux ? » demande sa mère.

C'est une bonne question. Arrêter sera difficile, et Michael se connaît suffisamment bien pour savoir qu'il peut être faible face aux difficultés, mais ce n'est pas une raison pour ne pas essayer. En attendant, il reste tellement de choses à régler. Comment feront-ils pour s'en sortir avec deux enfants alors qu'ils ont déjà du mal à rembourser leur prêt immobilier ? Ils pourraient pratiquer la politique de la terre brûlée : se déclarer en faillite. Sacrifier la maison, leurs deux voitures. Renoncer à leurs smartphones et à tout leur équipement électronique de valeur. Ils pourraient apprendre à être heureux avec moins – moins de chaînes de télé, moins de loisirs, moins de factures – et à vivre dans la limite de leurs moyens. Ce n'est pas conforme au mode de vie américain, mais on l'emmerde, le mode de vie américain. Ou alors, Michael pourrait trouver un meilleur emploi qui leur permettrait de tenir bon et de se remettre à flot. Tous les problèmes n'appellent pas la fuite.

Il leur reste encore un peu de temps pour trouver une solution. Si l'on en croit les statistiques sur l'espérance de vie, il n'a même pas encore atteint la moitié du chemin. Dans sept ans, il se peut qu'il ait épongé ses dettes. Et dans un peu moins de sept mois, quand naîtront ses enfants, il se peut qu'il ne soit plus alcoolique.

Ses enfants.

Il déteste vendre des chaussures, mais pour eux il pourrait continuer à le faire. Et pour Diane. Il pourrait apprendre à faire passer les besoins de sa famille avant les siens. Ça lui plaît de croire qu'il pourrait être cet homme-là.

« La vieille chambre d'Ithaca est à vous si vous en avez besoin, dit sa mère. Nous y serons pendant ma dernière année au labo. Et ensuite, direction la Floride et…

– On ne peut pas faire ça, la coupe Michael.

– Bien sûr que si. Il n'y a pas de honte à avoir. Pat et Alan, au bout de la rue, tu vois qui c'est ? Quand leur fille a été licenciée, elle est revenue vivre chez eux. Ce n'est pas de votre faute. C'est cette foutue situation économique. »

Sa mère est dans le déni. « Maman, ce n'est pas à cause de la situation économique. C'est à cause de moi.

– Beaucoup de jeunes de ton âge…

– J'ai trente-trois ans.

– De ta génération…

– Maman. Tu peux le dire, je suis un raté.

– Ce n'est pas vrai.

– Si. Tes deux fils sont des ratés. »

Michael regarde son frère, et ce qu'il voit lui brise le cœur. Thad sort de sa poche un briquet et un sachet d'herbe. Puis un paquet de feuilles à rouler, avant de tout étaler sur la table.

« Il a raison, maman, dit-il. Moi, je suis un fumeur d'herbe, et Michael est un alcoolique. Mais il n'y a pas que ça. On a tous les deux fait les mauvais choix. On aurait pu étudier à Cornell – merde, Cornell ! – et on a tout bousillé. Vous nous avez donné toutes les chances de réussir, papa et toi, et on les a gâchées. »

Michael finit son déca en une gorgée. L'envie d'aller chercher la gnôle au freezer recommence à le titiller.

« Il faut voir les choses en face, maman, dit-il. Tes fils sont des bons à rien.

– Ne dis pas ça, s'il te plaît. C'est blessant.

– Non, justement, lâche Thad. Tu as été une mère géniale. Une mère parfaite. Tu n'as pas à te reprocher quoi que ce soit. Ce qu'on est devenus, c'est nous qui en sommes responsables.

– Je sais que je te déçois », dit Michael, et c'est comme si sa mère n'avait attendu que ces mots pour lui tendre les bras. Elle prend son visage à deux mains et ne lui laisse pas d'autre choix que de la regarder dans les yeux.

« Tu ne me déçois pas, dit-elle. Tu ne nous as jamais déçus, ton père et moi. »

Michael a envie qu'elle le lâche. Elle lui fait mal, et c'est peut-être voulu.

« Tu es aimé, poursuit-elle.

– Je sais, maman.

– Non, tu ne le sais pas. Tu ne le sauras jamais et ça ne fait rien. Tu n'as pas à le savoir, et tu n'a pas à chercher à être aimé. »

Elle s'écarte alors de lui, et fait pareil avec Thad. Leur père détourne le regard – trop d'émotion en une seule soirée.

Michael penche la tête en arrière, l'appuie contre le mur. Au-dessus de lui, le tableau de Jake se dresse, immense. Il ne lui a jamais plu : la fille, le sein, la moitié de grenade. Ça lui semble prétentieux, pompeux, et pas vraiment à sa place dans cette pièce. Les couleurs sont criardes, comme si elles avaient été choisies pour jurer avec tous les meubles de la maison. Mais l'homme qui l'a peint rend son frère heureux, alors il peut bien s'en accommoder.

Par la fenêtre qui donne sur la véranda, Michael aperçoit sa femme et Jake sur le ponton, devant un autre tableau. Ils l'ont peint ensemble dans l'après-midi, mais il n'a pas eu le fin mot de l'histoire tant il y avait de sujets à aborder sur le trajet du retour : les jumeaux, le fait de devenir parents, ce qui les attend. Il sait juste que Diane est heureuse d'avoir peint ce paysage et il faut qu'il se souvienne de cela. Que pour elle, l'art est bien plus qu'un passe-temps ou un travail. L'art, c'est ce qu'elle aime. Peut-être, pour elle, devrait-il lui aussi apprendre à l'aimer.

À compter d'aujourd'hui, il veut être un meilleur mari. Mais pour l'heure une chose a besoin d'être dite, et il la dit : « J'en ai parlé avec Thad.

– De quoi, fiston ? » demande son père, soudain inquiet.

Non, Michael ne lui a pas parlé de la relation adultère de Richard. Il ne ferait jamais ça et regrette que son père l'ait mis au courant. Ça ne regarde personne d'autre que ses parents.

« Je lui ai parlé de notre sœur », dit Michael.

Ses parents se retournent, prêts à réconforter Thad, mais celui-ci est parfaitement calme. S'il est en colère d'avoir été tenu à l'écart, il ne le montre pas. Il range la marijuana dans sa poche et croise les bras.

« Elle s'appelait June, dit sa mère. Elle aurait eu trente-cinq ans la semaine prochaine. Elle n'avait qu'un mois quand elle est morte.

– Que s'est-il passé ? demande Thad.

– On ne le saura jamais et c'est sans doute le plus dur. Elle est peut-être morte asphyxiée. Ou peut-être a-t-elle été victime de la mort subite du nourrisson. Pour toi et ton frère, on a gardé le couffin à côté de notre lit et je peux te jurer que, les premiers mois, je me suis réveillée toutes les heures pour vérifier que vous respiriez. »

Une pause. « On aurait dû vous en parler, reprend-elle. Vous auriez dû l'apprendre avant Diane. Simplement, avec ce petit garçon qui s'est noyé et l'anniversaire de June qui approche, ça m'a échappé.

– Ce n'est pas grave, dit Thad. Vous avez une photo ? »

Michael n'aurait jamais songé à poser la question, et

l'idée lui fait peur. Il a envie de voir cette sœur qu'il ne connaîtra jamais et, en même temps, il n'est pas prêt à la rencontrer.

Lisa attrape son sac à main par terre et le pose sur ses jambes. Elle en sort un portefeuille, dont elle tire une petite pochette de photos. Là, sous le plastique jauni par le temps, il y a les Starling : père, mère et fils. Parmi ces clichés, elle en extrait un de June. La fillette y est allongée en couche-culotte sur une peau de mouton. Elle fait face à l'objectif, et il y a de l'intensité dans son regard, de la curiosité. Elle a les yeux bleus, une chevelure aussi sombre qu'une nuit noire. On est en 1983, la date est estampillée dans un coin sous l'inscription *Olan Mills*.

Michael passe la photo à Thad.

« Elle est belle, dit celui-ci.

– Je suis désolé qu'on ne vous ait rien dit plus tôt, lâche Richard.

– Et moi je suis désolé que vous ayez eu à affronter un tel drame », dit Thad.

Il rend la photo à sa mère, qui la range dans sa pochette.

« Je ne voulais pas lui donner de coup de pied, dit Michael. Je ne voulais pas le lâcher. » Il n'avait pas prévu d'avouer ça, mais l'heure est à la révélation des secrets et il s'aperçoit qu'il ne peut plus s'arrêter. « Le gamin. Je le tenais par la main. Je l'avais, et je l'ai lâché.

– Il fallait bien que tu remontes pour respirer, dit Thad. Sinon tu te serais noyé.

– J'aurais mieux fait de me noyer au lieu de remonter seul.

– Ne dis pas ça, fait sa mère. Tes enfants vont avoir besoin de toi.

– Et tu seras un père formidable », ajoute Richard.

Ils continuent de parler, mais Michael n'écoute plus. Il pense au gamin du lac. Il pense à sa sœur. Plus tôt dans la soirée, au moment d'abandonner la biche, il s'est retourné et a regardé la carcasse dans le rétroviseur tandis que Thad et lui s'éloignaient en voiture. Il s'attendait presque à ce qu'un vautour se pose, mais le cadavre est resté seul au bord de la route. Il restera intact encore un temps jusqu'à ce que, par quelque transsubstantiation, il se transforme en charogne. L'idée plaît à Michael – la notion, peut-être naïve ou puérile, qu'il y a une période de grâce qui tient les charognards à distance. Que même la dépouille d'un animal sauvage reste un temps en l'état, solennelle, inviolée.

Et peut-être est-ce une bénédiction, d'être une biche au milieu de la route, un gamin au fond d'un lac, un nourrisson cramponné à son couffin. De se reposer une minute – encore odorant et chaud, quand la vie vient juste de vous quitter –, de s'attarder rien qu'un instant, avant que les secours se précipitent ; avant que le sombre poisson s'enfonce plus profondément ; avant que le pick-up prenne la fuite puis que les ombres décrivent des cercles sombres et s'abattent de manière sinistre.

Seulement ça. Demeurer un moment – regretté, perdu, aimé – avant que n'arrivent les vautours.

40

Lisa éclairée par les étoiles, touchante. Lisa Starling qui s'est endormie sans prévenir.

Le bruit de la porte-moustiquaire la réveille. Par la fenêtre aux stores relevés, elle aperçoit sa famille, Richard excepté, assise sur le ponton à côté du vieux télescope. Elle voulait seulement s'allonger un instant, mais le poids du week-end l'a entraînée dans la tranquillité des rêves.

Elle a dû dormir une heure, peut-être moins. Il est très tard. Sur le seuil de la chambre, son mari la regarde. Dans ses mains, il tient le tableau qui est resté toute la soirée sur l'embarcadère.

« Jake l'a offert à Diane, explique-t-il. Je lui ai dit qu'on le garderait ici le temps qu'il sèche et qu'on le leur enverrait dans la semaine. »

Richard pose le tableau contre la penderie. Lisa se redresse dans le lit, où il la rejoint.

« Thad a descendu le télescope, dit-il. J'avais oublié qu'il connaît toutes les constellations sur le bout des doigts. »

Il se lève mais Lisa le retient par la main.

« S'il te plaît, dit-elle. Rien qu'une minute. Reste avec moi et regarde nos fils. »

La nuit est claire sous le croissant de lune. Combien de soirées a-t-elle passées à cette fenêtre pour écouter les hiboux, combien de matins à observer le réveil des oiseaux ? Cette chambre, cette maison, ce lac lui manqueront. Tout lui manquera, mais pas suffisamment pour rester.

L'été prochain, les vagues de Floride leur effleureront les orteils. Le sable crissera sous leurs pieds. Leur porte ne donnera plus sur des pics, des cardinaux et des geais, mais sur des bécasses, des sternes et des mouettes. Ce n'est peut-être pas le changement qu'il leur faut, mais à leur âge tout changement est bon à prendre.

« On va être grands-parents, dit-elle.

– De très vieux grands-parents.

– On va les gâter horriblement, ces jumeaux. »

Les gâter. Elle est déjà folle d'amour.

Lisa se lève, et ensemble ils sortent sur la véranda. Le grand-duc d'Amérique, son préféré, la gratifie de son habituel quadruple hululement. Elle prend son mari par le poignet, se penche, et dépose un baiser sur son menton mal rasé. « Viens », dit-elle.

Ils descendent la colline et vont rejoindre l'embarcadère. Le bateau grince dans le hangar. Les étoiles se consument. Le visage de leurs enfants scintille dans le noir.

Leurs enfants, que vont-ils devenir ?

Michael. Un prénom hébreu signifiant *Qui est comme Dieu*, à la fois invocation et question. En le baptisant ainsi, peut-être espérait-elle le sauver, lui épargner le sort de sa sœur aînée. Elle le regarde qui se redresse, Diane adossée contre sa poitrine, la tête nichée dans son cou. Tous les deux sont heureux, du moins pour l'instant. Et peut-être l'élan de cette soirée suffira-t-il à leur faire vivre sereinement la grossesse, les premiers mois des jumeaux, leurs premiers pas, leurs premiers mots, puis viendra le temps de leur premier baiser et de leur première voiture.

Lisa leur souhaite une vie à la *Ils furent heureux et eurent beaucoup d'enfants*, mais ce qui les attend va les mettre à l'épreuve. Avoir des enfants coûte cher. Richard et elle les aideront, mais Michael et Diane vont devoir changer leur train de vie. Et puis ils vont être épuisés. Il y aura les longues nuits, les expéditions paniquées à l'hôpital, un million d'angoisses imprévues aggravées par le manque de sommeil puissance dix. Et de la joie. Tellement de joie. Ce qu'ils sont, ce qu'ils deviendront, Diane et Michael, et leurs enfants – séparément, ensemble –, Lisa ne peut le prédire et n'essaie même pas.

Thad se lève. Il braque le télescope sur la lune, puis vers les étoiles.

Thad, ce garçon si doux, si bon. Thad qui souffre et qui est malheureux. Mais tant de possibilités s'offrent à lui, comme infinies. Thad sera poète. Ou thérapeute. Ou, comme son frère, il passera peut-être sa vie à faire essayer des chaussures et ce ne sera pas grave.

Il se rassoit, et son compagnon s'approche de lui. Leurs bras se touchent et cela met du baume au cœur de Lisa. Elle s'inquiète parfois de la façon dont Jake traite son fils, mais la plupart du temps ils semblent heureux d'être ensemble, alors elle permettra à cet homme de lui prouver qu'elle se trompe. Elle doit bien ça à celui qu'aime son petit garçon.

« Les chaises pliantes ne sont pas encore rangées, dit-elle. Je peux les descendre si vous voulez. »

Mais personne ne dit rien. Ils sont tous assis à même

ces planches qu'ont lissées des centaines de jours d'été, et Richard et Lisa se joignent à eux.

Cette dernière se blottit dans les bras de son mari. Et eux, qu'est-ce qui les attend ?

Peut-être son cancer va-t-il récidiver. Peut-être vivront-ils assez longtemps pour connaître les enfants de leurs petits-enfants. Et si Richard meurt avant elle, restera-t-elle en Floride, se promènera-t-elle seule sur la plage, ou se rapprochera-t-elle de ses fils ?

Elle observe ses enfants, leur corps lové contre celui de leur bien-aimé. Ses garçons aiment leur conjoint plus qu'ils ne l'aiment, elle, et c'est dans l'ordre des choses. L'amour d'une mère : impossible, pour toujours non réciproque, ou réciproque mais à une puissance atténuée, comme une étoile observée à travers un verre vieilli, trop épais. Une mère donne à son enfant tout son amour parce que cet amour – s'il est sincère, bon et juste – n'est pas fait pour être gardé.

Le ciel nocturne fixe les étoiles comme l'émulsion d'un daguerréotype. La ceinture d'Orion, seule constellation qu'elle sait reconnaître sans l'aide de Thad, tient bien en place. Un satellite lui fait un clin d'œil. Un avion lointain fend le ciel.

Elle se lève et s'approche du télescope. Se penche. Regarde. Que cherche-t-elle ? Les étoiles ne sont pas des cartes. Les cartes existantes leur ont été imposées. Elles ne prédisent pas l'avenir et n'indiquent pas la direction à suivre. Non, les étoiles qu'elle observe ont émis leur lumière il y a longtemps, laquelle a traversé des siècles pour atteindre ce télescope.

L'avenir est devant eux, invisible, inconnu. Et peut-être le fait de ne pas le connaître est-il une bénédiction. Pour vivre heureux, il faut prendre les surprises comme elles viennent. Plus elle vivra longtemps, plus elle accueillera chaque matin comme une surprise. Un plaisir de se réveiller et de saluer le jour naissant.

Elle espère toutefois que le paradis existe, pour revoir sa fille. Le monde est certes plein de merveilles et d'amour, mais cela ne suffit pas. Dieu lui pardonne, mais une vie sur terre ne suffira jamais. Pourvu qu'il y ait un paradis. Pourvu qu'il y ait des retrouvailles, une récompense pour tous. Pour chaque âme sur cet embarcadère. Pour chaque âme sous l'eau et sous la terre. Pour les âmes qui nous ont précédées et celles qui nous survivront.

Les Écritures disent que le paradis est un mariage, et Lisa aime cette idée. Moins pour la cérémonie que pour la fête, les lumières qui brillent follement, la réception qui bat son plein. S'il est vrai que le paradis est hors du temps, alors ils y sont déjà. Il suffit de regarder de plus près et on les voit presque. L'un d'eux chante, l'autre demande à couper le gâteau, et sur la piste de danse ils sont tous là.

Quelle merveille. Quelle joie enivrante. Qu'il en soit ainsi.

Lisa colle à nouveau son œil à la lentille du télescope. La lune, les étoiles. Toute cette lumière a fait un si long voyage jusqu'à elle.

Elle regarde de plus près. Elle n'a pas peur.

REMERCIEMENTS

Lake Christopher a beaucoup de points communs, dans sa géographie autant que par ses particularités, avec Lake Toxaway, en Caroline du Nord. Le tableau dont se souvient Jake est *Waiting* (1962), de Margaret Keane, qui fait partie de la collection du Memphis Brooks Museum of Art. Pour un témoignage de première main sur la torture inhumaine des thérapies de conversion, j'ai lu l'article de Ted Cox publié dans *AlterNet* sous le titre « Undercover at a Christian Gay-to-Straight Conversion Camp ». Les données relatives à la mort subite du nourrisson m'ont été fournies par les Centers for Disease Control and Prevention. Quant aux statistiques sur la décomposition des corps, elles viennent des données recueillies par le National Underwater Rescue-Recovery Institute et de l'article de Daniel Engber publié dans *Slate*, intitulé « Dead Man's Float ».

Merci aux éditeurs de l'*American Literary Review*, du *Chicago Tribune,* de *Draft,* de *Glimmer Train,* de la *Hayden's Ferry Review* et de *Best New American Voices*, où certains de mes personnages ont fait une première apparition sous une forme différente.

Merci à Adam Ross et à *The Sewanee Review* d'avoir publié un extrait de ce roman.

Un merci tout particulier à Bread Loaf, Clarksville, Longleaf, Sanibel Island, Sewanee, Taos, Tin House, aux Wesleyan Writers

Conferences et à l'Atlantic Center for the Arts pour les bourses, postes et résidences qu'ils m'ont offerts, ainsi que pour leur soutien tout au long de l'écriture de ce livre.

Ce roman est redevable à trois éditeurs : merci de tout cœur à Millicent Bennett pour avoir cru en lui avant qu'il ne devienne un livre. Tu es pour moi une source continue d'encouragement et d'inspiration. Ira Silverberg, merci pour ta patience. Et merci à Sean Manning d'avoir réussi l'atterrissage. Ton œil et ton oreille en ont fait un bien meilleur livre.

Merci également à Carolyn Reidy, Jonathan Karp, Richard Rhorer, Marysue Rucci, Yvette Grant, Lake Bunkley, Stacey Sakal, et toute l'équipe de Simon & Schuster pour votre dévouement et votre soutien.

Merci à Rodrigo Corral, Alison Forner, Carly Loman et Ashley Inguanta pour la conception de la couverture américaine, la photo et la maquette de mes rêves.

Un grand merci à mon agent, Gail Hochman, qui a lu et relu ce livre un nombre incalculable de fois, et qui m'a prodigué l'attention dont la plupart des écrivains ne peuvent que rêver. Merci à Marianne Merola, Jody Kahn et toute l'équipe de Brandt & Hochman d'avoir fait tant d'efforts pour défendre ce livre.

Un immense merci à Francis Geffard, Eugenia Dubini, Gioia Guerzoni, et tous les éditeurs et traducteurs qui ont accompagné ce roman à travers l'Europe et l'Amérique du Sud.

Merci aussi à ceux qui ont lu le manuscrit à divers stades d'avancement au cours des neuf dernières années : Michael Griffith, Leah Stewart, Mical Darley-Emerson, Heather Huggins Sharp, Naomi Williams, Michael Carroll et Justin Luzader.

Merci à tous mes amis et collègues du département d'anglais et du programme de MFA de la University of Central Florida. Merci, Terry Thaxton et Laurie Uttich, pour votre sagesse et vos paroles.

Merci à Sandra Meek et au Berry College d'avoir été ma maison quand j'étais loin de chez moi.

Mille mercis à Kevin et à toute l'équipe du Starbucks d'Oviedo on the Park de m'avoir maintenu sous caféine et de m'avoir offert un endroit où écrire.

Merci à Alicia Ezekiel-Pipkin, qui m'a permis de finir ce livre.

Merci également à Donald Dunbar et Mike Morrell pour nos conversations, qui ont nourri ce roman, et merci à Matt Pitt pour ses paroles d'encouragement qui sont tombées à pic.

Merci, John Holman et Frederick Barthelme, pour le poisson-sabre.

Merci, Thelma Lynch, de m'avoir écouté.

Merci, Jonathan Jones, pour ton amitié, ton soutien, et toutes nos discussions nocturnes. Ton affection et ta générosité d'esprit ont fait de moi une meilleure personne, et de ce livre un meilleur roman.

Merci à mes parents d'avoir partagé avec moi leur amour des lacs et de m'avoir appris ce que cela signifie de faire partie d'une famille. Sans votre amour inconditionnel, ce livre n'existerait pas.

Tout mon amour à mes filles, Izzy et Ellie. Votre existence est ma plus grande joie.

Et pour Marla, qui me sauve chaque jour. Mon cœur t'appartient.

DU MÊME AUTEUR

Le Paradis des animaux, nouvelles, Albin Michel, 2015

« Terres d'Amérique »

Collection dirigée par Francis Geffard
(Extrait du catalogue)

NANA KWAME ADJEI-BRENYAH
Friday Black, nouvelles

CHRIS ADRIAN
Un ange meilleur, nouvelles

SHERMAN ALEXIE
Indian Blues, roman
Indian Killer, roman
Phoenix, Arizona, nouvelles
La Vie aux trousses, nouvelles
Dix Petits Indiens, nouvelles
Red Blues, poèmes
Flight, roman
Danses de guerre, nouvelles

TOM BARBASH
Les Lumières de Central Park, nouvelles
Beautiful Boy, roman

TOM BISSELL
Dieu vit à Saint-Pétersbourg, nouvelles

AMANDA BOYDEN
En attendant Babylone, roman

JOSEPH BOYDEN

Le Chemin des âmes, roman
Là-haut vers le nord, nouvelles
Les Saisons de la solitude, roman
Dans le grand cercle du monde, roman

TAYLOR BROWN

Les Dieux de Howl Mountain, roman
Le Fleuve des rois, roman

KEVIN CANTY

Une vraie lune de miel, nouvelles
Toutes les choses de la vie, roman
De l'autre côté des montagnes, roman

DAN CHAON

Parmi les disparus, nouvelles
Le Livre de Jonas, roman
Cette vie ou une autre, roman
Surtout rester éveillé, nouvelles
Une douce lueur de malveillance, roman

MICHAEL CHRISTIE

Le Jardin du mendiant, nouvelles
Lorsque le dernier arbre, roman

TOM COOPER

Les Maraudeurs, roman

CHARLES D'AMBROSIO

Le Musée des poissons morts, nouvelles
Orphelins, récits

CRAIG DAVIDSON

Un goût de rouille et d'os, nouvelles

Juste être un homme, nouvelles

Cataract City, roman

Les Bonnes Âmes de Sarah Court, roman

ANTHONY DOERR

Le Nom des coquillages, nouvelles

À propos de Grace, roman

Le Mur de mémoire, nouvelles

La Cité des nuages et des oiseaux, roman

LOUISE ERDRICH

L'Épouse Antilope, roman

Dernier rapport sur les miracles à Little No Horse, roman

La Chorale des maîtres bouchers, roman

Ce qui a dévoré nos cœurs, roman

Love Medicine, roman

La Malédiction des colombes, roman

Le Jeu des ombres, roman

La Décapotable rouge, nouvelles

Dans le silence du vent, roman

Femme nue jouant Chopin, nouvelles

Le Pique-nique des orphelins, roman

LaRose, roman

L'Enfant de la prochaine aurore, roman

Celui qui veille, roman

BEN FOUNTAIN

Brèves rencontres avec Che Guevara, nouvelles

Fin de mi-temps pour le soldat Billy Lynn, roman

TOM FRANKLIN

Le Retour de Silas Jones, roman

Braconniers, nouvelles

CHRISTIAN KIEFER
Les Animaux, roman
Fantômes, roman

THOMAS KING
Medicine River, roman
L'Herbe verte, l'eau vive, roman

SANA KRASIKOV
L'An prochain à Tbilissi, nouvelles
Les Patriotes, roman

RICHARD LANGE
Dead Boys, nouvelles
Ce monde cruel, roman
Angel Baby, roman
La Dernière Chance de Rowan Petty, roman

MATT LENNOX
Rédemption, roman

BRIAN LEUNG
Les Hommes perdus, roman
Seuls le ciel et la terre, roman

MAXIM LOSKUTOFF
Viens voir dans l'Ouest, nouvelles

ROBIN MACARTHUR
Le Cœur sauvage, nouvelles
Les Femmes de Heart Spring Mountain, roman

STEPHEN MARKLEY
Ohio, roman

LESLIE MARMON SILKO
Cérémonie, roman

DINAW MENGESTU
Les Belles Choses que porte le ciel, roman
Ce qu'on peut lire dans l'air, roman
Tous nos noms, roman

STEFAN MERRILL BLOCK
Le Noir entre les étoiles, roman

PHILIPP MEYER
Le Fils, roman
American Rust, roman

LEILA MOTTLEY
Arpenter la nuit, roman

MATTHEW NEILL NULL
Le Miel du lion, roman
Allegheny River, nouvelles

TOMMY ORANGE
Ici n'est plus ici, roman

KEVIN PATTERSON
Dans la lumière du Nord, roman

BENJAMIN PERCY
Sous la bannière étoilée, nouvelles
Le Canyon, roman

DONALD RAY POLLOCK
Le Diable, tout le temps, roman
Une mort qui en vaut la peine, roman

ERIC PUCHNER

La Musique des autres, nouvelles
Famille modèle, roman
Dernière journée sur terre, nouvelles

SHANNON PUFAHL

Et nous nous enfuirons sur des chevaux ardents, roman

JON RAYMOND

Wendy & Lucy, nouvelles
La Vie idéale, roman

ELWOOD REID

Ce que savent les saumons, nouvelles
Midnight Sun, roman
La Seconde Vie de D.B. Cooper, roman

KAREN RUSSELL

Swamplandia, roman
Foyer Sainte-Lucie pour jeunes filles élevées par les loups, nouvelles
Des vampires dans la citronneraie, nouvelles
Le Lévrier de Madame Bovary et autres histoires, nouvelles

ANJALI SACHDEVA

Tous les noms qu'ils donnaient à Dieu, nouvelles

JON SEALY

Un seul parmi les vivants, roman

HUGH SHEEHY

Les Invisibles, nouvelles

WELLS TOWER

Tout piller, tout brûler, nouvelles

DAVID TREUER

Little, roman

Comme un frère, roman

Le Manuscrit du Dr Apelle, roman

Indian Roads, récit

Et la vie nous emportera, roman

BRADY UDALL

Lâchons les chiens, nouvelles

Le Destin miraculeux d'Edgar Mint, roman

Le Polygame solitaire, roman

GUY VANDERHAEGHE

La Dernière Traversée, roman

Comme des loups, roman

Comme des feux dans la plaine, roman

CLAIRE VAYE WATKINS

Les Sables de l'Amargosa, roman

ANTHONY VEASNA SO

Nous aurions pu être des princes, nouvelles

KATHERENA VERMETTE

Les Femmes du North End, roman

SHAWN VESTAL

Goodbye, Loretta, roman

VENDELA VIDA

Se souvenir des jours heureux, roman

Les Habits du plongeur abandonnés sur le rivage, roman

JOHN VIGNA

Loin de la violence des hommes, nouvelles

WILLY VLAUTIN
Motel Life, roman
Plein nord, roman
Ballade pour Leroy, roman
La Route sauvage, roman
Devenir quelqu'un, roman

JAMES WELCH
L'Hiver dans le sang, roman
La Mort de Jim Loney, roman
Comme des ombres sur la terre, roman
L'Avocat indien, roman
À la grâce de Marseille, roman
Il y a des légendes silencieuses, poèmes

COLSON WHITEHEAD
Underground Railroad, roman
Nickel Boys, roman
Harlem Shuffle, roman

CALLAN WINK
Courir au clair de lune avec un chien volé, nouvelles
August, roman

SCOTT WOLVEN
La Vie en flammes, nouvelles

JOHN WOODS
Lady Chevy, roman

Retrouvez toute l'actualité des éditions Albin Michel
sur notre site albin-michel.fr
et suivez-nous sur les réseaux sociaux !
Instagram : editionsalbinmichel
Facebook : Éditions Albin Michel
Twitter : AlbinMichel

Composition : Nord Compo
Impression : CPI Firmin-Didot en mars 2023
Éditions Albin Michel
22, rue Huyghens, 75014 Paris
www.albin-michel.fr
ISBN : 978-2-226-45725-7
N° d'édition : 21193/01 – N° d'impression : 173617
Dépôt légal : avril 2023
Imprimé en France